Kadokawa Fantastic Novels

3

歡迎來到實力至上主義的教室

衣笠彰梧
×
トモセシュンサク

一之瀨帆波
B 班的活潑美少女。深受班上同學信賴。
執行著統合 B 班的職責。
「我嚇到你們了吧。抱歉，請別生氣。」
神崎隆二
即使在 B 班裡也擁有著最優異的智力及運動神經。
語氣冷靜且淡泊，不過是個也擁有熱情一面的男人。

「啊哈哈哈，
或許確實如此。
你說的話還真有趣呢。」
「我好歹也算是個老師。假如聽見
什麼情報，也絕對不會說出去喔。」
星之宮知惠
B班班導。與D
班班導佐枝從學
生時代起就是同
年級的摯友。

「讓我道歉吧……
我已經不會再強迫你了……
我一定會靠自己的力量晉升A班。
所以，你只要守望著我就可以了……」

「對不起……」
「妳為什麼要道歉啊。」

櫛田桔梗
Kushida
Kikyou
堀北鈴音
Horikita
Suzune
綾小路清隆
Ayanokouji
Kiyotaka

茶柱佐枝
Chabashira
Sae
輕井澤惠
Karuizawa
Kei
佐倉愛里
Sakura
Airi

3
Welcome to
the Classroom of
the supreme principle
of force
歡迎來到實力至上主義的教室

衣笠彰梧
KINUGASA SYOUGO
トモセシュンサク
TOMOSESHUNSAKU
3
歡迎來到
實力至上主義的教室
Welcome
the Classroom
the supreme princip
of force
Kadokawa Fantastic Novels

歡迎來到實力至上主義的教室 3

Welcome to the Classroom of the supreme principle of force

contents

彩頁、內文插畫／トモセシュンサク

茶柱佐枝的**獨白**

希臘神話中存在許多含有人性、憎恨，以及嫉妒的故事。

你曾聽過「伊卡洛斯之翼」這則故事嗎？簡單概要是這樣的。

——從前，希臘有名叫作代達羅斯的偉大發明家。代達羅斯受米諾斯王之命，建造出一座囚禁怪物彌諾陶洛斯的迷宮。然而，他之後卻遭米諾斯王拋棄，與兒子伊卡洛斯一同被幽禁在塔中。

代達羅斯他們為了逃離那座塔，而收集了鳥的羽毛，製造出巨大的翅膀。大羽毛以線綁住，小羽毛則以臘固定。當他們終於完成翅膀，準備要起飛追尋自由時，身為父親的代達羅斯對兒子如此忠告。

他說：「你要是飛得太高，用蠟固定住的翅膀就會被太陽曬得融化。要注意。」

受到如此勸告的伊卡洛斯，與父親一起從塔起飛。

接著獲得自由。然而，自由有時是會讓人迷失自我的危險之物。

伊卡洛斯獲得擴展在眼前的自由，結果不小心得意忘形。

也許這是必然的。因為他破除了痛苦的束縛狀態。

所以才會被自由迷住，並忘卻父親的忠告，高高飛去。

他做出的那對虛假的天使之翼，受到太陽的照射，臘在轉眼間就融化掉了。

不久，虛假之翼全被燃燒殆盡，伊卡洛斯墜海而死。

伊卡洛斯是個為了獲得自由而勇敢飛向天空的存在嗎？

或者，他只是個過於相信自己的力量，深信自己就連太陽都能抵達的傲慢之人呢？

這件事除了身為父親的代達羅斯，旁人恐怕無從得知。

面對這名少年，不知為何我聯想到伊卡洛斯之翼。因為我對照各種情況覺得這最為貼近。可是我馬上就知道我從根本上就弄錯了。要說為何的話，是因為這名少年並無伊卡洛斯那種勇氣以及傲慢。

我被逼入絕境，所以只能這麼做。

我唯有觸怒少年這項應對之策。

我只能對眼前靜靜表示憤怒的少年故作剛強。

擲出的骰子已無法收回。因為這場賭局已經開始了。

高度育成高級中學學生基本資料 時間7/1

姓名	山內春樹	Yamauchi Haruki
班級	一年D班	
學號	S01T004706	
社團	無	
生日	5月30日	

評 價

學力	E+
智力	D-
判斷力	D+
體育能力	C-
團隊合作能力	C-

面試官的評語

面試時的問題對答與調查報告中有落差。調查之下，得知這名學生有想讓他人看重自己的傾向。另外，在學力或運動能力上也未見突出之處。不過社會上有時誇大其辭也會帶來一定的效果，因此我們期待他學會觀察氣氛的能力。

導師紀錄

有對教職人員說謊的壞習慣，因此我想好好給予指導，並以改善這點為目標。

天堂與地獄的界線

終年如夏的海洋。廣闊的藍天。輕輕吹拂的海風溫柔包住身體。感受不到盛夏酷暑的太平洋正中央——沒錯，這裡正是海洋天堂。

「唔喔喔喔！太棒啦啊啊啊啊啊啊啊啊啊啊！」

我的同班同學——池寬治，在豪華遊輪的甲板上高舉雙手，四周響徹了他的喊叫聲。

如果是平常，某處很可能就會飛來一筆「吵死了」的抱怨。但唯獨今天沒人提出這種意見。大家都各自滿足於這無比幸福的一刻。從甲板這個可以說是特等席的最佳位置眺望出去的景致，看起來格外特別。

「好棒的景色！我真的超感動的！」

由輕井澤率領的女子團體們從船內現身。她們露出滿面笑容，指著大海。

「景色真的很棒呢……！」

這團體裡的其中一人——櫛田桔梗，也發出心醉神迷的讚嘆望著大海。

我們熬過困難重重的期中、期末考並迎接了暑假。等著我們的，則是高度育成高中所準備的兩週豪華旅行。這是趟豪華遊輪巡航之旅。

「還好你沒被退學耶，健。要是在平常我們絕對不可能有這種旅行。身為期末考也是最後一名，並差點遭到退學的學生，你的心情如何？欸欸，你的心情如何呀？」

即使被同班同學山內春樹挑釁，須藤健別說不高興，他甚至還從容似的大笑。他沒有故作獨行俠，看起來已經完全融入了同學之中。

「只要本大爺發揮實力，這簡直是小菜一碟。在最後關頭過關，也是主角的可看之處喔！」

看來這趟旅程也替他吹散了不久前的所有痛苦。

這片蔚藍的海洋，好像確實為我們沖走了平時所有的麻煩事或辛苦事。

「高中生居然能有這種豪華旅行，我作夢都沒想過耶。而且還是兩週耶，兩週。要是我爸媽聽見的話，應該會嚇得尿褲子吧。」

就如須藤所言，以一般人看來，這應該是個超出普通規格的旅行吧。在這所國家支援的學校，我們完全沒有支付學雜費的必要性。連這趟旅行的費用當然也不需要。真是破格的待遇。

而且我們搭乘的這艘遊輪，外觀不用說，就連設備都非常充實。從一流的知名餐廳，到能享受戲劇的劇院、高級ＳＰＡ，都相當齊全。

假如想個人旅行，即使是在淡季，應該也會需要好幾十萬吧。

這種極盡奢侈的旅行，終於今天起就要開始。在預定行程中，最開始的一個星期，我們應該會在無人島上建造的民宿裡盡情享受夏天，而在後面一週則將下榻遊輪。一年級學生於上午五點一起搭巴士前往東京灣。接著由這艘船載學生出發。學生們在這艘船的休息室中用完早餐，就各自自由活動，在船上隨心所欲地行動。

而且令人感謝的是，這艘船上不管哪項設施都能免費使用。

對於平日煩惱著點數不夠的我們來說，這簡直正合我們的意。

突然間，櫛田面向我，露出在沉思些什麼事情的表情。以大海與藍天為背景，櫛田看起來比平時還更加耀眼，就算我不願意，我的胸口也怦然心動。她該不會是對我——

「咦？話說回來堀北同學呢？你們沒有在一起嗎？」

我就連懷有些許幻想也不受允許。她好像單純在想著堀北的事。

「誰知道。我又不是那傢伙的保母……」

在船內吃完早餐後，我就不記得有看見她的蹤影。

「她似乎不是那種會盡情享受旅行的人。應該是待在房間裡吧？」

「也許吧。」

「我們中午就能在島上的私人海灘自由游泳，對吧？好期待喲。」

這所學校好像在南方擁有一座小島，現在我們正前往那裡。

『在此通知各位學生。假如有時間的話，請各位務必集合至甲板。我們即將看見島嶼。想必你們將會在短期間內看見非常富有意義的景色。』

船上突然播放出這種「奇怪」的廣播。櫛田他們看起來毫不介意，並且非常期待。學生們陸續出來集合。幾分鐘後，島嶼便出現了身影。

池發出了歡呼聲。我們可以在視野中看見地平線的那方有著小島般的東西。

學生們發現島嶼，便開始一起聚集至甲板。人群峰擁而來。接著出現了蠻橫的男學生們，把至今占著最佳位置的我們給擠開。

「喂，很礙事耶。滾開啦，瑕疵品們。」

一名男生一面表示威嚇，一面像是要殺雞儆猴地撞開我的肩膀。我急忙抓住甲板的扶手避免跌倒。男學生們看見我這副模樣後，便輕蔑似的笑了。

「你做什麼！」

須藤立刻威嚇還擊。櫛田擔心地湊過來我身邊。讓女孩子關心的男生模樣應該看起來非常沒出息吧。

「你們也明白這所學校的組成吧？這裡是實力主義的學校。D班不會有什麼人權。瑕疵品就要乖乖有瑕疵品的樣子。我們可是高貴的A班。」

D班像是被轟出去一般離開了船頭。須藤看起來雖然很不滿，但就算如此也忍住不打架，應該就是他稍微變得成熟的證據。還是說，這是他理解D班的立場很弱勢的關係呢？

「嗨，各位。你們在這裡啊……咦？發生什麼事情了嗎？」

過來集合的學生當中，有一名男生前來向我攀談。雖然他好像感受到氣氛險惡，可是我不打算讓他多操心，於是便裝作沒聽見。這名男生的名字是平田洋介。他是D班的領袖，也是我目前隸屬組別的領導者。第一學期結束的最後一天，班上定好了旅行的住宿房間分組。當我正期待自己是否會被比較要好的池或者須藤邀請時，他們那組一下子就額滿了。而在我就快要落單的時候，救世主——平田超人便登場拯救了我。

「欸，平田。你跟輕井澤進展到哪裡了啊？」

池和不打算靠近輕井澤身邊的平田搭話。

「這是趟難得的旅行，所以你們就算再黏一點也可以喔！」

他似乎是討厭其他女生把目光投向平田，而如此開玩笑道。

「我們有我們的步調。抱歉，三宅同學好像有困難，我先走了喔。」

平田的手機好像響了起來。他邊操作，邊返回船內。忙碌就是紅人的宿命呢。

「什麼嘛，那傢伙。連在旅行途中也盡是在擔心同班同學啊？」

「不過輕井澤也是這樣。她最近都不太會跟平田黏在一起了耶……難道他們兩個分手了？要是這樣就太糟糕了……圍繞在小櫛田身邊的競爭對手就會增加！」

他們確實完全沒有如我們當初得知在交往時那般如膠似漆。不過也沒有像是吵架之類的那種緊張感。因為我有看見他們感覺很親密在交談的模樣。

「春樹，我決定了。我……我要在這趟旅行中向小櫛田告白！」

「真、真的假的。假如被甩的話不是會非常尷尬嗎？這樣好嗎？」

「雖然這是我擅自的推論，不過小櫛田總之就是可愛對吧？所以大多數男人都會想和她交往。不過她的等級太高，大家應該反而抵達不了告白這一步。因此我想她或許反而不習慣被人告白。我這愛的告白，應該有可能打動小櫛田的心。倒不如說，我只有這樣才有希望。」

「是嗎……你做好覺悟了呢。」

「是啊！」

如果平時的話，對於這些發言，山內是會激動對抗的。然而現在卻完全不見他那種模樣。他東張西望地環視甲板，像是在尋找什麼東西的樣子。

「怎麼了啊？」

「啊，不。沒什麼……」

山內如此說道，心不在焉地隨便聽池說話。結果，他最後都沒有提及櫛田的事。

「欸欸，小櫛田。可以耽誤一下嗎……」

「嗯？有什麼事呢？」

池火速接近在附近眺望著大海的櫛田。這明顯是個可疑的行徑。

「那個呀，該怎麼說呢？我們相遇也經過四個月左右了對吧？所以我在想，我們是否差不多也可以用名字來稱呼彼此。妳看，用姓氏的話感覺也很客套。」

「說起來，你和山內同學他們不知從何時開始就在用名字稱呼對方了呢。」

「不……不可以嗎？如、如果叫妳小桔梗的話。」

櫛田對於提出如此詢問的池露出天真無邪的笑容。

「當然ＯＫ喲。那我叫你寬治同學就可以了嗎？」

「唔喔喔喔喔喔！小桔梗——！」

池以會讓人聯想起電影「前進高棉」海報上的姿勢來對天大喊。

櫛田似乎覺得這姿勢很好笑，而噗哧發笑。

「名字嗎……欸，話說回來，堀北的名字是什麼來著？」

須藤彷彿認為我當然知道而向我問道。

「富子。堀北富子。」

「富子嗎……真是可愛的名字耶。就跟我想的一樣。感覺上完全吻合。」

「啊——不對，我搞錯了。她叫作鈴音。」

「你這傢伙，別搞錯名字啦……鈴音嗎？感覺這比富子還更有韻味一百倍呢。」

無論堀北的名字是貞子還是山姆，最後你應該都會擅自覺得很有韻味吧。

「好，這個暑假期間，我也要用名字來稱呼她。鈴音、鈴音！」

看來，男生們似乎打算在這段假期裡逐漸縮短與女生們之間的距離。

另一方面，卻還沒有半個男生以名字來稱呼我，而且我也沒這樣稱呼別人。

「對了。欸，讓我試著練習吧，綾小路。讓我進行叫她鈴音的練習。」

「什麼練習啊？練習咧……一般不會做這種事情喔。」

我認為稱呼名字的練習，除了在本人面前是無法進行的。單細胞的須藤似乎打算假裝我是想像中的堀北，對我投來認真的眼神。

是因為他認定我是異性的緣故嗎？這視線真是分外噁心。不知是否為心理作用，他連呼出的氣息都很熾熱。

「欸，堀北。能打擾一下嗎？我有些事想對妳說……」

「我不是堀北。」

我馬上就開始覺得不舒服，於是對此表示否定並且撇開了臉。

「笨蛋！這是練習啦！我也不想做啊。可是練習是必要的吧？即使是籃球，不練習也沒辦法打得很好。而且不管是哪種，最關鍵的都是出手射籃。」

我一點也不想聽他說這種歪理……但因為沒辦法，於是我就忍耐陪他了。

「堀北。我們總是這麼客套不是很奇怪嗎？我們認識也經過好一段時間了。其他很多人似乎

都是以名字來稱呼彼此。我們也差不多該這麼稱呼對方了吧。怎麼樣？」

「…………」

我不禁很想敲須藤的頭。但我在精神層面很成熟，於是就忍下來沒這麼做了。

「說點什麼話嘛。這樣不成練習吧。」

「不不不……什麼說點什麼。你是要我講什麼？」

「就是堀北可能會回答的話啊。你長時間和堀北相處，應該會知道吧？」

才四個月程度的相處，我怎麼可能會知道這種事。即使如此，須藤還是堅持要我扮演他想像中的堀北。他半威脅似的握緊拳頭。

「堀北就由往成人階段邁出了一步的我來代替演出吧？不用客氣，來練習吧。」

池似乎要擔任替演。須藤雖然覺得有些蹊蹺，卻還是這麼說道：

「堀北……我想該用名字來稱呼妳了。可以嗎？」

「咦——須藤同學你又不是帥哥，應該說好像也沒什麼錢嗎？還是該說感覺不是我喜歡的類型呢！所以說抱歉嘍、抱歉嘍——哈噗叭！」

別說是完全不像，池扮演了完全不同的辣妹高中生。他嚐到須藤的鎖喉技，在甲板上痛苦掙扎。

這些傢伙總是很有精神呢。光是看著好像都會累積疲勞——雖然看起來是很開心。

過了不久，周圍忽然嘈雜起來。

能用肉眼清楚確認島嶼之後，轉眼間我們便與它縮短了距離。學生們的激動、興奮之情也逐漸高漲。我本想船隻會就這樣抵達島嶼，不過不知為何，我們卻略過了碼頭，開始在島嶼外圍繞行。這座跟政府租來管理的島嶼，面積約為零點五平方公里，最高標高兩百三十公尺。雖然以日本整體看來，它的尺寸非常小，不過從我們共乘遊輪的這一百數十名學生看來，這已是座夠大的島嶼。

遊輪看來似乎要繞一圈，讓我們觀看整座島嶼。

繞行島嶼的船隻沒有改變速度。船一面高高濺起水花，一面進行不自然的高速航行。

「這景象還真是神祕呢……！好感動喲。欸，綾小路同學，你不這麼覺得嗎？」

「喔、喔喔，是啊。」

我看著對無人島雙眼閃閃發亮的櫛田，心中有點小鹿亂撞。

櫛田果然很可愛。她那孩子般的動作及笑容，都讓人不禁想去保護，她就是這麼樣的一個存在。

『我們即將在本校所擁有的孤島登岸。請學生們於三十分鐘後全體換好運動服，並在確實確認完規定的包包、行李之後，帶手機來甲板集合。除此之外的私人物品，請你們全都放在房間裡。由於目前暫時還可以前往洗手間，因此請你們先好好解決需求。』

船上播放出這種廣播。看來我們就快要登上私人海灘了。

池他們洋洋得意似的回去換衣服，我也為了回我那組的房間而開始移動。

接著，我穿上體育課等會用到的運動服後，就回到甲板上，等待船隻抵達島嶼。隨著島嶼越來越接近眼前，一年級學生的情緒也到達最高點。

「那麼接下來，請依序從A班學生開始下船。另外，手機禁止攜帶入島。請大家各自繳交給班導，並且下船。」

在手持擴音器的教師號令之下，學生們依序走下遊輪的階梯。

「好熱。走快一點啦——就算衣服穿得很薄，也還是會流很多汗耶。」

在停泊岸邊的船隻甲板上，我們無法躲開陽光。產生不滿情緒也是莫可奈何。

D班一面忍受炎熱，一面待命準備下船。接著，堀北也終於前來會合了。乍看之下，她與平時沒什麼差別，不過卻也有些許像是變化、異樣感的東西。平時一絲不苟的堀北在儀表上也會耗費心思。然而，她現在卻就這樣放著凌亂的黑髮不管，看起來簡直像是沒意識到這點。

堀北像是覺得有點冷，無意識地搓著手臂，等待登上島嶼。

「妳剛才都在做什麼啊？」

「我在房間看書而已。書名為《戰地鐘聲》。雖然你應該不知道呢。」

喂喂喂，是歐內斯特．海明威的代表作啊？這是個無可挑剔的名作耶。

我老早就覺得堀北這傢伙的讀書品味真的非常棒……只不過，儘管是這種豪華旅行，她卻還是以讀書為優先。我認為這樣有點問題。

不過，這次的情況，她是否真是為了讀書而窩在房間實在很令人懷疑。

可是既然她本人什麼都沒說，我去探討這點就很不識趣了。我還是把這件事給忘了吧。

「雖然很在意後續，不過既然禁止攜帶私人物品，那就沒辦法了呢。」

堀北很遺憾似的如此嘟噥道。這可不是接下來要去海灘的人該說的話喔。

下船比我所想的還耗時間。這好像是因為下船時，老師們會守在學生的兩側，進行行李檢查的緣故。

「欸。你不覺他們格外慎重，或該說很警戒嗎？沒收手機這種事，即使是在考試的時候也沒有呢。禁止攜帶多餘的私人物品也是如此。」

「的確。如果只是要去海邊玩，總覺得也沒有必要做到這種地步。」

話說回來，船尾那邊放置了一架直升機。若要說那很不自然，確實也是很不自然。

哎，雖然我覺得稍微掛心是事實，但說不定是我想太多。

假如把手機帶到海邊，就算出現某個弄濕損壞手機的學生也不奇怪。把多餘的私人物品帶過去，其垃圾也會汙染海灘。

如果突然生病的話，出動直升機也不無可能嗎……？

接著終於輪到了我們。接受嚴密檢查之後，我們便走下了舷梯。

而此時，我還沒有察覺，這裡就是天堂與地獄的分界線。

1

我們的班導，對於一邊悠哉談笑一邊下舷梯的我們說出嚴厲的話語。

「現在開始將進行D班的點名。被叫到的人，請確實答覆。」

她同時吩咐我們排隊，並單手拿著板子，開始確認全班都有出席。

茶柱老師和學生穿著一樣的運動服。與其說是暑假，反而有種近似於集訓的氛圍。即使如此，多數學生臉上也毫無緊張的神色。

「啊——真是的。真希望快點開始自由時間。大海就展現在我眼前耶。」

在我正後方的池，覺得麻煩似的如此嘟噥。大部分學生應該都非常想要奔向沙灘吧。不久，一名高挑的老師走到前方，站上準備好的白色講台。他是真嶋老師，平時負責教授英文的A班導師，以嚴謹出名。他有著如摔角選手般的體格，乍看之下四肢發達，但腦筋非常好。過去似乎也教過其他科目。

「首先，很高興各位今天順利抵達此地。然而另一方面，雖然只有一名學生，不過也非常遺憾有人因病無法參加。」

「就是會有因為生病而無法參加旅行的傢伙呢。真可憐。」

池以老師聽不見的音量如此小聲說道。不過確實如他所言。

如果是半吊子的旅行那還說得過去。可是若是這麼豪華的旅行，就另當別論了。事後聽朋友分享，應該會覺得很後悔吧。應該會覺得——若身體僅是稍微不適，那即使勉強自己，當初也應該參加才對。

話說回來，雖說是旅行，但老師們的表情卻都很嚴肅。雖然這對學生們來說是假期，不過監護負責人只能將此視為工作嗎？

不——看來事情並非僅只如此。

當真嶋老師無語凝視著學生們的時候，我看見身穿工作服的大人們，在稍遠處開始特地設置起帳篷。也能看見長桌上有電腦等物品。

學生們對於與大海的微微浪波不搭調的這種城市聲響，也開始浮現出困惑的神情。真嶋老師彷彿在等待氣氛改變似的，接著說出了冷酷的一句話。

「那麼接下來——我們要開始進行本年度最初的特別考試。」

「咦？特別考試？怎麼回事？」

不僅是我後方的池，幾乎所有班級都發出這理所當然的疑問。

對於至今為止，不對，對於現在也認為這只是旅行的學生們而言，這是個猛撲而來的突襲。

也就是說，校方出自善意所辦的暑假假期——這種東西果然只是幻想。

緊張與放鬆的差距實在是太強烈了。

「考試期間為現在起的一個星期，並將結束於八月七日正中午。你們接下來一個星期會在這座無人島上度過團體生活，這就是考試內容。另外，我話先說在前頭，這是參考真實存在的企業培訓定出的特別考試。它非常具有實踐性與現實感。」

「在無人島上生活？……也就是說，我們不是要在船上，而是要住在這座島上嗎？」

不知是B班還是C班那一帶，對真嶋老師拋出理所當然的疑問。

「是的。考試中無正當理由不允許上船。在這座島上的生活，從睡覺場所到準備食物，一切都需要由你們自己來思考。學校在開始時，會給予每個班級兩頂帳篷、兩支手電筒，以及一盒火柴。然後，防曬乳是沒有限制的。關於牙刷則將各自分配一支給你們。作為特例，我們允許女生無限制地使用生理用品。請你們各自向班導提出請求。以上。」

「以上」也就代表——除此之外的一切都不會配給了嗎？

「啥啊啊！難道所謂真正的無人島求生，就是像這樣的感覺？這種荒謬的事情我可沒聽說過！這又不是動畫或漫畫！而且只有兩頂帳篷，也睡不下所有人！說起來吃飯之類的又該怎麼辦啊！真教人不敢相信！」

池以所有人都聽得見的音量大聲喧嚷。這是個要在無人島上進行自給自足生活的發展。狩獵野生動物、在河川裡洗身體、用木頭製作床鋪。這確實是在電影或小說中經常聽見的事情。任何人應該都無法料到，這種事變成學校考試的日子居然會到來。

然而真嶋老師卻沒有更正這是在開玩笑。

不對，豈止如此，他甚至還發自內心一般對於池的發言感到傻眼。

「你說不敢相信，但這不過只是由於你度過的人生既短暫又膚淺。事實上，在無人島上進行培訓的企業真的存在，而且還是誰都知曉的大企業。他們將此作為嘗試而舉行著。」

「嗚——這、這是……那個……那應該是特殊情形吧……應該說無人島實在太跳躍性了嗎？這是絕對不可能的吧！這太不現實了！」

「停止，再這樣下去很難看。剛才真嶋老師所說的只是一小部分。世界上還存在著各式各樣的企業。不僅是奇怪的培訓，還存在著像是辦公室裡沒有椅子的職場，以及依骰子擲出結果來決定薪資等等的公司。世界比你所認為的還要更加寬闊及深奧。」

茶柱老師似乎看不下去池的失控，而告誡似的說道，並且接著說道：

「換句話說，無法區分現實與不現實的人是你。」

即使如此，多數學生們似乎都無法接受，看起來相當不滿。

「現在你們應該是這麼想的吧。想著這種考試會有什麼意義。或者，說不定還有人在懷疑這種培訓是否真實存在。然而，停留在這種程度思維的學生，在未來也會是個不具發展希望的人。這些話哪裡有足以讓你們批評『不可能』或者『很愚蠢』的根據呢？你們只是學生，還不是什麼人物。說穿了，就等同於毫無價值。這種人還要來批判一流企業的作法？這事還真可笑。你們若是社長，經營著比起舉例中的企業還更加高等的公司，那說不定還有否定的權利。然而，若你們不是這種人，照理不會有什麼足以否定這件事的根據。」

我們確實只聽取事情的片段，就擅自判斷這很胡來、很不現實。

可是就如真嶋老師所言，我們並沒有任何能夠予以否定的那種根據。

因為我們只是把超越自己理解範疇的事物，自私地斷言為「很奇怪」、「不可能」。從能夠理解的那方看來則會稱此為滑稽吧。

「老師，可是現在應該是暑假，而我們則是以旅行的名義被帶過來。我認為企業培訓不會做出這種如同暗算的行為。」

某班學生很不滿似的如此頂嘴道。

「原來如此。關於這點你的理解並沒有錯。各位會產生不平不滿的情緒，我也理解。」

與池的情況不同，真嶋老師對於用正論反駁的學生，做出部分認同般的發言。對現狀流露不滿的學生，與針對至今過程覺得不服的學生——這兩者之間的著眼點並不一樣。

「不過各位可以放心。假如這是場強迫你們進行嚴酷生活的考試，那即使產生批判也理所當然。不過，就算這是特別考試，你們也不需要想得這麼深。現在開始的一個星期，你們要在海邊游泳、要去烤肉都可以。偶爾生個營火，與朋友們彼此交談也不錯。這個特別考試的主題就是『自由』。」

「咦？咦？主題是自由，也就是說……？也可以烤肉……？嗯嗯嗯？這還稱得上是考試嗎？我的腦袋開始混亂了……」

明明是考試卻可以自由玩耍。矛盾的事情混在一塊，更是增加了學生的疑問之處。

「作為在這無人島上特別考試的大前提，首先我們會分發各班三百點的考試專用點數。藉由善加利用這些點數，你們就有可能像在享受旅行般地度過一個星期的特別考試。為此我們也準備了指南手冊。」

真嶋老師從其他教師那裡收下厚達數十頁的冊子。

「在這份指南手冊裡，記載著所有能用點數獲得的物品清單。可說是生活必需品的飲水或食物不用說，假如你們想烤肉，我們也會準備器材或食物。我們也完善準備了無數個能盡情享受海洋的遊戲道具。」

學生們的嚴肅的表情逐漸轉而平靜。

「換句話說——利用那三百點，我們就能獲得任何想要的東西嗎？」

「對。只要利用點數，所有物品都有可能湊齊。當然你們有必要計畫性地使用，不過考試是設定為——只要規劃出踏實的計畫，就能夠毫無困難地度過一個星期。」

如果真的光靠點數就能生活一星期，那與其說這是考試，它的形式說不定還比較接近假期或者純粹的暑假。

「可、可是，老師，既然說是考試，那應該還是會有某些困難的事情吧？」

「不，完全沒有困難的事情。對第二學期之後也沒有負面影響。我保證。」

「那麼，也就是說一個星期都在玩樂真的也沒有關係嗎？」

「對。全是你們的自由。當然，考試中存在著進行團體生活時最低限度的必要規則，不過完全沒有難以遵守的內容。」

這麼說的話，真的就代表著毫無風險嗎？假如是這樣，那強調這是考試的意義，就會是個疑問了……

也就是說，這純粹是個利用暑假並透過旅行，來讓整年級交流的環節嗎？

就算東想西想，我也不可能明白學校的真正意思。不過真嶋老師接下來這句話卻明朗了這場考試的全貌。

「這場特別考試結束時，各班級剩下的點數，全都將合計到班級點數裡面，而結果將會在暑假結束時反映出來。」

一陣風伴隨著這些話颳過盛夏的海灘，揚起了沙塵。

真嶋老師說出的這句話，想必無疑為我們帶來了今日最大的衝擊。

像筆試這種至今只以學力為基礎的考試，聚集高基本學力學生的上段班必然很有優勢。D班的班級點數往往會被拉開距離，並且被逼入困苦的處境。然而，現在的規則類型則完全不同。考試結構讓人幾乎感受不到A～D班之間所有的不利差距。

「也就是說，要是忍耐一個星期……下個月開始我們的零用錢也會大幅增加，對吧！」

對，這是場競爭「忍耐」而非競爭學力的比賽。也就是說只要一面拒絕身旁的欲望，並且一面忍耐，說不定就可以接近上段班。而池的發言也不會是個夢。

「各班將分配到一本指南手冊。雖然遺失等情況也能補發，但由於會花費點數，所以請小心保管好。另外，這次缺席旅行者為A班學生。在特別考試規則裡，因身體不適等原因而退出的人，其所在班級規定處罰扣除三十點。為此，A班考試將從兩百七十點開始。」

即使是A班也嚐到了毫不留情的懲處。A班學生們沒表現出動搖，不過其他班級的學生都對縮短三十點距離這件事表現出驚訝的反應。

真嶋老師表示發言結束，同時也宣布我們解散。拿著擴音器的另一名老師告知我們去聽取各班班導的補充說明，我們於是聚集到班導茶柱老師的身邊。四個班級彼此保持距離進行集合。

「下個月開始就有三萬、下個月開始就有三萬、下個月開始就有三萬……拚了！」

池他們那些男生做出勝利姿勢，女生也開心似的開始討論起要購買什麼。

對D班而言，大量增加班級點數是個夙願。

我們只要對奢侈生活視而不見度過一週——這件事實在很簡單。

「現在我要發給你們所有人一人一只手錶。直到一週後考試結束為止，請你們都不要拿下來，並確實戴在手上。未經允許拿下手錶的話將受到懲罰。這手錶不僅能確認時間，還設置了偵測體溫、脈搏或人的動作的感應器，以及衛星定位系統。另外，為了以防萬一，手錶也搭載了向校方傳達緊急情況的功能。緊急時刻要毫不猶豫地按下這個按鈕。」

廠商人員在茶柱老師身邊堆放分配物品。那應該是D班配給到的帳篷和手錶等物品吧。老師指示我們拿出箱子並帶上手錶。

「緊急情況？應該不會出現熊之類的生物吧？」

「不管怎樣這都是考試。我無法回答可能會左右結果的提問。」

「唔……您這麼一說不就很可怕嗎？」

「我覺得再怎麼說也不會有危險的動物呢。假如學生受襲擊而受傷，那就會是個大問題。目的應該單純只是為了管理我們學生的健康狀況吧？而且既然把我們放到無人島，學校要是不確保安全性也不行吧。」

就如平田所言，手錶應該是校方貫徹安全管理的手段之一。假如學生在島上自由行動，那麼光靠老師的雙眼，是無法完全看管學生狀況的。儘管如此，要像校內那樣完善裝設監視器也很困難。校方應該是打算用這個來監視學生的身體狀況，並拿來應對無預期的事態。

說不定我在遊輪上看見的直升機，就是為了因應這種緊急時刻的措施。

每個學生都拿到了手錶，大家戴上各自偏好的左手或右手。

「可是，就這樣戴著下海之類的也沒關係嗎？」

「沒問題。它完全防水。而且萬一故障，考試管理人會立刻過來拿代替品交換。」

這場特別考試並不是學校鬧著玩舉辦的，應該是在假想各種情況後才實施的決策，不太可能會有疏忽。

「茶柱老師。聽校方說我們要在這座島上生活一週，不過只要我們不使用點數，就代表著一切都必須由我們自己設法解決，是嗎？」

「對。校方完全不會干涉。食物跟水都要由你們來準備。就算是不足的帳篷也是如此。思考解決方法也是考試內容。這不關我的事。」

比起男生，女生這方更露出了困惑神情。她們應該對於床鋪沒受到保障感到很不安吧。

「沒問題啦。隨便抓個魚，然後在森林裡找個水果不就好了。帳篷就使用葉子、木頭等材料製作。即使最壞的情況是搞壞身體，我也會加油。」

池滿懷保存三百點的幹勁，他似乎完全不會不安，滿不在乎地如此說道。

若是只有一人的生活，那還說得過去，可是班級是由三十人以上所構成。

就算說要我們準備全班分量的必需品，也不太可能很順利地進行。

「池，很遺憾。情況未必會按照你的計畫進行。翻開分配下來的指南手冊。」

平田聽從茶柱老師的指示，翻開我們獲得的指南手冊。

「最後一頁記載著扣分審查項目。你們先讀讀看那邊吧。那會是象徵這場特別考試的極重要情報。要不要活用都取決於你們。」

最後一頁上面寫著：「符合以下情況者，將科處規定之懲處。」

「身體明顯不適或者受重傷，被校方判斷難以繼續應考者，扣三十點。同時，該生將退出考試」、「發現汙染環境之行為時，扣二十點」、「缺席每天上午八點、下午八點進行的點名之情況，每人扣除五點」，接著最重的懲罰則是「對其他班級做出暴力、掠奪、破壞器具等行為時，該學生隸屬的班級將立即失去資格，並沒收當事人所有個人點數」——上面總共記載著四點事項。A班似乎也受到了這些規定處罰。第四項的妨礙行為是極為理所當然會被懲罰的事情。而剩下的三項，則明顯是為了不讓學生個人亂來所制定的規則。早上跟晚上都有點名，我們也就無法硬是通宵或者露宿野外。而且這也能制止隨地大小便的野蠻行徑。換句話說，這些規定便是防止這場忍耐大會變得毫無分寸的手段。校方立場是代替家長看管重要的孩子。無論哪一項似乎都能說是無可避免的必要規則。

「你要亂來就隨你便。但要是十名學生身體陷入不良狀況，這麼一來你們的忍耐及努力全都會化為泡影。一旦被判斷棄權便無法重回考試。你在蠻幹的時候，也要對此做好覺悟喔，池。」

靠忍耐熬過的方法已經被封住。預想這個方式的部分學生都很困惑。

不使用任何點數的這個戰略，這麼一來便幾乎無法執行。不過，別班全力挑戰野外求生的可能性，也可以說是幾乎消除了。同時，這場考試不是遊戲、不是靠運氣，也不是光憑忍耐——這些事情也都浮現出來了吧。

這是要我們思考如何有效率地運用及節省點數，並熬過一個星期嗎？

還是說——總之，就如字面上意思，「特別考試」的形式正慢慢地映入眼簾。

「換句話說，使用某種程度的點數也是沒辦法的事情嗎？」

一名叫作篠原的女生聽著事情經過，說出了這番話。

「我反對從最開始就妥協的作戰方式。能忍到哪裡，就該盡量忍。」

「我了解你的心情。不過要是身體倒下，那就糟糕了呢。」

「平田，你別說這種喪氣話啦。不先忍耐，考試不就無法成立了嗎？」

想必越知道規則，我們各自的想法就會越是不同。大家的意見逐漸開始產生分歧。

話說回來，指南手冊上記載可購買的物品範圍還真廣泛。

有帳篷或烹飪器具等野外生存之中不可或缺的道具、數位相機或無線電對講機等電器、遮陽傘、救生圈、烤肉套組與煙火等娛樂用品，還有生存不可或缺的食物至飲水。學校將考試設定為一切物品都能用點數來準備。想使用點數時再向導師提出，似乎無論是誰都可以申請。

「茶柱老師，假如這是您可以回答的問題，那麼就請告訴我。假設在三百點全都用光之後出現棄權者，情況會變得如何呢？」

大致聽完說明的堀北舉起手，向茶柱老師提問。

「這種情況只會增加退考人數。點數會維持零點不變。」

「也就是說，這場考試我們並不會陷入負分，對吧？」

茶柱老師表示肯定。真嶋老師也說過考試不會造成負面影響。看來這點是事實。茶柱老師迅速確認了一下手錶時間，同時繼續話題。

「學校配給的是一頂可供八人使用的大帳篷。它的重量將近十五公斤，所以搬運時請小心。另外，關於分配之物品的損壞或遺失，校方一概不提供幫助。需要新帳篷的時候，要記得將會耗費點數。」

「老師，請問能不能也讓我提問呢？請問點名會在哪裡進行呢？」

「校方規定導師直到考試結束為止，都要和各班級一起行動。你們要是決定好基地營位置，就來向我報告。我就會在那裡設置據點，而點名則規定要在那裡進行。還有，一旦決定好基地營，無正當理由就無法變更，因此請你們好好考慮。其他班級也有這些相同條件，不會有例外。」

也就是說，也包含監督責任在內，茶柱老師會和D班一起度過一個星期嗎？當然，她應該不會給予任何幫助吧。

「欸，老師。抱歉在妳說話途中插話。不知道是不是剛才喝了飲料的關係，我現在很想去上廁所。廁所在哪裡啊？」

須藤看起來很不沉著地環顧四周。他似乎沒有在聽船上的廣播。

「廁所啊。我才正想進行這項說明呢。你們要上廁所時，就使用這個。」

茶柱老師敲了敲堆放物之中的一個紙箱。接著撕掉膠帶，取出一疊折起的紙箱。

「啊？那什麼啊？」

「簡易廁所。這東西每班都各配有一個。請你們小心使用。」

對這番說明感到最困惑的並非須藤，而是班上的女生們。

「難道說我們也要使用那東西嗎！」

特別強調且驚訝的人不是輕井澤，而是篠原。

與其說她隸屬於輕井澤的團體，不如說她自己也獲得一定程度的支持，是個很有存在感的女孩子。

「男女要共用。不過妳放心吧。同時會附帶一個更衣也能使用的輕便帳篷。想必不會發生被人看見這種事。」

「不是這種問題啦！居然要在紙箱上解決！我絕對做不到！」

「雖說是紙箱，但這是製作良好的優良物品。它是在災害中也會被拿來使用的東西。現在開始我要示範使用方式，請你們確實記下來。」

茶柱老師把女生發出的噓聲當作耳邊風，並以熟練的動作組裝起廁所。

接著，她把藍色的塑膠袋裝上，並且把如薄布般的白色東西放入其中。

「這塊薄布叫作吸水布，它是拿來蓋住、固定排泄物的物品。這樣就會看不見排泄物，同時也能抑制臭味。使用完畢之後再將布蓋上。藉由重複這動作，一個塑膠袋便可以使用五次左右。原則上，只有這個塑膠袋與吸水布是無限供應的。如果你們無論如何都堅持的話，每次使用都替換塑膠袋也沒關係。」

女生們啞口無言地聽著這些說明。假如這是災難時刻那也無法抱怨，因為那種時候也無法說出像是「男生怎樣、女生怎樣、紙箱又是怎樣」的這種話。

然而，要對她們說「現在就把這裡當作災區來生活」應該也相當困難吧。

「這當然做不到！我絕對做不到！」

以篠原為首，幾乎所有女生都一齊表示拒絕。

默默守望著這情況的池，不開心似的如此說道。

「就只是廁所而已，我們就這樣忍著吧。這不是什麼值得爭執的事情吧，篠原。」

「別開玩笑。這跟男生沒關係吧？什麼紙箱廁所，我絕對無法接受！」

「做決定的是你們。我沒有任何話要說。不過不用說海裡或河裡，校方不允許學生在森林裡隨意大小便。請別忘記這點。」

老師只如此忠告完，就淡然地打算進行下一個話題。

「紙、紙箱之類的東西我絕對沒辦法！再說男生也會在附近吧？很噁心耶！」

對此無法接受的篠原，對於男生——特別是針對池，開始傾洩心中的憤怒。

「什麼嘛。我可無法接受妳把我們當成變態。」

「這是事實吧？而且你看起來就非常變態。」

「啥？唔哇，這還真傷人——我可是超紳士的耶。」

「別笑死人。紳士？真的假的。你就是最出眾的變態候選人啦。」

池跟篠原兩人之間劈里啪啦地迸出火花。

「反正我就是沒辦法。」

這並不是在強詞奪理——篠原如此徹底主張，而大部分女生都和她一樣一副無法接受的樣子。

「那要怎麼辦啊。妳們要忍耐一星期不上廁所嗎？這絕對不可能吧？」

「這……」

茶柱老師事不關己似的看著池和篠原的說辭與爭執，接著忽然露出好像很不開心的表情，望向我們後方。

「哈囉～」

我們的身後傳來這種放鬆的聲音。

這聲音的主人一捕捉到目標人物便跑了過去，接著繞到她身後抱住。

「……妳在幹嘛？」

「在幹嘛……應該算是在跟妳進行肌膚接觸吧？我在想不知道妳過得怎麼樣呢。」

B班班導星之宮老師這麼說完，便輕柔撫摸茶柱老師的上臂。

「小佐枝的頭髮無論何時摸起來都很清爽呢——」

「妳有確實理解學校的規定嗎？偷聽別班情報實在是太荒謬了。」

「我好歹也算是個老師。假如聽見什麼情報，也絕對不會說出去喲。不過，應該說我感覺到像是命運一般的東西嗎？真不敢相信我們兩人居然會同時一起來到這座島嶼。妳不這麼覺得嗎？」

命運？茶柱老師忽略星之宮老師這別有意涵的話語。

「吵死了。妳趕快回去B班。」

「啊，這不是綾小路同學嗎？好久不見～」

星之宮老師平時擔任保健室醫生，所以她和其他能在課堂上碰面的老師不同，我們沒什麼機會遇見她。我簡單點頭回應她。

「夏天是戀愛的季節。如果要和心儀的女生告白，在這種漂亮的大海前面，說不定會很有效果喲～？」

「就算大海很漂亮，我們班也沒那種閒情逸致。」

我簡單回答，帶過話題。話說回來大家都在盯著我看。我真希望她別纏著我。

「你必須更放輕鬆點來考試喲。」

「喂，再這樣下去，我就要把這視為問題行為向上呈報了喔！」

「唔，妳也不用這樣瞪著我吧……我知道了、我知道了啦。那就拜拜嘍～」

星之宮老師露出悲傷的表情離開茶柱老師。當星之宮老師正好回到B班陣營，茶柱老師彷彿認為時機恰當，於是開口說出了這句話：

「那麼接下來我要說明追加規定。」

「追、追加規定？又有什麼規定了嗎……」

「你們馬上就會被允許在這座島上自由行動。這座島嶼四處都設有好幾個據點。那些地方存在著『占有權』的機制，占領班級將被賦予專屬使用權。要如何活用都是獲得權利的班級自由。

只不過，占有權在效力上只有八小時，時間一到權利便會自動消除。也就是說，每逢此時其他班級就會產生取得占有權的權利。然後，每占領一次就可獲得額外點數一點。然而，這一點是暫時的東西，考試中無法使用。因此，規定那些點數只會在考試結束時計算、累計。由於校方將不斷監視學生，所以你們沒有違規的餘地。請你們注意這點。」

「咦、咦、那麼，這件事豈不是非常重要嗎！還會附贈點數，真是太棒了！我們一定要全都拿到！」

「我們馬上就去找吧。」池雙眼發亮，並開始邀請山內他們。

手冊上也詳盡寫著這件事情。據點附近好像一定會準備表示占有權的裝置。雖然不清楚島上有幾處據點，不過這應該可說是個重要的要件。然而——

「我明白你焦急的心情，但是這項規則具有很大的風險。你們要考慮風險之後，再研討是否要去利用。包含這項風險在內，指南手冊上一切都有寫。」

就如茶柱老師所說的，似乎為了使特殊規則清楚明白，手冊上一條條寫著追加規範。

一、占領據點時需要專用鑰匙卡。

一、每占領一次便會得到一點。可自由使用占領到的據點。

一、未經許可使用別班占領的據點，將受五十點懲罰。

一、能使用鑰匙卡的，僅限當上領導者之人物。

一、無正當理由無法更換領導者。

以上就是大略規則。剩下內容茶柱老師也有直接說明，不過上頭也寫著——每八小時占有權就會被重設一次、只要據點沒被占領，不管有幾個地點都能同時占有，以及就算同個班級重複占領也沒關係等事項。

假如成功獲得三個據點，並且每八小時重複占領，考試結束時甚至能獲得五十以上的點數。然而，這裡卻伴隨著巨大的風險。

如果規則只到這裡，那這就只會是動作快者勝出。這規則結構看來就會是只要強硬重複占領據點就可以了。然而這是不可能的。其理由就在最後寫出的規則之中。

最後的第七天，我們將在點名當下被賦予權利猜測別班領導者。這時候，如果可以漂亮猜中別班的領導者，那麼每猜中一個，猜對班級就會獲得五十點。相反的，被猜中的班級則必須支付五十點作為代價。也就是說，要是為了獲得據點而隨便動作，也可能會被別班看穿領導者是誰，並失去大量點數。風險跟報酬都非常高。

不過，這項權利好像無法隨意行使。萬一把猜錯的對象當作領導者向校方報告，就會視為誤判而被扣除五十點。再加上，被看穿領導者的班級也會失去至今存下的所有額外點數。上述規則顯示了假如沒有相當把握，就會令人猶豫是否要參加這場占領戰役。

「你們也不例外必須決定一個領導者。不過要不要參加都自由。只要不貪心，想必也不會被別人知道誰是領導者吧。你們要是決定好領導者，就跟我報告。這時我就會發下刻著領導者姓名的鑰匙卡。時限到今天的點名為止。在那之前還沒決定下來，就會由我隨便決定一個。以上。」

換句話說，即使只是被偷看到，領導者的真面目就會浮現在光天化日之下嗎？茶柱老師的說明似乎就到這裡。她將賭注託付給學生們。平田隨即開始行動。

「決定誰當領導者也還有時間，我們等一下再想吧。我們要先決定在哪裡設置基地營呢。要就這樣在海邊紮營，還是進入森林呢……據點的事應該要在這之後再思考呢。」

指南手冊上附著島嶼的簡單地圖。上面只畫了島嶼的大小與形狀，森林面積與坡度等一切不明。根本可說它是張白紙。

「這看起來就像是要我們自己填入必要的部分。」

校方恰好也準備了原子筆，這便能夠佐證這點。

「設在有很多老師們的船邊，不是就好了嗎？」

「不，也未必這樣就好。雖然據點的存在也很難說會比較好，可是因為這裡什麼也沒有呢。」

這裡既沒水也沒食物。要是在這裡建立據點，很可能會離獲得這些資源的地點最遠。再加上這裡白天是個日照強烈的嚴酷環境。話雖如此，但太過深入森林應該也有風險。

「話說回來，比起這些事情，更首要的問題是廁所。我已經快忍不住了啦。」

須藤抓住茶柱老師組裝好的簡易廁所。

並組裝起輕便帳篷，然後把它設置在稍遠的地方，接著走進去裡面。

「沒辦法沒辦法。」篠原她們見狀，將身體靠在一塊如此說道。

茶柱老師往後退一步。這應該是「我不會再干預，隨你們高興」的意思吧。

「欸，平田同學。廁所的事情盡早決定應該比較好吧？」

包括其他學生在內，班上也很快就會需要廁所。女生的意見很合理。

「雖然說要決定，但我們不就只能忍著使用那東西了嗎？」

「不，並不是沒辦法喔。」

視線落在指南手冊上的平田這麼說完，便抬起了臉。

「因為指南手冊裡寫著也可以用點數購買臨時廁所來設置。」

篠原她們因為這句話而一齊聚集起來，探頭望向手冊。

臨時廁所的機能似乎無可挑剔，從參考照片看來，它幾乎不遜色於家庭裡會有的廁所，而且也可以沖水。如果是這個的話，女生應該也能接受了吧。然而，問題似乎就是每座臨時廁所需要二十點。很難判斷是昂貴還是便宜。

「這東西絕對需要！話說回來，雖然這個其實我也不是很喜歡……但假如不是它那就沒辦法了！」

以篠原的發言為開端，許多女生也對此表示贊同。對女生而言，廁所的存在或許甚至勝於食物或飲水。女生將「只有這點不退讓」的想法傳達了過來。

「妳、妳們等一下啦！這可是二十點耶！就只為了區區一個廁所！」

反應敏感並表示反對的，是非常想節省點數的池，還有可以忍受紙箱廁所的部分男生。他們應該是想盡可能抑制住無益的花費吧。

「就只是廁所而已有什麼關係。我們也得到一個了呀！對吧！點數要在緊要關頭使用啦。現在不節省就糟糕了吧！」

「你別決定啦。因為統合意見的可是平田同學。對吧，平田同學？」

篠原無視池的發言，並為了讓平田購買臨時廁所而懇求道。

「也是呢……至少讓女生有個像樣的廁所會比較好……」

「要統合意見是你的自由，但你也不是什麼事都可以擅自作主。」

池看見平田打算贊成買下廁所，便連忙阻止。

「啊——吵死了。輕井澤同學妳也說些什麼嘛，說我們需要臨時廁所。」

篠原就像在尋求同意似的，向身為女生代表人物的輕井澤搭話。

「是嗎？不，雖然這樣很辛苦，可是我也很想要點數。所以我打算忍耐。」

意想不到的是，感覺會最先抱怨的輕井澤，對使用簡易廁所表示贊同。

「而且學校也會為我們準備最低限度的必需品。所以我會忍耐。就算要洗澡也有河川。只要利用河川，事情總會有辦法吧？」

「輕井澤同學……妳怎麼這樣！」

既然輕井澤都這麼說，頑固的篠原也無法正面違抗。

因為只要多數女生都追隨輕井澤，她的發言影響力無論如何都會受到限制。

接著，幸村忽然加入池與篠原的這場戰局。

「我也不是不能理解女生想要臨時廁所的心情。然而，就算這樣，我也無法接受妳打算擅自使用同樣屬於男生的點數。如果妳想要臨時廁所，我希望妳最少也要收集到過半數的同意票再說。」

幸村將眼鏡向上推，對篠原拋出口吻嚴厲的話語。

「我……我只是在爭取女孩子理所當然的需求。這跟男生沒關係吧！」

「理所當然的需求？跟男生沒關係？我無法理解。這豈不就是純粹的差別待遇嗎？」

「差別待遇？……啊──我的頭開始痛起來了。平田同學，我們別管他們了，好嗎？」

關於廁所的事，篠原似乎無論如何都無法退讓，而獨自拚命不肯罷休。

「這場考試可是能彌補與別班點數差距的千載難逢機會耶。我們不能在廁所上使用珍貴的點數。因為我並不打算一直待在D班。要是答應篠原同學妳這種個人的任性需求，那就沒什麼好談了吧。因此，我希望現在在此就好好決定方針。」

「啥?你這是想說我什麼都沒在想嗎?」

「若只按照本能行動，那就連猴子都辦得到。女人就是感情用事所以很討厭。」

「……啥啊?我又不是說想要使用全部的點數。我是在說我有最低限度的需求耶。我認為自己很講理呢。」

「你們兩個都冷靜下來。我了解幸村同學想說的話，可是就算像這樣氣勢洶洶地說話，不也是無法解決的嗎?你們要更冷靜地——」

「冷靜?這樣的話，那你的意思是不管怎樣都不能擅自使用點數，對吧?」

「這……」

平田被怒火上升的兩人弄得左右為難，不知如何是好。即使如此他也盡可能地不露出困擾的表情，一面拚命想要勸架。

「沒有統率能力的D班，真是前景堪憂呢。而且身為和平主義的他——平田同學，應該無法好好決定半件事吧?」

我保持了點距離注視著這情況。而我身旁的堀北領悟到狀況好像不會有任何進展，於是就發出稍微沉重的嘆息。

「這次考試，似乎可說是個遠比我想像中還更複雜、更令人費解的課題呢……」

堀北罕見地表現出不知所措，或說困惑的模樣。

「這是個獲得大量點數的機會，堀北妳應該認為忍耐也沒關係吧？」

我從堀北側臉看見的那張表情，與其說是複雜，不如說似乎有點懊惱。

「誰知道呢。我還沒樂觀到能在這個階段說出『簡單』這句話呢。我也和其他人們一樣，沒在這種地方生活過，因此無法考慮周詳。我深深覺得這場考試乍看之下似乎單純，也會因為一個立場問題就產生巨大改變呢。大家明明都有共同想節省點數的心情，但卻無法好好整合。這真是場令人討厭的考試呢。」

有使用點數派、不使用點數派，以及於各個重要之處使用點數的一派。

即使只是簡單區分，也分成三類。接著，從這邊甚至還會出現細微的不同。換句話說，實際上有多少學生，就會描繪出多少個戰略模式。

三十人以上組成的班級要去面對這件事實，想必並不容易。

厚厚的指南手冊有多少頁數，我們就有多少自由。同時，它看起來也顯示出班級要團結一致有多麼困難。茶柱老師始終都以冷淡的目光從稍遠處看著男女生的對立。她也無須評價學生，反正D班就是聚集著瑕疵品，是個只會往下沉淪的存在。她心裡應該在想這種事情吧。

「堀北，妳想要怎麼做啊？」

「對我來說，我也如幸村同學所說的那樣，即使是一點點數我也想盡可能地多保留下來呢。可是，我沒自信可以在無完善設備的狀態下度過一週生活。這是我最誠實的意見。雖然想試著挑戰，但也不知道能撐到何時為止……你呢？」

「大致上與妳意見相同。這一切都太難預測了。」

「欸，你們看。A班跟B班該不會已經談妥了吧？」

我們因為女生焦急的發言而同時回過頭。

儘管只經過沒幾分鐘，卻已經可以看見他們的班級各自集結了幾名學生往森林裡走去。

他們很可能是為了尋找據點或者最適合的基地營吧。

彷彿象徵著優劣一般，我們D班與C班看起來都還欠缺團結。

我們甚至連好好開始都辦不到。

「……啊——可惡，現在可不是從容討論廁所話題的時候！為了守住點數，我打算什麼都做。我要去尋找基地營跟據點。然後，幸村。你別讓篠原她們擅自使用點數喔。」

「知道了。我也是這麼打算。」

雖然池和幸村兩人平時不能說是要好，不過他們似乎有著相同的目的意識，因而開始互相合作。

「等一下，池同學。連計畫都沒有就進去森林可是很危險的喔。」

「在這裡煩惱就會解決一切嗎？不會吧？」

想去的心情與想制止的心情互相碰撞。

然而，平田沒擁有足以阻止池他們行動的說服素材。

「我要是發現可以利用的地點或據點，馬上就會回來。之後大家移動到那邊再商量不就行了。事情很簡單吧？」

須藤跟山內似乎也打算去尋找據點，他們集合至焦躁的池身旁。

「綾小路你也要去嗎？」

須藤與我對上視線，接著向我搭話。我輕輕左右搖頭，表示拒絕。

「……我希望你們三個人絕不要單獨行動。要是迷路就糟了。」

平田無法阻止他們滿溢出來的氣勢，似乎領悟到再這樣下去也是徒然。

「我知道啦。那麼，我們去搜尋各種情報吧！」

話說回來，沒有遮陽物的話實在很熱。

要是長時間在這種地方進行討論似乎會被太陽曬乾。

「至少在這裡建立據點感覺好像很嚴酷呢……」

也有同學因為炎熱而開始發出哀號。平田好像也了解到把海邊設為據點有多麼困難。假如這只是純粹的露營，那麼設置遮陽傘也好，天幕帳也好，或者在海邊游泳嬉戲等等，保護身體不受太陽曬傷的辦法多得是。然而，現在的狀況卻連這都很困難。

「我們先移動到陰影處吧。移動也能一邊進行話題呢。」

平田為了搬運帳篷而率先開始準備。男生也跟上他的動作。

「話說回來……須藤同學有確實清理那個廁所嗎……？」

一名女生看起來有點不安地指著廁所。

我記得須藤上完廁所出來的時候雙手空空。所以至少那裡面是——陽光曝曬，而廁所就這樣被放著。帳篷裡應該就像是個蒸氣浴吧。

2

當我們離開海邊，巨大的森林逼近眼前時，一名男生很害怕似的仰望森林。

「進去這種森林沒問題嗎……感覺會迷路得很慘……這完全看不見深處。」

正因如此，校方才會將點名編入規則裡，並在手錶上備有緊急按鈕。

要是不好好彼此攜手合作，點數恐怕會如流水一般的吐出。

「輕井澤同學，平田同學果然很厲害呢。他連討厭的事情也全都扛了下來。」

「哼哼，當然嘍。該說其他男生很沒出息嗎？他們把事情全都交給平田同學負責了呢。」

走在前方的輕井澤團體用景仰的眼神凝視奮力搬運帳篷的平田。

順帶一提，我也在幫忙拿行李。現在我在搬運的是將簡易廁所折疊起來的紙箱。我判斷這種時候要是不幫半點忙，之後似乎就會有多餘的工作降臨，於是我就先營造出一種「我姑且算是有在幫忙」的氛圍。

另一方面，在女生中也自願孤立自己的堀北，默默、安靜地追在團體後方。

她規規矩矩地走路，但另一方面，也不時會做出停下腳步的動作，然後又馬上恢復移動速度。

我稍微慢下腳程，並排在堀北隔壁，邁步而行。

「妳覺得很沒興致嗎？」

「老實說我覺得很鬱悶呢。我不適合這種事情，而且在島上過原始生活也是如此。最重要的，就是我不是獨自一人的這點呢。」

哎，因為考驗合作等能力的團體行動與堀北扯不上邊呢。雖然我認為想要改善的話，只要努力融入同學之間就好，但就算講了也沒用。於是我便作罷。

「你對我說過的話，或許真的稍微成為現實了呢。」

堀北如此說完，稍微露出不愉快的表情。

「就是校方說不定還會考驗學力之外能力的這件事。被我斷言是絆腳石的池同學與須藤同學，率先為大家出去搜尋地點。即使行動本身不知是否正確，但這是我辦不到的事情。迅速展開行動的他們，說不定會為我們找到某些能成為好素材的事物。」

「或許吧。話說回來妳沒事吧？」

「你是指？」

「沒事。」堀北用有點像在瞪人的眼神看過來，於是我如此回答，並躲開她的視線。

我在和堀北說話時，感受到身後有些許視線。

我回過頭，就看見走在最後面的佐倉正在偷偷摸摸地看著我們這邊。

她一察覺我回頭，便急忙撇開視線。

「怎麼了？」

「不，沒什麼。」

我心想應該是我多心，於是就重新面向前方。

「別班會怎麼做呢？我有點在意他們的動向呢。假如A班或B班打算徹底限制點數使用的話，我方也不得不做好覺悟。我們可不能在這種考試中被擴大差距呢。」

堀北似乎在這點上面有著非比尋常的決心。她望向前方的表情看起來相當認真。

我們班在生活態度上與別班有著很大的差距，而在學力考試上也一直被拉開距離。要以A班為目標，那唯一可以對抗這般現狀的這場考試，應該是個絕對不能落敗的比賽吧。

「要以上段班為目標還真辛苦耶……」

「當時我還以為茶柱老師說的話是開玩笑。你真的沒興趣晉升上段班嗎？」

她是在說茶柱老師讓我跟她在輔導室碰面時的事情嗎？

「這不是什麼值得感到不可思議的事情吧。池他們也沒有特別把A班當作目標。我大概就是每個月零用錢越多越開心，然後要是運氣好能去A班也不錯。」

我也不知道平田或輕井澤他們心裡真正考慮到何種程度。

「我以為進入這所學校的人們，都是為了活用其特殊權利才入學。」

她如此嘟噥。與其說是看起來很不滿，不如說更像是覺得難以想像。畢竟在我們入學時，認為升學、就業志願都會受到保障。許多學生對此抱持期待應該也是事實。

「你是為了什麼而選擇這所學校？」

「妳也能夠對自己說出相同的話嗎？坦蕩地說出自己入學是為了活用學校的特權。」

「……原來如此呢。」

這回堀北露骨地表現不滿，並如此喃喃說道。接著銳利地斜眼往上看著我。

堀北是為了跟哥哥進入同一所學校才入學——我是如此認為並理解的。

而且她要升上A班也並非為了自己，而是為了獲得哥哥的認可。換句話說，這與學校原本目的並不相同。

「被他人擅自探查過去不是件讓人舒服的事——這還真是表示這點的好範例呢。」

我本以為她是迂迴地在叮囑這點，但馬上就察覺到她的本意。

這傢伙打算把我的過去，或說我這個人給徹底分析及剖析，並且試圖理解。

這對我來說不是件可喜的事。我想趁早想點辦法。

「我只先跟你說明一件事。擅自走漏消息的可是茶柱老師。唯有這點，能不能請你別誤會呢？再說，我也還沒有認可你的實力。你別忘了。」

「沒問題。因為我並沒有打算要讓妳認可我。」

不久，平田他們一行人停下腳步。

「在這裡的話可以遮蔽陽光，而且好像也不用擔心有誰會在周圍聽我們的對話內容呢。」

平田他們在稍微進入森林之處停下，接著重啟話題後續。

部分男生像是團結起來似的聚集在一塊，並開始拋出應該是在移動途中思考到的意見。

「不只是池他們，我們應該也要採取行動吧？要是主要據點被其他班級占領，這樣就必然會擴大點數差距，對吧？」

「嗯，是呀。我們得馬上採取行動。可是放著問題不管就分散開來，並不是很好呢。應該還是要先從解決廁所問題開始呢。」

「這是件只要用分配下來的廁所應對便能解決的問題吧。」

幸村說完，便怒視著同班同學——特別是針對女生團體。

「我在移動期間想過了。我認為我們應該先設置一間廁所。」

平田用稍微強硬的語氣對幸村他們如此說道。從這句話的語尾之強硬，可以看得出來他與剛才為止的態度不同，而且不作退讓。

「你不要隨便決定。而且我也有收到池的反對意見。」

「設置廁所應該是最低限度的必要開銷。說起來，三十人以上的班級裡，就只有一間用不習慣的廁所。這樣真的能毫無糾紛的輪流使用完畢嗎？」

「這是——只要使用順利……」

「簡單來說這並不實際。我們必須考慮到最壞的情況。即使一個人使用三分鐘，全班結束時也會耗費九十分鐘以上。這樣真的辦得到嗎？」

「這是無意義的假設。全班同時使用廁所的情況根本就非常罕見吧？校方也是因為判斷這麼做很實際，才只分配一個。這不就代表著要我們好好輪流使用嗎？」

「我不這麼認為。一個簡易廁所本來就很勉強。從這點來推測的話，這應該是為了提示我們不應該做無謂的忍耐。在某種程度上使用點數，反而效率會比較好，不是嗎？幸村同學你應該能夠明白——明白別班也很可能會想到同樣事情，並設置臨時廁所。」

我認為這場考試的勝負分歧點，的確在於如何運用點數。說起來配給品全都太不完善了。因為像是只有班上半數學生才能使用的帳篷，或者少量的手電筒等等，都讓我覺得校方是在暗示「你們要在該使用之處使用點數」以及「你們應該使用點數」。

「這全都是你的猜測……而且假如別班設置了臨時廁所，那麼只要我們忍耐的話，就會拉開那二十點的差距。正因如此，我們才不應該使用。」

「是呀。不過我覺得在廁所一事上忍耐，連結至加分的可能性非常低。這將累積多餘的壓力，還會煽起不安的情緒。而且衛生層面也令人擔憂。因此，客觀判斷下，我認為我們最少也應該準備一個以上的廁所。」

因為空下時間冷靜下來，平田似乎得到了扎實的結論。

他確信這行為不會招來男生反駁，並會在最後獲得他們的同意。

「而且女孩子們也能夠放下心來挑戰這場考試。」

幸村也無法立刻否定眼前這些沒什麼破綻的發言。

雖然能明白他想節省點數的心情，可是以一個簡易廁所來維持生活，是極為困難的事。經這麼一說，同學們一口氣被塞進各式各樣的資訊，那情況下的資訊多到就連理所當然的事也無法馬上想出來。不久，受不了周圍視線及沉默的幸村便讓步了。

「……我知道了。如果是這樣，那要設廁所就設吧。」

與池同樣身為反對派的幸村讓步，設置廁所的許可終於因此下達。

篠原她們不用說，輕井澤她們跟堀北看起來都稍微放下心。

「老師，如果想要設置廁所，設置地點會被詳細規範嗎？」

「只要地形上沒有困難，在哪裡設置都是可行的。設置之後也可以再次移動，但那樣的話將會耗費一定程度的時間。它的重量有一百公斤以上，有點費事。」

「呼──」平田因解決一項問題而放下心，吐了口氣。

「接下來……剛才也有人提出這項意見，而我認為為了決定基地營，我們也應該進行搜索。因為在何處安定下來也將大大地影響點數的消耗呢。」

平田如此答道，與其說是焦急，不如說也是為了防止同學反彈。

他接著馬上招募志願者，但僅有兩名男生自願參加，就如我所想的召集不到太多人。

應該不會有這麼多人願意踏入這種自然森林吧。這也莫可奈何。

「在我們之中……有沒有精通野外求生的人呢？」

平田寄予一絲希望而如此問道。

如果這是什麼老套漫畫的話，這時感覺就會有個能夠依賴的人。

我回頭確認同學狀況，但誰都沒有表現出要站出來的模樣。

這時，至今都維持沉默的博士迅速舉起手。

「在下自幼便被父親灌輸野外求生的技術，並且被鍛鍊到即使在叢林之中也能夠獨自生存……其實在下只是很憧憬有這種設定的故事主角。」

瞬間受到嚴厲責備的博士雖然急忙道歉，但還是遭到眾人的厭惡。

「那個，如果不嫌棄的話，我可以去喲！」

為了打破誰也不願參加的窘境，而自願參加的人是櫛田。拒絕參加的男生們看見她這副模樣，眼神便隨之改變。

「我也要我也要」原本不情願參加的男生如此表明希望參加。其中有因為對櫛田懷有好感而產生動機的學生，應該也有對於讓女孩子率先出面而感到羞恥的學生吧。

我慢了一下才把手舉起來，平田幾乎與此同時也開始數起人數。

「十一個人嗎？要是能再多一個人參加，感覺就能分成四組。」

「妳要不要也一起去？」

「我就不用了。但你居然會積極志願參加。這還真是稀奇呢。」

「因為要是我不擔下某些職責，在班上就會很突兀呢。」

此時……有隻顯得很拘謹的手舉了起來。

「謝謝妳，佐倉同學。這樣就有十二個人了。我們組成四個各三人的隊伍出發吧。現在快要一點三十分了，不論有沒有成果，我都希望你們要在三點前回來一趟。」

接著我們開始各自隨意組隊。就算在這裡，我轉眼間也成為剩下來的人。

「請、請多指教喲，綾小路同學。」

同樣剩下來的，是沒被任何人邀請的佐倉，以及──

「這太陽真令人感到清爽。我的身體需要能量呢～」

高圓寺六助。沒想到這男人會報名參加探索隊伍。

我的隊員很幸運是自由之人與乖巧的女孩子。如果是這兩人，那我似乎就可以毫無阻礙地採取行動。

3

每當我們越深入森林，青翠的繁盛綠意就越濃。

能避免陽光直射這點雖然比海邊還好，但潮濕的炎熱空氣讓人痛苦。我抓住圍著脖子根部的圓領領口前後搧著風……這真是杯水車薪啊。

要是想著「好熱好熱」就會覺得更熱。我就跟誰講點話，來排解煩悶心情吧。

「高圓寺——」

「啊，好美。悠然佇足於大自然之中的我，實在是太美麗了……！究極之美！」

不行……這傢伙不會好好跟我進行對話。我能夠攀談的實際上只有一個人。

「妳真厲害呢。」

「……咦！」

走在稍微後方的佐倉身體嚇得抖了一下，她似乎沒想到自己會被我搭話。

「平田說想要再一個人，妳就舉起了手對吧？這不是件容易的事呢。」

「怎麼會，我才不厲害，真的完全不厲害……我現在也還在想為什麼事情會變成這樣，覺得有點混亂。」

與其說佐倉個性乖巧，倒不如說她是個害怕與人說話、畏首畏尾的學生。

她說不定對團體行動的旅行非常消極。

佐倉似乎覺得離很遠說話不禮貌，於是便拘謹地與我並排行走。

我們從海邊往森林方向，換句話說，是往島嶼深處前進。我們的體力隨著過程急遽消耗。

這不單只是因為腳下不平穩，路途好像稍微有點斜坡。

「那麼，為什麼妳要舉手參加這麻煩的森林探索啊？」

「這是因為……處在人群之中的話，我會覺得很不自在……」

「我也不是不懂這種心情，但也不會人數少所以就特別輕鬆吧。」
會有像現在這種必須和人說話的情況，也會有覺得尷尬的時候。
「因為綾小路同學你……那個……也舉起了手……」
佐倉接著便吃驚似的抬起頭，慌張比手劃腳如此大聲說道：
「不、不是這樣的！因為我沒有能交談的對象，所以那個、所以……！」
佐倉就這麼想否定嗎？她碎步跑至前方對我表示否定。
「啊，喂！危險──」
「哇呀！」
佐倉倒退走路，沒察覺到大樹的樹根，因此絆到腳，往後面倒過去。我雖然急忙伸出手，但卻來不及抓住。她於是摔了跤。
「沒事吧？」
「唔唔，痛……」
幸好似乎是手跟屁股先著地，所以沒釀成大禍。
「在森林裡隨便走路，可是會受傷的喔。來，抓著。」
「……謝、謝謝。」
佐倉對我像是感到很抱歉地伸出手，但她察覺到自己的手是髒的，就稍微縮回了手。我不介意，於是抓住她的手，溫柔地拉起了她。

「對……對不起呀。」

「這不是需要道歉的事情喔。」

我心想順便，就拍了拍佐倉手上沾到的塵土。

話說回來，我還是人生第一次踏入這種像樣的森林呢。

剛開始我還以為只要某種程度記好方向應該就沒問題，然而這份預想是錯的。首先，我們本來就無法筆直前進。因為我們無法越過自然的障礙物，前進路線無論如何都會被強制左右改變。這種狀態要是持續幾分鐘，感覺好像就連自己正朝向何方都會忘記。我得小心別看丟在最前方不斷前進的高圓寺。

但佐倉卻不往前走，並呆呆地盯著自己的右手手掌。

「佐倉，稍微加快腳步吧。」

「咦！啊，好、好的！」

佐倉聽到我的呼喚，便急忙跑起來。看來她似乎又會跌倒了呢……

「啊，高圓寺同學走得好快。」

高圓寺一點也沒考慮到女孩子的步伐，不斷地進入森林深處。

我對他那不把不熟悉的道路放在眼裡的強韌腿腰及體力真心感到佩服，但……

「話說回來，那傢伙該不會……」

「怎麼了？」

「不——」

這究竟怎麼回事？是偶然嗎？不，高圓寺的腳步完全沒有迷惘。

既然這是為了挑選適當基地營所組的隊伍，一般是不會這樣心無旁騖地向前走的。高圓寺彷佛就像是有其他目的似的直線前進。

最令我驚訝的就是這條前進路徑。

說不定高圓寺並非只是胡亂往前走。

高圓寺毫無迷惘地走著「我心中理想的路徑」。

不過，問題是佐倉為了跟上高圓寺的腳步而拚命趕路，已經開始氣喘吁吁。

「高圓寺，前進速度太快應該不太好吧？我們會迷路喔。」

我顧慮高圓寺、佐倉雙方而如此搭話。但高圓寺卻就這樣背對我，然後把頭髮往上撥。

「我是個完美的人，我可沒愚蠢到會在這種程度的森林裡迷路呢。假如有困擾的事情，那應該也是你們跟丟我的時候。屆時你們就放棄吧。」

真不愧是個斷言對自己外的事物都不感興趣的男人。他好像一點也不在乎我們這邊的情況。

「對了，我想詢問身為平凡人的你們。你們不覺得這實在很美麗嗎？」

他露出雪白的牙齒，擺出無畏的笑容如此向我們問道。

「嗯……該說自然的森林很神祕嗎？我認為很美麗。」

我姑且試著把想到的事情照實表達出來。不過高圓寺似乎不是在期待這種回答，而失望似的嘆口氣。

「你在說什麼啊？我問的不是這種事。我是指擁有完美肉體之美的我在這地方美麗閃耀著的這件事情。你不懂嗎？」

也就是說，他要我稱讚自稱擁有完美肉體美的他嗎？原來如此，我不懂。

「他應該是因為天氣炎熱，所以腦袋才會變得不正常吧……別在意比較好，佐倉。」

「好、好的。我從一開始就知道高圓寺同學很奇怪，所以沒事喲。」

哦、哦哦……雖然這是事實，但這女孩還真是出乎意料地說出很嚴厲的發言。

高圓寺好像再次真切感受到自己的美而滿足，便邁出停下的腳步。他應該是沒把我們提出的建議跟希望放在心上吧。

「不必擔心。如果是這座森林，就算稍微發生點事情也no problem。」

「高圓寺，這是什麼意思？」

「這裡稱不上是自然的森林。至少會白天迷路而四處徘徊的機率極低。正因如此，我也稍微有點感興趣呢。」

高圓寺留下別有深意的話語，似乎對我們失去興趣，他用比剛才還更快的腳程邁步走出。這不是佐倉能夠跟上的腳步。

「喂——」

「那、那個，我沒有關係。我會努力跟上的！」

佐倉一面流著汗，一面使勁微微擺出勝利姿勢給我看。

雖然我理解她的心情，但這樣反而只會更危險。

或許做好與高圓寺走散的最壞覺悟會比較好。

然而，佐倉接著卻比我想像中還要更努力地跟上了高圓寺的腳程。

她那副不時就快要跌倒的模樣看起來很危險，不過，她應該是用了自己的方式下定決心要努力吧。

高圓寺毫不在乎這令人感動催淚的努力，不停地向前走。

我以為在出森林之前他都不會停下，但他卻忽然在我們眼前止住腳步。

接著回頭過來面向我們，又一面將頭髮往上撥，一面無畏地笑著。

「我有問題想詢問身為平凡人的你們，可以嗎？」

高圓寺在我們回答之前就繼續說了下去：

「能否告訴我你們是怎麼看待這個地方的？」

「咦……？什、什麼意思呀？綾小路同學？」

因為高圓寺的銳利眼神而迅速躲到我身後的佐倉向我問道。

怎麼看待這個地方？——我試著環視周圍。而佐倉看見我這模樣，也同樣開始東張西望地看著四周。然而任何地方都沒有異樣之處。這就只是森林而已。

特地向我們進行確認的事情究竟為何？

「Good。我知道了。你們就別介意了吧。平凡人果然就是平凡人呢。」

高圓寺一了解我們不會回應他所期望的答案，便再次開始在森林中快步行走。

「這裡……有什麼奇怪的地方嗎？」

「不……」

要是認真看待高圓寺的發言那就沒完沒了。他是個盡說狂言的男人。

不過，我也無法否定這個地方可能會有我們看不見的某些東西。但無論如何，我們都沒時間慢慢搜尋了。因為高圓寺又將要再次啟程。

「佐倉，妳有沒有帶手帕？」

「啊，嗯。有呀？」

真不愧是女孩子，看來她在這類準備上做得很周全。

「如果可以的話，妳能借給我嗎？雖然或許會稍微弄髒。」

「這完全沒問題……」

佐倉完全沒有表現出不情願的模樣，她說完就把手帕借給我。

我心懷感激地借來手帕，接著就把它綁在旁邊感覺不會輕易折斷的樹枝上。事先這麼做的話，之後要回來這個地方時也能夠作為記號。

「啊，我們要跟丟高圓寺同學了……我們快走吧，綾小路同學。」

佐倉雖然很慌張，但她似乎因為疲勞累積，所以雙腳不聽使喚，感覺又快要跌倒了。

佐倉的體力果然已經接近極限。就算她勉強自己，應該也無法跟上吧。

「抱歉，我覺得體力上有點辛苦。我想稍微走慢一點，妳不介意吧？」

我說完就自己放慢走路速度。這樣的話，名義上就不是佐倉的錯。雖然也許會被看穿，但也沒什麼關係。因為並不會有什麼方法能夠確認真相。不知高圓寺有沒有聽見我所說的話，不久我們便看不見他的蹤影了。只有前方不時傳來撥開草叢及踩踏大地的聲音。

「那個人還真是擁有豐富的才能呢。」

他的頭腦清晰、運動神經超群。就連大自然這種對手，他也不懼怕地完美適應。假如他有平田那樣的個性，應該就是個超級完美的超人了吧。

「…………」

我很在意佐倉的視線，她從剛才到現在都沉默地觀察著我。

但佐倉到最後什麼也沒對我說。我們兩個人一起走著，並搜索著森林。

「要是能確保飲水將會大有幫助呢。或者是尋找能夠遮風避雨的地方。」

因為氣氛很尷尬，所以我試著簡單向她搭話。如果可以確保那種能夠以淺顯易懂方式來節省點數的據點，後續發展應該就會變得非常輕鬆。

「是、是呀。而且帳篷只有兩頂應該也不夠……可是，我們什麼都找不到呢。」

無論再怎麼走、再怎麼環顧四周，我們也找不到任何像是人造物的東西。

哎，雖然說是到處走，但我們也只確認了連島嶼百分之一面積都不到的範圍。

這應該不是那種靠小規模搜索就能讓我們輕易發現據點的天真學校。

後來我們在無路之徑上步行幾分鐘，接著就在中途走到一個空曠的地方。

「這裡……是道路嗎？」

「好像是耶。」

無人島的森林中，出現感覺像是人工開闢的道路。雖然當然並非鋪好的道路，但這裡卻有砍倒大樹、修整、並將土踏平過後的痕跡。假如這是校方製作的道路，那麼這前方說不定就會有據點。

我和佐倉邁步而出，走在這條開闢出來的道路。

「唔哇……好壯觀……！」

不久我們所抵達的地方，是在山的一部分開了個大洞所形成的洞窟入口。那裡乍看之下很像是天然洞窟，不過仔細一看的話，洞窟裡的樣子看來有受到確實補強。說不定洞窟本身也是出自人工之手。

「難道說……那個是據點嗎？」

「這個嘛，很難說呢。」

自古以來，洞窟就作為人類居住處而發揮著優異的功能。如果這裡是被指定為據點的場所，那麼某處應該就會有標記這點的證據。

當我們為了確認而打算靠近洞窟時，就看見一名男子從洞窟裡走出來。我立刻抓住佐倉的手臂，把她拉到陰影處躲起來。雖然對佐倉很不好意思，但現在還不清楚情勢，我希望別讓人看見我們的蹤影。那個男人在入口處停下來，就一動也不動地面向西南方靜靜站著。就這樣維持約一兩分鐘。

他們不拖泥帶水，迅速地確保了據點。感覺是毫不猶豫筆直來到這個洞窟的。

然而比起這件事，更大的問題是——那名男子手上握著像是卡片一般的物品。

不久，我們便聽見從洞窟內傳來呼喚男子的聲音。我急忙將臉往後縮。

「只要有這種大小的洞窟，那兩頂帳篷就很足夠了呢，葛城同學。話說回來我們的運氣真好。居然這麼快就能占領據點。」

我豎起耳朵，試著從能聽見的細微聲音之中掌握狀況。

「運氣？你至今為止都在看些什麼？這裡有洞窟的事，我在登陸前就已經有頭緒。也就是說會找到也是必然。還有，注意你的言行。因為不曉得會不會有誰在哪裡偷聽。我有身為領導者的監督責任。你要注意別做出任何一點小失誤。」

「……抱、抱歉。不過，請問你說從登陸前就有頭緒，這是什麼意思呢……？」

「船隻抵達碼頭之前，不知為何就像是在繞遠路似的繞了島嶼外圍一圈。那應該是校方為了給學生提示而採取的行動吧。因為從船隻甲板上能夠看見開闢森林的道路。剩下只要朝登陸碼頭至道路的最短路徑前進就可以了。」

「但、但是，應該說是為了觀光嗎？還是該說是為了要讓學生享受景色所作的考量呢，難道就沒有這些可能性嗎？」

「就觀光繞行來說，這轉彎速度太快了。再說，廣播內容也很奇怪。」

「我則是，那個……完全沒有感受到呢……葛城同學你看穿了學校的意圖，因此知道這裡有個洞窟呢……真不愧是你！」

「我們要去下一個地點了，彌彥。既然據點已經被我們占領，便無需久留。從船上看得見的道路大約還有兩處。那些道路前方，應該也會有設施等等的某些東西。」

「好、好的！不過只要有留下結果，這樣『坂柳』也只能閉上嘴了呢。」

「盡是把目光放在班級內部，可是會被敵人見縫插針的喔。」

「雖然說是這樣，但要防備的話也就只有B班吧？尤其D班不是一群瑕疵品嗎？即使考慮點數差距，也讓人覺得似乎無視他們也行。」

在船上也曾有過類似的話題。從A班角度看來，D班根本不值得放在眼裡。我們彷彿被他們視為掉落在路邊的小石子。

「閒聊就到此為止。我們要走了，彌彥。」

等到聽不見這兩個人的聲音及腳步聲之後，我為了保險起見，又再等了兩分鐘左右。

「走掉了嗎……」

我露臉確認情況。現在已經看不見剛才那兩個人了。

我鬆了口氣之後，發現手邊那溫暖來源的比重增加了。

我剛才急忙把佐倉抱過來之後，就這樣把她給壓制住了。

「抱歉，佐倉……佐倉？」

「呀……！」

佐倉不知為何幾乎失去意識，非常虛弱。

「妳、妳沒事吧？」

「沒沒沒、沒、沒事、事事……」

她的臉赤紅到彷彿身體就快要冒出蒸氣，並且癱軟地坐在原地。

說不定我用了比我想像中還更大的力氣來壓住她。

「呼、哈唔、呼……我、我還以為自己要死掉了……我以為心臟差點就要停止了。」

再怎麼說這也太誇張了吧。佐倉邊扶正歪掉的眼鏡，邊調整呼吸。

「從談話內容看來，剛才的兩人組似乎是A班的人耶。」

不過讓人在意的是，他們放棄這個地方並且離開。要是不叫誰來看守的話，據點也可能被人奪走。我等待佐倉恢復完體力，便再次前往洞窟入口。那些傢伙毫不猶豫離開了這個地方，也就代表著……

洞窟內部，裝設了一個埋在牆壁裡的附螢幕終端設備。畫面上有著文字「A班」，並顯示七小時五十五分鐘後結束的倒數計時。

換句話說，這就是證明擁有據點的東西嗎？

直到這個計時器歸零為止，我們完全無法出手占領。也不可能硬來使用這個地方。所以A班的兩人才會放心離開此處。不，問題不僅是如此。只要不被別班奪走占領權利並持續更新，那也就表示——A班每八小時都能持續獲得一點。

雖然失去因病缺席的那三十點，但也確定抵銷一半以上的扣分。

而且那個叫作葛城的男人，好像也還對幾處設施有所把握。

假如是擁有食物或飲水之類的據點，似乎就更能拉開與別班的差距。

「他剛才說他在登上島嶼之前，就已經事先記在腦中了呢……」

他利用記憶下來的島嶼地形來當成為了找出據點的提示。這個想法真不錯。不愧是隸屬A班，起碼他們所看見的世界很不一樣。

然而若是如此，卻也出現令我無法理解的地方。

「欸、欸欸，綾小路同學。難道說剛才的人……是領導者嗎……？」

對──這便是他犯下致命失誤的證明。儘管他是為了確實占領洞窟，但A班為了獲得占有權使用了鑰匙卡。他身為領導者的事，於是就被我們明確得知。當然，他應該不覺得自己有被別班的誰給撞見……明顯很不謹慎。

以防萬一，我試著調查至洞窟深處，但看來果然沒有人躲起來。

「怎怎、怎麼辦？我們知道了很重大的祕密……！」

佐倉聽見可以對A班造成巨大打擊的消息，有點興奮、焦急似的如此說道。

「之後我會去向平田報告。」

不擅長說話的佐倉不會主動去報告。於是我就這麼說，讓她先放下心。

4

當我們無功返回平田他們身邊的時候，情況開始有所進展。

情緒相當高昂的三人組，好像正認真地跟平田他們說些什麼事。

「是河川喔，河川！是那種感覺非常漂亮的！那裡有個好像是裝置的某個東西喔！那個是用來占領還是什麼的機器！從這裡出發也用不上十分鐘，我們大家趕緊出發吧！」

池他們率先外出探索，結果似乎發現了據點。

而且他們為了避免被其他班級奪走，好像正看守著那裡。

「這是個非常棒的成果呢。要是可以確保水源，我們的情況說不定就會大大好轉。」

以他們找來的那個據點為基礎，基地營看樣子似乎是決定好了。

我認為當然還是要取決於地形或環境，但感覺這將成為我們前進的第一步。

「可是有兩隊還沒有回來，要是沒有誰留下來的話，應該會很傷腦筋呢。」

手錶顯示時間是三點多。沒在預定時間回來，就表示他們相當有可能迷失在這座森林的某處。

「抱歉，平田。高圓寺也沒有回來。我們在途中走散了。」

「啊，高圓寺同學的話，他剛才已經自己回來，然後去海邊游泳了喔。」

看來他似乎沒有迷路就走出了森林。真不愧是自由之人。

「什麼走散，難道你沒有好好統籌完再出發嗎？」

大家在往河川移動時，堀北對我嘆氣並如此指謫。

「那種人我可沒辦法駕馭……妳知道吧？」

這傢伙絕對是故意在刺激我吧？我告訴堀北我們被高圓寺快速的腳程甩開，以及他似乎很熟悉森林的事情。

「原來如此。除了性格之外，他還真是個擁有無可挑剔能力的人物呢。」

「就跟妳一樣耶。」

「你有說什麼話嗎？」

「我、我沒有說話。」

包括我在內，這個班上存在太多性格有問題的學生。平田也很辛苦。

「什麼事？」

堀北忽然轉過頭，以銳利的眼神盯著佐倉。

「咦！」

「妳剛才在看著我，對吧？」

「我我我、我沒有在看妳！」

佐倉急忙否定，接著迅速跑掉，與我們保持一段距離。

「妳別嚇她啦。但話說回來，堀北妳本來就像鬼一樣恐怖呢。」

「你可以別擅自吐嘈然後又擅自認同嗎？」

「就是這裡！這就是我們找到的據點！厲害吧！」

我們抵達池他們發現的據點。在洞窟內看見的機器是被埋在牆壁裡，這條河川旁邊則有塊不自然的大石頭，裝置就被埋在這裡。平田他們將帳篷等必需行李放在河邊。

「嗯。乾淨的水，加上能夠遮蔽陽光的陰影處，以及整平過的地面。如果是這裡的話，設為基地營說不定很理想呢。你真厲害耶，池同學。」

「嘿嘿嘿，是吧！」

河川靜靜流淌。它是條寬度約有十公尺的出色河流。河川四周圍繞著深邃的森林以及碎石路，不過這個地方就像是被整頓過一般相當寬敞。

我不認為這是偶然形成的環境，應該是學校刻意創造出這個空間的吧。

「要如何證明這條河川是我們的東西呢？」

河川寬度很寬，下游貌似綿延至遠方。乍看之下除了我們站著的平地，四周高低差距好像都很劇烈。或許大致上就只有這個位置是好地方，可是感覺別班當然也有強行使用的餘地。而且，他們應該也有可能會不知不覺間利用到這條河川。難道說，校方作為特權賦予給我們的，純粹就只有這塊空間嗎？

我有點在意，於是走在河邊，同時往森林方向前進。不知為何堀北也跟了過來。

「校方好像也充分掌握到這點了呢。能利用河川的似乎只有我們。」

有一塊木製看板插在似乎能夠利用到河川之處的路旁。

上面寫著——河川為指定據點，未經許可禁止使用。

我們簡單四處看看，接著便回到平田他們身邊。

「我們確定要把這裡設為基地營。不過問題則是要不要占領呢？」

「這種事當然要啊！難道還會有不占領的選項嗎？」

「有呀。占領這裡的好處，當然就是能夠獨占河川，以及因占領權而入帳的點數收入。可是，為此我們每八個小時就需要更新一次占有權。只有被選為隊長的人允許操作。因此，假如隊長的模樣被人看見，那事情就糟了。我們沒辦法完全把握是否有誰會在哪裡監視著我們。」

即使隔一條河，附近也是三百六十度的森林。要是從茂密樹林中監視，那我們就連對方的存在也無法察覺。

「這種事只要像這樣遮著防守不就好了。像這樣把隊長圍起來。」

雖然牽扯風險是事實，不過這點池的意見應該是正確的吧。假如要把這塊地設作基地營，那就沒有不去占領的選擇。萬一被別班學生占領的話，我們就會無法使用河川。不論男女都表現出贊成池的模樣。雖然我認為平田原本也是這麼打算，但他貫徹中立的立場，匯集了多數意見。

取得占有權，的確利害一體兩面。然而，就像A班占領洞窟那樣，據點與基地營的地點重疊，班級也可以集中起來保護裝置。想也不用想，B班、C班同樣也會這麼做吧。換句話說，這也是個最低限度必需去背負的風險。

「嗯，那麼接下來就是選誰來當領導者。最重要的就是這個了呢。」

比起占不占領，讓誰擔任領導者才會是個重要的關鍵。這裡的失誤，恐怕會造成致命傷。當所有人都想著要迴避這重責大任時，櫛田叫大家集中起來圍成一個圓，接著如此小聲說道：

「我也試著想了很多，不過平田同學或是輕井澤同學，就算他們不願意也會很引人注目。可是，假如要交付領導者職位，如果不是有責任感的人就不行，對吧？我認為滿足這兩個條件的人是堀北同學，你們覺得如何呢……？」

堀北似乎沒料到櫛田會推薦她，但她的表情看起來並無變化。總是以A班作為目標並且展開行動的她，想必正在思考由誰擔任領導者風險最小吧。她應該覺得最關鍵之處就是那點。堀北冷靜觀察周遭的反應。

「我贊成櫛田同學的意見。倒不如說，我也認為堀北同學當領導者不錯。接下來就看堀北同學了，假如妳願意的話，希望妳可以接受，怎麼樣呢？」

就算大家目光聚焦在她身上，她本人似乎也沒特別表示拒絕。

「她這不是不願意嗎？別勉強她啦。我也可以代替她擔任喔。」

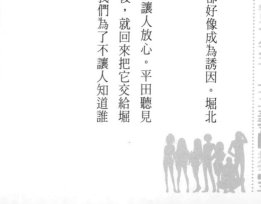

須藤好像判斷堀北不想要接受，於是出面自薦。然而，諷刺的是，這卻好像成為誘因。堀北因此作出冷靜的決斷。

「我知道了。我接受。」

也就是說，即使有點麻煩，可是比起給須藤或池當領導者，這樣更能讓人放心。平田聽見這句話，就立刻前往茶柱老師身邊轉達堀北的名字。不久，平田收下卡片後，就回來把它交給堀北。當然，考慮到可能被人看見，我們全班都以很自然的動作接觸裝置，我們為了不讓人知道誰是領導者而進行了掩飾。

「好——這麼一來洗澡跟飲水問題就解決了呢！對吧！」

池的雙眼閃閃發亮，呼籲大家節省點數。

「啥？什麼喝河水，你腦袋還正常嗎？」

看來池好像打算把這條河活用於飲水及洗澡兩者之上。另一方面，篠原她們女生似乎沒有這種想法，而傻眼似的撇了河川一眼。

「這個嘛，拿來游泳之類的應該不錯……可是要拿來喝就……對吧？」

「什麼嘛，這不是完全沒問題嗎？這水很乾淨吧？」

「是、是呀……確實看起來可以喝……」

篠原看見不斷呼籲節約的池，便拉了拉平田的袖子。

「欸，平田同學……這真的沒關係嗎？喝河水可不尋常呢。」

接著又有幾名女生聚集而來，不安似的找平田商量。

女生們看見靜靜流動的河水之後，就左右搖頭抗議沒辦法。

「我實在不覺得這可以喝……」

池看見她們偷偷摸摸互相商量的模樣，焦躁地開口說道：

「是嗎？這河水非常清澈，就像是天然水一樣的東西吧——」

雖然水質並不混濁，但不僅是女生，部分男生也不太感興趣似的遠遠望著河川。

「你們怎麼了啊？有什麼不滿意的啊？我們沒有不去有效運用這難得發現的河川的選擇吧？」

「那你去試喝看看啊。」

「啥？……是沒什麼問題啦……」

池被女生半強迫地催促，而掬起河水喝了下去。

「呀——！冰涼涼的真舒服耶！好喝！」

「唔哇，真傻眼。不行不行，居然要喝那種東西。真噁心。」

「啥！不是妳叫我喝的嗎！篠原！」

「討厭討厭。像你這種野蠻人，可是我最討厭的類型呢。」

「妳說什麼！」

他們兩個又開始互瞪，劈里啪啦地迸出火花。

「雖然聽說越吵感情會越好，但這適用於那兩個人嗎？」

「這……好像並不適用呢。」

繼廁所之後的下個問題，似乎便是飲水。看來並不是只要找到河流，就能解決所有事情。

「總之水的問題之後再想吧。吵架也只會讓人覺得難過呢。」

平田想打破現狀，而向大家如此表示。

拖延似乎也有許多問題，不過假如這是平田的意思，似乎沒什麼人會特地反駁吧。我這麼想，然而有個男人卻從意想不到之處對此話題的發展喊停。

「篠原，妳不要抱怨啦。這是一場需要全班同學互相合作的考試吧？」

他是班上的第一問題學生——須藤。他用不同於往常的語氣來告誡篠原。

「喂，討厭，別笑死人。全班同學互相合作？這種話輪得到須藤同學你來說？」

篠原笑到肚子痛，可是須藤被她以這種鄙視態度對待也不無道理。因為須藤從入學開始就屢屢引起問題，搗亂班級。在不同層面上，他和堀北都處於「與他人合作無緣」的立場。

須藤自己好像最清楚這點，然而即使如此，他也沒有改變態度，並且繼續說下去：

「我知道自己給班上添了麻煩啦。正因如此，我才會這麼說。要是在無聊的事情上引起別人反感，遲早會自食惡果。」

「……這什麼話。反正須藤同學你也只是不想使用點數而已吧。」

「這種話誰也沒說吧。寬治，你也稍微冷靜點啦。要是突然被叫去喝河水，一般來說誰都會覺得反感吧。就算是我也是這樣。對了，我記得只要讓水沸騰就可以殺菌，對吧？總之我們先試試看這麼做，如何？」

「沸騰？……這又不是在做化學實驗。你不要因為突發奇想就隨便發言。」

只要是篠原看不順眼的對象，無論對方是誰，她好像都有覺悟要對抗。她即使面對須藤也很強勢。

面對這場更添火種的爭執，平田再次為了讓大家冷靜而如此說道：

「我們先解散吧。目前也還有時間，我們沒必要急著決定。」

篠原似乎因為這些話而稍微冷靜下來，因此不發一語地離去。過了不久，平田就和茶柱老師進行了租借臨時廁所的申請。對篠原的言行，池無法完全平息憤怒，留在原地一直不甘心地緊咬嘴唇。

「可惡，篠原那傢伙搞什麼啊。結果不就只是沒心要努力而已嗎？」

池看起來很不滿地撿起小石頭，把它對著河川像是在打水漂一般地丟出去。

石頭在水面彈了五、六次，悠然地飛到對岸。就巧合來說，這石頭的行進路線還真漂亮。即使有樣學樣地做，應該也不會那麼順利吧。

「難不成，你意外地很擅長野外性質的活動？」

「嗯？啊——不，也不是這樣啦。因為我從小就經常跟家人一起露營，所以我對於飲用河水不會感到抗拒。而且水源乾淨且衛生這種事，我只要看了就知道。」

與其說是自豪，倒不如說，他真的就像是在說著理所當然的事情。

「這樣的話，你一開始就自稱有露營經驗不是比較好嗎？你要是因此而獲得信賴，我覺得就可以進展得更順利。」

連說明都沒有就自顧自地展開行動，要是只有這樣，就算有能力也無法讓人認同。

況且，這與考試成績之類的不一樣。因為這不是用眼睛去看就能簡單了解的事情。

「假如我有參加童子軍，或許還能引以為傲。但只有露營經驗的話也沒有什麼好自豪。話說回來，反正就算我講了也沒有用。」

看來他好像因為被女生們狠狠譴責而相當喪氣。

從平時只想著要受女孩子歡迎的池眼裡看來，對此懷有不滿似乎也是理所當然。

然而，總覺得假如能夠稍微改變做法，情況真的就會有所不同。我隱約能看見池和平田合作帶領班級的那種形式，正因如此我才覺得很可惜。

「不過……」池有些支支吾吾地補充：

「這種露營生活，大家好像都是第一次進行。我以為不管是誰都稍微會有經驗。這麼想的話或許我有點強人所難。」

總覺得這是池初次表現出後悔心情並察覺自己過錯的瞬間。

「抱歉，我好像無法好好整理思緒。我去河裡游一下。」

他說完就站起來背對著我離去。暫且就先讓他這麼做吧。

「綾小路同學，你能追上他嗎？」

「啥？為什麼？」

一旁的堀北在看不見池身影之後對我如此說道：

「他的知識有派上用場的可能性。換句話說，他或許會是這個D班的必要存在。除了野外知識，他在某種程度上也知道森林裡的走路方式。既然無法利用高圓寺同學的知識，那就有必要想點辦法讓他帶領班級呢。」

「妳不認為要自己去說服嗎？」

她似乎沒料到我會這麼說，而驚訝地說：

「由我？去說服他？你認為我辦得到？」

妳就算用這張跩臉來宣揚自己辦不到，我也很困擾……就算這是事實。

這傢伙在構築人際關係這點之上真的只擁有普通人之下的能力。

「我就是因為清楚自己辦不到才會拜託你呢。我就靠你了。」

「說得也是耶。因為妳能拜託的對象也只有我。」

即使我的期待指數是最低的1，可是假如其他人全都是0，那我也必然會成為第一。

「從平時很少被人依靠的綾小路同學看來，想必你心裡很高興吧。」

能高傲地雙手抱胸且威風凜凜地拜託他人，就是這傢伙的厲害之處。

「我知道了。我會婉轉地傳達。不過時機就全交給我來判斷。」

「……好。我確實不知道現在過去搭話是否為最佳時機。」

堀北似乎理解為我已答應，便沒特別再說什麼，並且離去。

這一個星期，堀北應該會深刻感受到，甚至討厭起獨自一人的不易之處吧。

這傢伙認為自己是個優秀的人，可是這件事始終僅限於個人的情況。

如果這是那種只追求自己成績的情況，那她應該就不會依賴任何人並且默默不停奔向上段班吧。然而這次考試就像是個好例子，說明了也是有自己一人會無能為力的情況。

堀北很可能現在才深切體會到自己的無力吧。

要不是這樣，照理說她不會在這麼早的階段就來拜託我。

如果沒朋友的話就不會有任何人靠近，也無法找人攀談。假如無法溝通，也沒辦法互相合作以及受人信賴。

也就是說，在校內看起來很完美的才女，在這狀況下程度也會低於一般學生。

「……校方應該也完全計算到這點了吧。」

當然，這就是名為堀北鈴音這名少女的極限，也是能看出其實她並沒這麼出色的一點。我們是無法擺脫這學校制定的規則的。

5

兩頂搭好的帳篷並列在稍遠之處。

篠原她們女生在討論中取勝，兩頂帳篷都被女生占領了。

換句話說，男生現在完全處在被迫露宿野外的狀態。

大部分同學活到現在應該都沒露宿野外過吧。

幸好現在是夏天，所以我想並不會感冒，但這無疑將會很辛苦。

不時前來伺機叮咬手腳的蚊子將會很煩人，而且入夜的話視線也會變差。

腳邊的草叢中也有不明的昆蟲們又跳又飛的，實在讓人害怕。

身為都市小孩的我對此相當抗拒。要我在土床上度過一整週真的是很勉強。

不過，包括池在內，極力反對花費點數者的行動力就不一樣了。幾名男生拔草過來，打算拿來代替地墊。或是進行著能否砍樹等等的討論。打算想辦法是很好，但我只希望他們不要太亂來。

平田搭建完女生的帳篷，額頭邊流著汗，邊走了過來。

「那個，綾小路同學。如果可以的話，你能不能聽聽我的請求？」

平田以這般低姿態且抱歉似的模樣來向我攀談。

「只靠手電筒來迎接夜晚也很可怕，要不要花費點數是另一回事，但我認為有必要確保光源。雖然我也沒辦法強迫你就是了。」

的確如此，我也想避免夜晚沒有半點光線，而且這樣去上廁所似乎也會耗費一番功夫。我詢問自己該做什麼，平田稍做思考後如此回答：

「我希望你能在附近撿些看起來能用來升營火的樹枝。」

他難得在眾多男生之中拜託了我，我就答應他吧。

「那麼，我會酌量撿一些回來。」

「謝謝你。啊，但是一個人很危險，所以再邀個人一起去會比較好呢。」

我判斷這點沒錯並打算尋找搭檔，結果發現堀北佇足在原地，一動也不動地仰望天空。她似乎發現自己正被我看著，於是面向我這邊。

「你平常都很不合作，但面對他的請求，卻似乎相當好說話呢。」

「我也才剛答應妳的委託吧？再說因為我在各方面都受到了平田的幫助呢。內容也不是什麼了不起的工作，只是撿樹枝而已。」

部分學生自發性地展開行動，為了班級而工作著。

這種時候能否付出行動，自己在班上階級地位也會有所改變。

「他身為班級核心，居然也只能拜託你，還真可悲呢。」

「無論好壞，D班都是靠平田跟輕井澤而成立的呢。雖然除此之外擁有統率威信能力的人——並不是沒有，不過卻不適任呢。」

要是我旁邊的堀北拿出真本事，感覺她很可能會有足以團結班級的力量與能耐。然而，她在度量及器量上卻致命性地不足。她本人甚至覺得這兩個項目不存在這世上。

可能產生影響力的人是櫛田，可是她沒有餘力成為承受各方壓力的角色。她四處為糾紛打圓場，好像就已經竭盡全力。櫛田現在應該也正在某處奮鬥。

「妳要不要當平田的助手啊？與其說是為了班級不如說是為了自己。」

「你要我去當他的助手？別開玩笑。若是這樣，那我去跟獼猴類動物玩雜耍還比較好呢。」

「跟獼猴類動物雜耍……」

再怎麼樣這對平田實在都很沒禮貌吧。不，是太沒禮貌了。

「開玩笑的。他跟猿類動物有多不同是另一回事，但這次我沒有任何事幫得上忙。假如有明確的敵人或者目標，那還有辦法思考對策。最重要的是，究竟是不應該使用點數，還是應該在某種程度上使用——我自己都還沒得出答案。」

堀北說完這些就靜靜離去。然後進入剛搭設好的帳篷。

是說，我得先去尋找願意跟我一起外出的親切搭檔。

當我正尋找著剩下的男生，便看見須藤橫躺在河邊仰望天空。他剛才帥氣地掩護池，也許他稍微成為了一個值得依賴的男人。

他一定會為了幫助正在煩惱的朋友而抬起彷彿很沉重的下半身吧。

「欸，須藤，接下來我要去撿生火用的木材，要不要一起去？」

「啊？什麼啊，若是麻煩的工作那就不了。」

我連他起身的模樣都沒看見就被拒絕。我沒找到其他邀請對象，於是便試著堅持了一下。

「與其說是麻煩，內容也不過是在這附近繞繞並收集樹枝。」

「這就是麻煩的工作啦。抱歉啊，我要去海邊游泳一下。」

須藤一起身，就伸手拿起放在身旁的包包，前往了海邊。

「哎……就知道會這樣。」

我明知沒希望，但還是決定邀請正在帳篷附近和女生聊得忘我的山內。

「我接下來要去撿生火用的樹枝，你能陪我去嗎？」

「咦咦，感覺很麻煩耶……你看，我跟寬治他們一起找到了據點，對吧？我費了各種心力所以很累了啦。抱歉，我不去。讓我休息吧。」

「是嗎……也是啊。」

既然他都這麼說了，我也不能硬是說什麼。這下可真傷腦筋。

這麼一來，我能說話的對象就已經趨近於零。而且堀北現在並不處於我可以去進行委託的「狀態」。

「……結果我要一個人去嗎？」

山內跟女生看起來開心似的談笑。他隨便為我打氣，連面向我這邊也沒有。

當我下定決心要自己前往森林時，佐倉就像在觀察我的狀況一般前來找我。

「那個……我……我可以跟著一起去嗎？」

看來她有在附近聽見對話，好像知道情況。

「咦？我是很感謝啦，不過妳可以嗎？妳很累了吧？去休息也沒關係喔。」

佐倉剛才跟我一起探索森林，應該相當疲累，我不能再勉強她。

「我沒關係。即使留在這裡，那個，我也會覺得……有點不自在。」

她這麼說完，就背對著班上女生們走過來。

從與我情況類似的佐倉看來，團體生活似乎只有痛苦。

「那走吧。」

高圓寺也不在，我只要配合佐倉的步伐就可以。

「喂！」

當我們兩個正要走向森林，後方傳來山內叫住我們的聲音。

他接著立刻跑來我們身邊。

「我還是也來幫忙吧！」

山內才剛表示拒絕，不知為何好像改變了想法。

「咦……可以嗎？」

「哎，你看，朋友有難時就是要伸出援手呀。是吧，佐倉？」

「啊……是、是的……」

佐倉的樣子看起來很畏縮。她稍微躲到我身後點了點頭。

她幾乎沒和山內說過話吧。要是佐倉能藉此機會增加朋友就好。

6

為了避免離基地營太遠，我們決定都在周圍收集樹枝。

我們三個在距離營地沒有很遠的地方分散開來撿拾樹枝。

「欸、欸欸，綾小路，這件事我希望你可以保密。」

山內手裡拿著一些樹枝，他一靠近我就把手繞過我的脖子，前來說起悄悄話。

「我……我想追佐倉。」

「咦？」

「哎呀，小櫛田的等級不是太高了嗎？而且她的溝通能力也很強。所以這種時候我打算捨棄這個高難度目標。該說相較之下佐倉不太擅長與人交流嗎？或者應該說是那個……她完全不習慣與男人相處。老實說，我在想在這趟旅行中能追盡量追。我覺得那種類型的女孩子，只要我能扮演可以溫柔照料她的男人，就會追到手了呢。可能的話，我想大約進展到接吻階段。我是說真的。這種時候佐倉就ＯＫ。不對，就是要佐倉才好！」

「這種時候？你至今跟佐倉都沒半點交集吧？還真是突然耶。」

「哎呀，這點呀，我可是有在反省自己沒眼光了喔。因為她很樸素，我沒有特別注意過，但是她超可愛，而且還是個偶像耶！胸部也超棒的。即使穿著運動服也清楚可見而且顯眼得不得了呢。」

「咕嘿嘿。」山內說完就用手做出揉胸的動作。看來他突然想幫忙的理由就是這個。

山內好像把佐倉當成曾經是他真命天女的櫛田的備胎。我不認為佐倉會對此高興。

我就期待山內會遇見令他真心喜歡上佐倉的事件吧。

「所以你就替我加油嘛。比如說，現在開始讓我跟佐倉兩人獨處之類的。」

「這說不上是加油吧……」

「什麼嘛，難不成你正在追佐倉嗎？你正在追那對胸部嗎！」

為何武斷看待事物的傢伙會這麼多呢？

我並不打算否定山內的心情。胸部大小也是女性的魅力。男人會被這點吸引，生物學上也可以說明。假如有必要，要我聲援與幫忙也無妨。然而，佐倉和櫛田不同，她就是不習慣與男人互動。如果他純粹只是想當朋友就另當別論，我可不能讓佐倉突然與作為異性來追求她的男人單獨相處。因為要是山內失控，佐倉也無法抵抗。

「現在你就放棄吧。要是你跟佐倉稍微再要好一點，我就會協助你。而且我也想趁早回去先好好試一試能否生火。對吧？」

山內無力垂下雙肩，但立刻就恢復心情。

「真是的，你還真頑固。算了，綾小路你有堀北，所以我應該也不必擔心。」

我身邊什麼時候開始變得有堀北了。

「欸，好好去收集樹枝。我也會去那邊好好撿的。」

他這麼說完，就把自己收集的樹枝塞來給我。有好幾根樹枝從我手上滿出，啪搭啪搭地掉到地面上。但或許我對佐倉做出壞事了呢——我稍微如此反省了一下。雖說是因為高圓寺獨自走在前方，但她也有可能會對於跟我兩人長時間待在一起感到痛苦。她不是那種會把話說出口的性格。

佐倉最後好像都在防備我和山內，大致都是沉默地在收集樹枝。

「這些應該就已經可以了吧？今天的分量應該很足夠了。」

就今天一天來說，我們收集到的分量的確非常足夠。我們三個因為山內的這句話而結束收集樹枝的工作，並開始返回營地。

「欸欸，佐倉，我幫妳拿吧？女孩子的話會很費力吧？而且說不定會受傷。」

山內一開始就打算這麼開口的樣子，手上的樹枝大約只有我的一半。看來他打算扮演一個能溫柔照料她的男人。在我沒去幫忙的對照之下，這也有突顯山內溫柔的用意嗎？

「沒、沒關係……綾小路同學拿著很多樹枝，請你去幫忙他。」

「唔～～！佐倉妳真體貼！真是的，一個人拿這麼多也太貪心了吧，綾小路。來，我幫你拿一半，給我吧。」

他這麼說完，就抓回一開始塞給我的大約一半的分量。看來這好像是就算被佐倉拒絕也能夠推銷自己的溫柔之雙重準備作戰。山內看起來很滿足，並得意洋洋地邁步而出。而在這樣的歸途中發生了事件。

我們在路上發現一名少女坐在地上靠著大樹。她不是D班的學生。

她察覺我們的存在，就看了我們一眼，然後沒興趣似的撇開視線。

雖然別班的學生放著不管就好，可是我們馬上就知道少女的模樣非同小可。這女孩的臉頰上有紅腫的痕跡。一眼就知道是被人打的，而且還相當用力。當山內正要跑向少女時，我不由自主地抓住他的肩膀。

「幹嘛啊？」

「啊，不……抱歉，沒什麼事。」

我剛才打算說出的話是多餘的——我在最後一刻如此克制自己。

「欸，妳怎麼了啊？沒事吧？」

山內無法放著受傷的女孩子不管，率先向她搭話。

「……別管我，沒什麼。」

「沒什麼？……看起來完全不是這麼回事。妳是被誰打的？要幫妳找老師嗎？」

從腫脹狀態推測，很容易就能看出那伴隨著相當大的痛楚。

「只是班級裡起了糾紛。別在意。」

少女有點自嘲似的笑了笑，並說出這些話來拒絕山內的提議。她的口氣有種女漢子的感覺，可是明顯很沒精神。糾紛這件事我也有點在意。

「……怎麼辦？我們也沒辦法……放著她不管呢。」

這裡和學校用地裡無法相比，是個三百六十度被森林環繞著的叢林。再過一兩小時也要開始日落。那樣的話她甚至很可能遇難。

「我們是D班學生。可以的話，妳就來我們的基地營吧。」

山內簡單徵求我跟佐倉的同意，我們於是順著他的話稍微點頭表示同意。

「啥？你在說什麼，這種事情怎麼可能？」

「不知該說是有困難時要互相幫助，還是該說這是理所當然，對吧？」

少女好像沒打算聽進這種話，而別過頭陷入沉默。放著她不管無疑會比較輕鬆，但假如沒有相當不得已的苦衷，女生是不會一個人待在這種地方的。

「我是C班學生。換句話說也就是你們的敵人。這點事你們知道吧？」

這應該是自己沒道理獲得我們幫助的意思。

「可是啊……也不能把妳一個人放在這種地方，是吧？」

我和佐倉都點頭同意。即使如此少女似乎也不打算起身。

我們是同所學校的學生，一般來說互相幫助是理所當然。但在特別考試上，這是否正確也是另一個問題——若以利害關係來進行判斷的話。

「我們不會留下女孩子就回去。直到妳動身為止，我們都會待在這邊。」

山內做好要一直賴在這裡的覺悟。那麼我們也只好配合待命。

然而，少女好像把這麼做的我們判斷成是一時糊塗。她似乎估計我們會馬上離開，而沒有理睬我們。她就連看也不看我們一眼。

「話說回來呀，森林裡濕答答的，空氣悶熱還真討厭耶。佐倉妳不熱嗎？」

「我，那個……我沒什麼關係。」

雖然只是一直等待很無聊，但從山內看來，這說不定是他求之不得的事情。因為這也代表著——直到少女認輸前他能和佐倉度過的時光將會一直持續下去。

接著，山內也頻頻向佐倉及少女拋出問題，度過一段很有價值的時光。大約十分鐘之後少女好像就屈服，而無可奈何似的站起。

「……你們真的是笨蛋。真是誇張的濫好人。這種事在我們班是無法想像的。」

「我們只是無法放著苦惱中的女孩子不管。」

山內裝酷並豎起大拇指。佐倉對山內的好感度……上升了嗎？

最關鍵的佐倉看起來並不怎麼在意山內這令人感動的努力。她正無意義地凝視著森林深處或者天空。從本來就不擅長與人牽扯上關係的佐倉看來，這種難以預料的情況也不是她所樂見的。她應該正在盡可能不表示出關心並等待時間經過吧。

「但這樣好嗎？即使把你們的營區地點跟我說也沒關係嗎？甚至還要為我帶路。」

「咦？這有什麼不妥的嗎？」

山內好像不了解少女言中之意，而面向我們進行了確認。

「令人難以置信般的笨蛋實際上還真的存在呢。我真不敢相信。」

少女毫不猶豫就說出了那種即使心想也不會說出口的話語。山內也愣住了。只要知道營區地點，就有發現別班打算如何度過考試，或者發現別班的應考方向以及對策。就D班來說的話，我們的據點存在就會讓外人知曉。

若有隱憂因素就是這個部分，但我端正坐姿之後，如此滔滔答道。

「沒關係，我想這並沒什麼問題。」

「是吧？既然沒問題，那麼……我是山內春樹，請多指教！」

「雖然你們應該是好人……但果然還是群笨蛋。」

少女雖然傻眼，但也接受了山內的自我介紹。她連看也不看我們，便如此簡潔答道。

「我叫作……伊吹。」

這名少女以讓人容易聽懂的聲音說自己叫作伊吹，她好像因為傷口很痛，而稍微撫摸自己紅腫的臉頰。她在自我介紹的時候，也不肯和我們對上眼神。她應該不擅長看著別人的眼睛吧。

比起這個，我更在意的是——雖然量很少，不過伊吹的手指指甲縫隙中卡著泥土。剛才伊吹所坐著的地方，也能看見土壤挖掘過的痕跡。

「唔咦，最近的女孩子們之間會用那種互甩巴掌之類的方式來吵架啊……？」

「別管我，這事情跟其他班級沒關係吧？」

即使她這麼說，但看見她那副似乎相當疼痛的模樣，我們也不能放著不管。

伊吹好像正在忍耐著痛楚，表情不時會染上一層痛苦，而去撫摸臉頰。

山內看見伊吹覺得礙事似的重新揹好肩上的背包，就像是突然想到什麼，雙眼發亮。

「欸，起碼讓我幫妳拿背包吧，好嗎？好嗎？」

山內在佐倉面前，無論如何都想展現男子氣概的一面。他把樹枝塞給我之後就伸出了手。實在是很紳士。

「……不用。喂，我說不用，住手啦。」

背包交給山內拿感覺也不錯，可是伊吹好像不信任我們，或者是不想依賴我們，而強烈表示拒絕。背包因放開手的那股反彈力道而撞上了樹木——伴隨著「咚」的這種悶鈍聲響。四周籠罩著尷尬氣氛。山內慌忙道歉：

「抱、抱歉，我沒有惡意，對不起啊。」

「我知道，只不過我還不相信你們。你們懂吧？」

伊吹好像不想再說任何話而陷入沉默。山內也放棄，並邁步走出。

你要是沒有拿背包就幫我拿樹枝嘛……我邊抱著大量刺人的樹枝，邊這麼想著。

7

我們收集樹枝回到營區。伊吹說不想給別班添麻煩便在遠處坐下。要她馬上融入我們是件很難達成的事。對於沒有決定權的我們來說，這也很值得慶幸。只要她能夠待在我們目光所及的範圍，應該也就不會被捲入難以預料的事情裡。遺憾的是平田好像外出了。

於是我和山內、佐倉就先開始替生火做起準備。

因為若迎接了夜晚還無法好好生火——若是如此就太不像話了。

「交給我吧，讓你們見識我的厲害。」

從平田那裡收下火柴的山內，在簡單堆疊起的樹枝前面蹲了下來。

接著取出火柴棒，並將前端迅速磨擦火柴盒側邊的砂紙。

雖然多次傳出「啪」這種摩擦聲響，但火柴棒遲遲沒有點燃。

「可惡，還挺困難的耶……」

山內好像因為佐倉也在旁邊，而想要表現得很帥氣。但若是從平時沒使用過的人看來，這是件不太容易順利進行的事情。即使如此，火柴棒的前端在山內反覆第十幾次的挑戰中突然點起了火。

「噢噢！好耶！」

火柴終於點燃。山內急忙將它丟進樹枝堆。

但……它冒出一縷煙之後，無論再怎麼等也沒有延燒開來的跡象。

「咦……？」

「應該要把火好好貼在樹枝上燒吧？若是剛才那樣再怎麼說似乎也很勉強。」

「好，接下來我就試著慢慢來……啊——真是的，又失敗了。這是瑕疵品吧？」

假如點燃一根火柴都要耗費一番功夫，那要能夠升起火就會是很久之後的事情了。

山內逐漸焦躁起來，手似乎自然而然增加了力道。火柴前端被拿去用力磨擦火柴盒側邊，纖細的木頭於是就輕而易舉地被折斷。

每次這樣失敗就會逐漸累積一兩根沒用過就結束壽命的火柴棒。

「失敗太多次的話可不妙呢。」

因為山內的腳邊已經有第三根火柴殘骸被丟下，我為了讓他冷靜而如此向他搭話。

「沒問題沒問題，沒關係啦，還有這麼多呢。」

他把火柴盒拉出來讓我看。雖然光是簡單一瞥似乎也有二十根以上……

要是以這種速度繼續使用也可能撐不到一週。

「好耶！點燃了！這次一定要成功！」

山內這回將好不容易點燃的火柴慢慢靠在樹枝上。

火確實緊貼著樹枝，看起來正努力在燒焦樹枝，但它卻沒有循著我們的期望發展。

「為什麼啊！我沒有弄錯任何地方吧？我去問一下老師！」

想讓佐倉見識自己帥氣一面的山內急忙開始尋找茶柱老師。

這應該也就是說，我們必須把理所當然的事情，以更理所當然的方式去進行思考。

我蹲下來拿起我們要用來點火的樹枝。

「為什麼點不起火呢？」

佐倉也同樣蹲了過來，在旁邊覺得奇怪似的看著留有燒焦痕跡的樹枝。

「我以為若是木頭的話馬上就能夠燃燒，但火勢或許遠比我想像中還要微弱。」

她好像無法理解我所說的意思，於是稍微歪頭，以眼神來詢問我。

「在連續劇或電影出現的營火給人感覺就是有使用粗樹枝，對吧？所以事實上，我們是收集了與那種感覺很接近的樹枝。不過，我們應該無法從一開始就點燃粗枝吧？」

我折斷一根分支出的細樹枝給她看。

「感覺應該要依序從大概這樣的細枝開始燃燒，而且當中受潮的樹枝也很多。」

外行人對潮濕的樹枝點火——這行為豈不是胡來嗎？這樣的話即使山內使用好幾十根火柴，火勢似乎也不會延燒開來。

「雖然有點費事，但我們再去森林一趟，撿些乾燥細樹枝或是看起來容易燃燒的樹葉——」

「咦？你們在這種地方做什麼啊？」

當我們在反覆嘗試從失敗中學習時，稍微游了泳的池回到了班上。

「我們現在正在進行生火的預演。過程進行得不太順利，正在苦戰中。」

「生火的？……是說，這種粗樹枝不可能會點起火吧～最開始可是需要更細的樹枝喔！你們拿來的樹枝，無論哪個不都很粗嗎？而且還有受潮的。這樣完全不行、不行，很遜耶。」

「啊，可是剛才綾小路同學他——」

我決定打斷佐倉打算替我圓場的這些話。

「這樣啊？如果可以的話，你可以教我嗎？我該怎麼做才好？」

「真是拿你沒辦法啊，我就簡單講解吧。等一下喔，我要去那一帶撿適合的材料。」

池如此說完，就放下裝著泳衣的背包，進入旁邊的森林，然後馬上就回來了。

他好像撿來分成數種粗細的樹枝，從纖細樹枝至粗細中等的樹枝都有。

而且他還帶回一把枯葉。

「我把適合的樹枝拿來了，我想這樣就有辦法了。」

他這麼說完，就撿起山內放著的火柴盒，迅速點燃枯葉。那些葉子上的火勢逐漸蔓延開來並轉移至小樹枝。池一邊看著火候大小，一邊慢慢加入粗樹枝。轉眼間，它的模樣就變成我們熟知的營火。

「嗯，就是這麼回事。」

「好厲害耶，真佩服你。有露營經驗的人果然就是不一樣。」

「生火方式可是基礎中的基礎呢。只要記住一次，誰都做得到呢。」

然而，這個D班之中卻幾乎沒有學生擁有這種經驗。因此他的存在相當重要。

「啊——可惡，老師什麼都不告訴我——唔哇！火怎麼升好了啊！」

山內回來看見出色完成的營火，顯得很驚愕。他好像很不甘心沒能表現出帥氣的一面，而嘟噥抱怨了一會兒。

我將生火的事交給池和山內便離開那個地方。

「欸、欸欸，綾小路同學。那個……你明明就是自己發現的，不說出來好嗎？」

「沒有確切證據可以證明那就是正確答案，而且即使我說了也沒意義。比起這些，讓池自己去證實自己的經驗派得上用場，將來對班上還比較會有益處。」

雖然這是有點裝腔作勢的台詞，不過我還是把想到的事如實說出口。
佐倉用好像有點感動的眼神看著我。總覺得莫名害羞起來了。
「抱歉，我有點累，要去休息了。佐倉，也謝謝妳了。」
我就像是在逃跑一般稍微跟基地營保持了段距離。
在附近準備個人用帳篷的茶柱老師一直盯著我看，不過我決定假裝沒察覺這點並無視她。

8

櫛田她們的團體在手錶時間超過五點時回到了營地。平田好像也跟櫛田她們一起行動。班上將近半數的學生因為中心人物歸來而開始集合。看來他們在執行尋找食物的任務，手上拿著像是食物一般的東西。我從遠處確認了一下，看見有許多緊靠在一起、像是草莓那樣的紅色小果實，以及像是把番茄縮小之後的東西，就連形狀像葡萄或奇異果的也都有。
「這個……可以吃嗎？雖然我是覺得它感覺有點像水果才帶過來。」
他們看起來很沒自信，好像正在請教其他學生的意見。
無論哪樣形狀都沒見過，要食用似乎很需要勇氣。

「話說回來我口渴了呢……肚子也開始餓了。」

「我好像也口渴了……」

到了傍晚，學生們開始說出這種話也不無道理。我也是其中之一。

隨著晚餐時間越來越近，食物及飲水的問題也逐漸浮現出來。

「喔！這不是黑豆樹果實嗎？是小櫛田妳找到的嗎？真厲害耶。」

在營火附近的池聽見騷動走了過來，抓了一粒果實並如此說道。

「寬治同學，你知道這是什麼嗎？」

「是啊，它是一種叫作黑豆樹果的果實，我以前在山裡露營時有吃過喔。它就如同外觀那般，有種像是藍莓的味道。這個則是木通，它也很甜很好吃喔。哎呀──好懷念喔──」

他應該並不是想要耍帥。池發現懷念的果實而露出孩子般的笑容。大家看見他這種模樣，每個人好像都相當佩服他。面對這樣的池，篠原也向他拋出關於其他果實的疑問。池坦率地回答問題。

「咦……總覺得氣氛比我想像中還要好呢。」

雖然有無數糾紛未徹底解決，但班上卻因為一點小事情，而達到今日最團結的狀態。雖說數量很少，不過獲得食物也是其中一項要因吧。

「你好像順利升起營火了呢。謝謝你，綾小路同學。」

「不是我，去和池說吧。」

營火不斷升起的煙成了狼煙發揮著作用。被叫到名字的池走了過來。

「只要看見煙，即使在森林迷路也能夠回到營地對吧？」

「啊，所以我們才會馬上就回得來呢。這都要歸功於寬治同學你呢！」

雖然我們相對也要承擔被別班發現的風險，不過這部分應該也沒辦法吧。

不僅是櫛田，好像也有其他學生對此表示認同，而佩服地點頭同意。我以為池會對意想不到的注目及尊敬眼神感到自負，然而他接著不是面對櫛田，而是面向了篠原。

「……欸，篠原。我今天一整天試著思考過了。在這種什麼也沒有的島嶼上，過著沒有廁所的生活真的很嚴苛呢。就算是為了守住點數，我也說得太過火了。抱歉。」

「為、為什麼要突然這麼道歉啊？」

「因為我回想起來了。回想起我第一次露營時的事情。當時廁所很糟糕呢。不用說蟲子在上面爬，那簡直是髒透了。所以我就想起了——那個非常討厭上廁所，而跟父母抱怨要回家的自己。更何況妳是女生，所以更不用說了呢……」

池是個能夠自己去掌握狀況並冷靜下來的優秀人物。比起我這種不特別做出醒目行為的人，他更是個傑出的存在。當然，要擠出剛才那番話應該也很需要勇氣。不過這份勇氣與道歉行為，雖說緩慢但也逐漸傳染開來。不久，篠原也尷尬似的如此接著說道：

「我也是……剛才真是抱歉。說什麼不喝河水……我想我太過情緒化了。要是我們自己不做點什麼，那也無法留下點數呢。」

雙方好像都無法直視對方眼睛，不過他們看樣子已經和好。說不定D班會出乎意料地剩下點數。這種預感、預兆，其他學生應該也都感受到了吧。

正因如此，平田決心不錯過這個機會，於是舉起手聚集全班同學的目光。

「我有事情無論如何都想先向各位說明。對我們而言，這場特別考試盡是些初次遇到的事情。因此我也明白你們不知所措的心情。每個人價值觀都各自不同，所以起衝突也是理所當然。然而，我希望各位不要著急、不要慌張，到最後都要彼此信任。」

平田用很明確的語氣如此說完，接著便以沉著、容易聽懂的聲音開始說起話來。

「即使是一點也好，誰都想要留下更多點數，對吧？所以我自己試著算出了具有現實感的大概數字。而那就是考試結束時我們是否能剩下一百二十點以上的點數。我覺得這就是對D班而言的戰鬥。」

「換句話說，你打算使用一百八十點？我可無法輕易接受喔，平田。」

幸村無法容許這句計算將會使用一半以上點數的發言而瞪著平田。

平田為了讓周圍的人都看得見，將指南手冊放在地面上，開始說明抵達這項結論的理由。

「我希望你們都先聽到最後。假設所有食物都以點數補足，而若想要選擇支出最少的形式，那就會是營養食品與礦泉水的套餐。」

食物或者飲水以班級為單位一餐各是六點，但若是套餐就能一餐十點解決，那一天吃兩餐就是二十點。假設今晚以及考試結束當天吃一餐就好，那總計就是十二餐。加起來是一百二十點。假如忍耐扣掉最後一天的話，算起來就是一百一十點。這邊再加上臨時廁所的二十點，以及兩頂男生專用帳篷的二十點，就會是一百五十點。剩下的三十點則是用來湊齊一週生活上的必需物品——這是考慮總共要使用一百八十點的計算。

平田進行著有所根據的說明，全班則默默聽著平田的這番話。

「我想聽到剩下一百二十點你們會覺得很少。可是該說是暫時性的嗎？我希望你們想想——這只是大家太過意識到三百這些點數了。理由只要從期中、期末考的結果來看應該就很好理解了吧。」

我們在迎接暑假前的筆試中班級點數有了變動。當時，就連最優秀的A班點數變動也不到一百。從此狀況來看便能明白一百二十點絕對不是個小數目。外加考試結束時額外點數也會按照占領次數入帳，所以照理實際上可以留下更多點數。

「而且這是我想到最少能夠留下的點數。假如我們可以找到一天分量的食物與水來熬過去，光是這樣算起來就能保存二十點呢。要是一個星期能夠不愁飲水，那就會變成五十點以上。」

平田看著附近流動的河川如此說道。這樣子河川的重要性應該就一口氣傳達給大家了吧。

「這樣啊……假如我們忍耐，光這樣就會有這麼大的改變啊……」

即使要說同樣的內容，依據論調或步驟，給人感受到的印象也會大不相同。平田的說話節奏安排幾乎完美。一開始讓我們聽見下限結果，最後再告訴我們可能留下將近兩百點的數值。藉由這麼做，平田輕而易舉地成功將追求高遠目標的意志灌輸給同學。不是只要努力就能剩下很多點數，而是藉由重複進行微小的努力，來讓點數不斷累加上去——假如這麼想感覺也會比較輕鬆吧。

「這樣不是很好嗎，平田。最低能夠獲得一百二十點。那也就是說只要做多少就會獲得多少額外點數，對吧？我們來試試看吧！」

最有可能出面對立的候選人——池，愉快地表示贊同並且大聲說道。須藤和山內看來也拿他沒辦法，於是就順著他的意思。幸村好像還是有點不情願，但身為夥伴的池傾向了平田那方，他好像因而放棄。

「啊！對了，平田，我有事情想確認一下——」

山內忘記報告伊吹的事情，所以不得已而由我來搭話。然而，班上就像是在趁著這股氣勢似的繼續進行討論。我沒有插話的機會。

「這真是大紅人的宿命呢……等一下再說好了。」

我決定靠近從遠方眺望情況的伊吹並簡單向她攀談。

「抱歉啊，再等一下吧。妳的事情我們會去商量看看。」

「就說不用勉強了，而且我覺得添麻煩也不好。」

伊吹好像對自己懷有厭惡感，而用力緊抓小草拔了起來。

「反正我馬上就會被趕出這裡，不是嗎？」

「不知道耶，因為平田那傢伙是個比普通人還更誇張的濫好人。」

我不認為平田知道伊吹的苦衷還會做出趕走她的行為。

「剛才我沒有自我介紹呢。我叫綾小路。」

「我也再做一次會比較好嗎？」

「不，沒關係。妳是C班的伊吹，我有好好記起來。」

我重新自我介紹並和她面對面，然而還是沒有跟伊吹對上眼神。

「假如我們當中有人認為飲用河水也沒關係，作為參考，能不能麻煩舉個手呢？」

當我和伊吹俯瞰D班，他們正打算移往下一項議題。

這次池不是在強迫大家，而是為了觀察意見而如此問道。當然，他自己率先舉起了手。將近一半的男生像是同意似的舉起手。而篠原的模樣雖然有些不知所措，但池溫柔地告訴她不要勉強。

「我、我也很想努力……但感覺好像有點可怕。」

「剛才須藤說的讓水沸騰這件事，我認為不錯。假如害怕直接飲用，就先嘗試這方法，應該也不錯吧？」

「若是這樣的話……」雖然人數不多，但表示贊成的學生增加了。光是時機不同，曾一度遭受否決的提案，便不費吹灰之力地通過。篠原雖然看起來很戰戰兢兢，不過也舉起了手。

「我不知道自己能不能好好喝下去……不過我會挑戰看看。」

「我也贊成，我想只要能喝下第一口，接下來就一定沒問題。」

櫛田為了讓接下來的學生容易接連贊成，也跟著篠原舉起了手。這應該是從眾心理的影響吧。情況演變成除了我和堀北全班都舉起手的這意料之外的發展。

由於視線開始集中，因麻煩而沒舉手的我們也簡單舉起手來回應。

只不過突然要全班喝河水是很困難的。不只為了準備安全的水，也為了有效運用寶特瓶——我們因為這項提議，而決定購買礦泉水。

「池同學，這是我的請求。請你接下來助我們一臂之力。班上有正式露營經驗的看來也只有你……能請你幫助我們嗎？」

「呃，假如你無論如何都這麼希望的話，那我就幫點忙吧。」

「謝謝你！」

平田好像對池這生硬的回答感到很開心，而用彷彿就要跳起來一般的氣勢表示喜悅。最可能開口抱怨的篠原也沒有對此吐嘈。大家迅速詢問他關於食物的意見。

「今天也馬上就要日落了。總之也只能交給我了吧。不過，明天之後的事就讓我稍微思考一下。我們身邊似乎也有各式各樣的食物。我明天會調查看看。」

「我們身邊的地方是指什麼呀？你是說櫛田同學她們發現的水果之外的東西？」

「嗯，就是這條河。我們捕魚來吃的話就行了。光是一眼看過去好像就有相當多淡水魚。我想這可以控制某種程度上的點數支出。捕魚然後用營火做成烤魚來吃，絕對很美味。」

「先不說好不好吃，但你打算怎麼抓那些魚呀？」

「就是像這樣子潛下去嗎？雖然我沒做過。」

池做出游泳的手勢，但要直接潛水捕魚應該並不簡單吧。

「即使赤手空拳捕魚很勉強，但捕魚這件事情卻相當地實際呢。」

平田這麼說完，就指著指南手冊上記載的某個項目。上面有著文字「釣竿」，而且好像有好幾個種類可以租借。

「活餌用釣竿是一點，擬餌的釣竿則是兩點。」

也就是說要賺回本似乎意外地不是很困難。根據狀況說不定這會大獲全勝，只要用一點就能獲得一到兩天左右的食物量。但反過來即使完全沒釣到魚，因為它是最低限度的支出，所以也不太容易造成巨大傷害。池沒有提出反對意見，高興地如此說道。

「那麼就決定嘍。我們買釣竿然後來盡情釣魚吧。當然，是要買便宜的那種呢。」

這麼一來，明天起在森林籌措食物，以及以釣魚方式確保漁獲，便作為目標決定下來了。我們在討論中也決定要是成功釣到魚或得到蔬菜等食物，就要追加使用五點來購買烹飪器具套組。

我們也在討論中決定支付二十點設置一個淋浴間。雖然出現強烈的反對意見也在預料之中，可是只洗冷水而弄壞身體的可能性很高，且男生也將被賦予限定夜間使用的權利，全體女生也都積極表示想要努力喝河水——大家藉由這些事情讓反對派接受並通過了提議。

「話說回來呀……那個人，是C班的伊吹同學對吧？我之前見過她。」

叫作佐藤的女學生，用懷疑似的目光看著靜靜坐在遠處的伊吹。看來在我開口之前班上就察覺到她，那我就沒有必要說了。

「呃，她在班上似乎起了糾紛……」

山內有點慌張地說明伊吹似乎被同班同學孤立。

「原來如此，這是正確的判斷呢。我們不能放著她不管。」

「可是平田同學……她說不定是間諜喲？而且考試也有猜測領導者的規則……」

「啊，是喔……還有這種可能性啊……！」

「我現在才想到。」山內抱頭如此表示。可以的話我真希望他在最早的階段就察覺這件事。

「我現在就去確認這點。山內同學及綾小路同學，你們能一起來嗎？」

平田叫來與伊吹見過面的兩人，接著前往伊吹身邊。排除佐倉在外應該也是平田帥哥式的顧慮吧。佐倉也因為不用引人注目就能了事而放心的樣子。

「可以打擾一下嗎，伊吹同學？我想問妳詳細情形。」

「我很礙眼對吧？給你們添麻煩了呢。」

她本人好像擅自下了結論，打算快步離開而站起來。

「等一下，我希望妳可以告訴我發生什麼事……我想助妳一臂之力。」

平田強調句尾叫住了她。看見她腫脹的臉頰，平田好像也察覺到事情非同小可。

「就算我留下來有些事情也是不會改變的吧。我不想再浪費你們的時間。」

「這是考試，所以有學生懷疑妳也無可厚非。可是妳受了傷，而且還回不了班上，我不想做出那種趕走妳的行為。我想山內同學也是這麼想才把妳帶來這裡，所以我希望妳能好好把事情告訴我。」

「該說這並不是說了就有辦法解決的問題嗎？而且我剛才也聽見你們的討論。你們不想再繼續洩漏作戰內容了吧？」

伊吹面向一旁邁出步伐。平田有些強硬地繞過去制止伊吹。

「要是妳真的是間諜，就不會自己說出這種要離開的話，不是嗎？」

「夠了，我只是要去尋找某個能睡覺的地方。」

也就是說她果然回不去C班。太陽馬上就要西沉，夜晚即將來臨。

「女孩子一個人露宿在這座森林裡實在太亂來了。」

「就算亂來我也只能這麼做啊。你們就算幫助我也得不到任何好處吧。」

「這跟利害沒關係。我只是無法拋棄正在困擾的人，而且大家也都是這麼想。」

平田露出會讓女生輕易墜入情網的清爽表情。他毫不吝惜地也對我們露出這張表情。平田都這麼說了，被擄獲的人是無法抵抗的。

伊吹接受平田的覺悟，她自己也像是領悟這點似的張開那張寡言的嘴巴。

「我跟班上某個男人起了爭執，所以就被那傢伙打，然後被趕出來。就只是這樣。」

「真過分……居然對女孩子動手。」

我也沒料到。我還以為這鐵定是女生之間吵架動手所致。

「我不打算再說得更詳盡，而且我也沒打算要你們窩藏我。就這樣。」

「等等。我知道妳真的有困難，也理解妳的苦衷。能不能耽誤妳一些時間呢？這樣的話我會把事情告訴其他學生，並試著拜託看看，讓大家收留妳。綾小路同學，妳能看著伊吹同學嗎？我們現在要去跟大家說明情況。」

平田這麼說完就留下我，與山內兩人返回班級中。他是因為信任才留我，還是因為山內比較可靠才帶走他的呢？我有點在意。

「那傢伙真的是個濫好人呢。」

「人或多或少都是這樣的吧。你們那邊應該也是類似如此吧？」

「完全不是……C班裡幾乎沒有這種濫好人。」

伊吹這麼說完，就再次坐到地上抱住雙腿，低垂著臉龐。

而關於討論結果，因為也有平田的說服，於是大家最後決定由我們D班來照顧伊吹。當中雖然也有強烈表示反對的學生，不過C班每當點名時都會吐出點數。他們將此想成是機會，最後好像還是接受了。雖然平田似乎完全沒有那種意思，但其他學生們並非如此。正因為有實際的益處，所以才會同意接納她吧。然而，這地方占有權問題非常敏感。我們向伊吹好好說明，並約定好不要貿然靠近裝置。要是被她看穿堀北就是領導者，那我們將承受巨大損害，所以這是理所當然的行動。

接下來，我們向茶柱老師訂貨，決定要購買今晚所需的食物及水的套餐，以及男生專用的兩頂帳篷。有平田和池的協助，帳篷很順利就組裝起來。日落前所有準備都結束，學生們各自隨意開始用餐。

「來，伊吹同學，妳吃這個。」

櫛田走到保持一段距離獨自靜靜坐著的伊吹身邊。

然後遞出營養食品和一罐瓶裝水。

「這什麼意思……為什麼要給我？」

「妳應該餓了吧？」

「我記得食物是以班級為單位來配給的吧？照理說不會有什麼備品。」

「嗯，但是沒關係。因為我們決定要小組內分著吃。」

櫛田隊的四個人在稍遠處露出笑容，向伊吹這邊揮揮手。也就是說，他們四個人平分三人份的食物及水，剩下的一人份則給伊吹。

「這豈不是很蠢嗎？你們每個傢伙人都太好了。」

「別客氣，吃吧。還有待會兒我們來聊天吧。我們會在帳篷裡等妳。」

櫛田這麼告訴她，就回去小組的所在之處。

不惜減少自己的食物分量去幫助別班的學生——這事情看似簡單但事實上卻很困難。

正因為櫛田期盼大家都幸福，所以才辦得到這種慈善行為吧。

「欸，像這樣一看女孩子們的關係還真是明顯呢。」

正在吃飯的山內，指著班上各個團體。

「輕井澤率領的女帝隊伍、小櫛田的友好隊伍，再加上篠原的傲慢隊伍。然後堀北和佐倉則是各自獨自一人。」

男生比較呈現全體群聚用餐，但女生各自隊伍則都保持著距離。

那裡明顯就像是有道牆壁，或說有道隔閡一般，彼此間彷彿就像是不同班級的團體。要說例外的話，應該就是櫛田隊屬於中立，或說在所有地方都吃得開這一點吧。

「佐倉真可憐耶，居然自己一個人。我要不要去跟她一起吃呢？」

「最好別這麼做吧？你八成會讓她害怕。」

「可惡，我雖然很想跟她打好關係，但太畏縮不前也是個問題耶……」

佐倉在個性上，如果面對像山內這種強硬的類型，應該也會覺得難以相處吧。即使我已經給了忠告，山內卻好像還是很煩惱，看起來很想上前並且坐立難安。

「什麼嘛，春樹。居然自己一個人在觀察美女，真狡猾。也讓我加入嘛。」

山內重複怪異動作。池看見他的視線便產生誤會然後靠了過來。

「佐倉的胸部無論何時看果然都非常棒耶。那不是高中一年級學生會有的大小。她的衣服都快要撐開了，真是太色情了。她只有這點魅力超越小櫛田呢。」

池凝視般盯著佐倉的胸部。山內隨即擋住池的視野。

「喂！你幹什麼啊！」

「你別擅自用色情的眼光看著佐倉啦，你的目標是小櫛田吧！」

「是這樣沒錯啦。又沒什麼關係，偶像是屬於大家的吧？……春樹，你該不會對佐倉——」

「才、才不是這麼回事。好啦，我們趕快吃飯吧。」

看來山內似乎想把目標轉移至佐倉一事當作祕密。

這露營中的夜晚，時間就是多得不得了。因為這種戀愛話題而興致高昂，好像也是個很自然的發展。而正分工配給著食物的平田，察覺到某件事情。

「咦？話說回來高圓寺同學呢？」

本以為全班都集合了，但唯一沒看見的就只有高圓寺的身影。

「高圓寺的話，他表示身體不適，現在已經回到船上了。當然，因為他搞壞身體，你們已經被扣掉三十點。這件事情是在規則之上所以沒辦法。高圓寺中途退出，並被賦予一週都要待在船內治療及待命的義務。」

「咦咦咦咦咦咦咦！」

班上一齊發出受打擊之慘叫。

「開什麼玩笑啊！高圓寺那傢伙！他在想什麼啊！」

平時冷靜的幸村大叫並且跺腳。

雖然我認為他是自由無比的男人，但沒想到他居然會擅自退場。那傢伙感受不到自己升上A班的必要性。為了輕鬆，即使害班級失去三十點，他應該也不痛不癢吧。

「可惡！失去三十點了！真是太糟糕了！」

男女生好像都對高圓寺的行動感到滿腔怒火，然而本人不在場，大家也無法宣洩情緒。高圓寺那宏亮的笑聲，響遍在大家的腦中。

高度育成高級中學學生基本資料　　時間7/1

姓名	平田洋介	Hirata Yousuke
班級	一年D班	
學號	S01T004698	
社團	足球社	
生日	9月1日	

評價

學力	B
智力	B
判斷力	B+
體育能力	B
團隊合作能力	A-

面試官的評語

國中時期身為班級的中心人物，是個獲得學生、老師極大信任的學生。表面上他不曾做出任何問題行為，是個非常優秀的學生，但我們從部分證言發現他曾涉及當時視為新聞的某個事件。於是便擱置原本要將他分發至A班的預定，並且分派至D班。

導師紀錄

同時受到D班的男女信賴，並作為中心人物而活躍著。我正在持續觀察過程。

展開行動的對手們

早上醒得遠比想像中還來得早。

我因為天氣悶熱而打算翻個身，但又因為無法翻身，我的意識於是完全清醒。身後傳來溫暖的觸感，我回想起自己在帳篷中過了一晚。話說回來，帳篷裡面感覺有點汗臭味。依據使用方式，帳篷也能更換成網狀材質，所以幸好夜風吹得進來。不過天亮之後氣溫升得相當高。

我不吵醒任何人地溜出帳篷，靠近堆積如山的行李。

男女各自將所有行李包包集中放置在帳篷前。

為了盡可能寬敞地使用帳篷，我們因此沒攜帶行李入內。我環顧四周，確認沒任何人在場之後，便找到唯一一個顏色不同的行李，然後靠近它。

這包包屬於昨天前來這個班級的伊吹。包包顏色會依班級而有所不同，所以很容易明白。我毫不遲疑地伸手抓住包包，再緩緩拉開拉鍊。

這種時候要是被誰給撞見，轉眼間我是個變態的臭名就會散播開來。

裡面有毛巾、換洗衣物、貼身衣物等物品，裡面基本上都放著跟大家相同的東西。不過……

「是數位相機嗎……」

昨天，她的包包在與山內的爭執中撞上了樹木。當時我們聽見的悶鈍聲響真面目，就是這個與無人島很不相襯的物品。相機底部貼有租借用的貼紙。伊吹為何要帶著這種東西呢？我開始思考理由。假如我是伊吹的話——我如此假設並描繪心中的想像，腦海便浮出好幾種可能性。

我取出數位相機，打開電源檢查內容。它沒有被使用過的跡象，並沒裝入任何資料。我大略物色完畢，就把它放回行李內，然後返回帳篷。

「早安，綾小路同學。你去上廁所？」

剛才在睡覺的平田，不知何時醒了過來，並回頭如此說道。

他應該是看見我的手非常濕才會這麼想吧。

「對。該不會吵醒你了？」

「不，這環境我實在無法熟睡。痛痛……腰好痛喔。下面不鋪軟墊還是什麼東西的話，身體果然會很不舒服呢。」

沒枕頭也沒軟墊，並處於密集狀態，要睡覺確實不輕鬆。但即使如此，除了我們之外的學生都還正在打呼。他們應該是因為四處奔波所以很疲累吧。

「假如包含高圓寺同學退出在內，我們昨天使用的點數，全部就是一百點左右。雖然我跟大家說最少能剩下一百二十點，但實際上能剩下多少還是個疑問呢……我想到這種事就沒睡意了。」

平田拿出指南手冊確認情況。高圓寺的退場是個相當沉重的打擊。

「調解班級的工作還真是辛苦耶。」

這種工作我完全無法勝任。我從一旁探頭看著指南手冊。平田為了不讓我看得很辛苦，而調整指南手冊的位置。這種細微的設想真讓人覺得感謝。

「我只是因為喜歡才這麼做。只要盡可能讓班上的大家幸福，那我就心滿意足了。不過這卻意外地困難。可以剩下多少特別考試點數，將大幅左右今後的校園生活。但是我覺得勉強大家，並讓大家覺得痛苦，也是不對的。」

只要班上大家都能夠幸福嗎？如果這可能實現，那也會是如夢一般的事情。

然而，這應該幾乎接近不可能。這間學校的制度便說明了這點。

「如果班上存在想以A班作為目標的學生，以及想要就這樣待在D班的學生，那你打算怎麼辦？」

明知即使問也沒意義，我卻還是不經意地提出這刁難的問題。

因為我想聽聽極端善良的平田的意見。

「真是困難的問題。因為以上段班為目標，也就相對代表要硬是勉強全班學生……抱歉，我無法馬上回答。」

平田好像已經想過無數次。他稍作道歉，同時淺淺地笑著。

「綾小路同學，你是屬於想把A班當作目標的人嗎？還是說，你是只要校園生活開心就好的那種人？」

「要說是哪種的話，就是校園生活優先吧。從現實層面來思考，我們不可能升上A班。」

「這樣啊。我也覺得不簡單。假如班上團結一致以A班為目標，我們最初一個月所背負的失敗相當巨大。」

平田沒有多說，不過包含其他學生們在內，應該也都是這麼想的吧。

假如身為上段班的A班沒有掉下來，即使我們努力也無法輕易縮短差距。

要填補將近一千點的差距，真的是件很辛苦的事。

在這場考試過完效率良好的生活，從D班狀況來看，能獲得的點數是一百到一百五十點。就連追上及超越我們上一層的C班，都是遙不可及的夢。

「我認為沒必要著急。現在首先就是團結D班並熬過考試。這麼一來，我想就可以慢慢看見下一個目標。」

要採取這種做法是平田的自由。許多同學應該也會表示贊成吧。

眼前先為了得到零用錢而大概做努力，賺取班級點數。只要對我們和別班之間的差距暫時視

而不見，這也不是個壞想法。平田簡單知會我一聲，就不吵醒任何人，安靜地出帳篷前往廁所。

平田一不在，我就在空出來的空間上隨意躺下，伸展一次身體。起碼應該把情況視為——A班占領著洞窟，而B或C班也占領著某些據點。就算占據河川，光是這樣也難說就能獲得優勢。

我環視一遍帳篷內，確認完大家都在睡覺，就將指南手冊裡有的五頁左右空白紙，漂亮地撕下其中一張。接著借用原子筆，臨摹簡單的島嶼地圖，再把它折得小小的，放到口袋裡面。

過不久，從廁所回來的平田在出入口探出臉。

「可以的話，要不要跟我一起去洗把臉？」

我對此表示同意。太陽升起，帳篷裡的溫度也逐漸升高。我們決定前往附近的河川。我們從包裹著塑膠套的個人行李裡取出毛巾。平田好像正在順便將指南手冊收進包包而花了一些時間。

我聽見塑膠喀啦喀啦的摩擦聲響。平田的包包上掛著吊飾。

「那個該不會是輕井澤給的禮物吧？」

「你居然知道呀。是說，別人應該也能夠隱約明白呢。」

假如看見有著愛心標誌的吊飾，再怎麼說都很容易想像。

當我們兩人走向河川，就發現附近有個意想不到的人物。

「你在這種地方做什麼？」

B班的學生——神崎，像在偷窺D班基地似的看向這邊。稍遠處也有不曾見過的男學生正看著這邊，他可能是Ｂ班的學生吧。

他們似乎沒想到我們會在這麼早的時間出帳篷，而露出有點驚訝的表情，但立刻恢復冷靜。

「已經經過一天，我們在想不知你們過得如何。就稍微過來看看情況。你們占領了一個好地方呢。」

「我記得你是……Ｂ班的神崎同學，對吧？」

平田好像對神崎有印象，並確實地記住了名字。

「我們嚇到你們了吧。抱歉，請別生氣。」

神崎這麼道完歉，就背對我們邁步而出。

「神崎，Ｂ班紮營在哪裡？」

我不清楚他是否會告訴我們，但還是試著問問。結果神崎完全沒露出不願意的表情，並轉過頭來這麼答道：

「從這裡沿路走，在回到海邊的途中會有顆折斷的巨樹。從那裡往西南方進入森林，前方就是Ｂ班停留的紮營地點。只要從巨樹那裡進入森林，應該也不會迷路。假如有需要你們也可以過來。請你替我轉答。」

神崎留下這些話就離去了。平田看見我們對話，而感到很不可思議似的望著我。

「你們是朋友呀？不過那句『請你替我轉答』是什麼意思呢？」

「誰知道。他這是什麼意思呢？」

上次的冤罪事件中，神崎、一之瀨及堀北姑且是合作關係。說不定他們認為我們還是夥伴。

「他們應該是為了看我們怎麼花費點數，而來進行D班的偵查吧？」

從他露出好像有些尷尬的表情這點來看，無疑也是目的之一。

只要看廁所、淋浴間、帳篷等數量，就能精準確認點數花費。不過神崎他們想知道的應該不只有這些吧。他們應該也想知道誰是班級領導者。據點的占領權每隔八小時就會中斷。也就是說，他們也可能是往回推算時間，並瞄準著更新的時機。不過我們當然也有設想到這點。

為此，我們故意延遲昨天的第二次更新，把占領權調整成八點過後結束。這麼一來，我們就可以緊接點名之後，利用人群一面掩飾一面更新權限。

平田在河邊洗臉，好像對於遭到偵查這件事完全沒有不滿。

硬要說的話，不安情緒似乎還比較多。他一邊用毛巾擦拭，一邊如此嘟囔道：

「我們的戰略應該沒錯吧……我認為即使贏不了別班，也至少要團結起來通過考試呢。所以我不想要被別班發現我們領導者的真面目。」

平田被水潑濕的頭髮閃閃發亮。這名美男子好像有無止盡的煩惱。

「應該不用這麼在意吧。你最好稍微放鬆一點。」

「謝謝你。你能對我這麼說，我真的很開心喔。」

我洗完臉，就用手捧起水，並把水送到口中。

就算在這森林熱得要死的氣溫裡，河水也很冰涼可口。

河水是從地下水冒出再流入河川，有不易升溫、冷卻的特性。而河水是從上游流下，所以水溫也難以上升。

能夠把這裡作為據點占領應該相當地幸運。

「首先，我認為有必要好好整頓我們的床舖環境。這裡的地面很堅硬，所以要是沒有軟墊那種代為緩衝的物品，這一週期間也會很辛苦。大家起床之後，我會收集意見並試著展開行動。大家得彼此協助，一起努力才行呢。」

1

早上點完名，我們就開始自由行動。當然，平田也向靠得住的同學們做出指示，開始執行節省點數的作戰。另一方面，幾乎沒意思幫忙的學生——像是我或者堀北這種喜歡單獨的人，則開始各自隨意行動。

「你們幹什麼啊！」

池憤怒的聲音突然間響遍營區。我為了查看情況而探頭窺視聲音的方向。結果那裡站著兩名露出賊笑的男學生。

伊吹剎那露出痛苦表情，躲藏在帳篷的陰影處。

「是小宮跟近藤嗎……」

我和如此低語的伊吹一樣對那兩人組有印象。他們是C班的學生。

「哎呀——D班還真是過著相當簡樸的生活耶。真不愧是瑕疵品班級。」

兩人一邊大口吃著手上的零食洋芋片，一邊像在消暑似的暢飲著寶特瓶飲料。那看起來並非一般開水，而是碳酸飲料。

「看來C班那夥人過著相當從容的生活呢。」

「……你認識龍園嗎？」

「他是C班的學生對吧。我有聽過各種傳聞，據說他是個相當亂來的傢伙。」

「豈止相當，那傢伙的所作所為都很亂七八糟。」

伊吹彷彿像在說深仇大恨的話題，她說話的模樣看起來很煩躁。

「那兩個人是那個叫龍園的傢伙的夥伴。要說是小弟也可以。」

只要想起之前跟須藤吵架起糾紛時也是那兩個人，與其說是偶然出現在這地方，還不如說有可能是那個龍園在背後操縱。

「你們早上吃了什麼？是野草嗎？還是蟲子呢？來，吃點零食嘛。」

他說完就取出一片洋芋片，把它丟在前來質問的池的腳邊。

看見這挑釁般行為，持續節儉飲食的Ｄ班不可能不感到焦躁。

「這是來自龍園同學的口信：你們要是想盡情享受暑假，現在就立刻過來海邊。你們最好別客氣，過來我們那裡會比較好喔。我們會共享讓你們討厭起自己愚蠢生活的夢幻時光。」

本以為那兩人會馬上回去，但他們卻留在這裡，像是故意要惹人厭似的繼續吃著點心。

雖然池多次強烈爭辯，但他們好像完全不介意。豈止如此，他們好像還不時重複挑釁行為，激起大家反感。

Ｃ班這種挑釁持續長達十分鐘以上。不過他們似乎因為平田他們開始聚集過來，而判斷這是撤手時機，就往他們自己營區方向回去了。

「看來他們並不是要來找我呢。」

「是啊，感覺目的純粹是要來找碴。」

雖然這是很奇怪的行為，不過Ｃ班使用點數購買點心或飲料等嗜好品——這件事作為情報就算是有收穫了。

他們究竟打算在這場照理會想盡量留下點數的考試中做些什麼呢？

「剛才那些傢伙說要共享夢幻時光，妳心裡有頭緒嗎？」

「……或許他們正在以我想像中最糟糕的情況在行動。」

伊吹沒繼續多說半點話，然後就像昨天那樣走向稍遠方的樹旁。

想像中的最糟情況嗎？先讓堀北知道這件事似乎會比較好。

「堀北，妳在嗎？」

早餐時間過後，堀北馬上就返回帳篷，因此我沒看見她的蹤影。

我在女生帳篷前面呼喚她。

雖然她暫時沒有回話，不過帳篷微微晃動，且傳來布料摩擦的聲音。

那個聲響一停止，堀北便從裡面緩緩走出來。

「妳聽見剛才的聲音了嗎？」

「嗯。你若是指C班做了粗劣挑釁的這件事，那我是有聽見。」

「我覺得有點在意，所以想去看看情況。要不要一起去？」

「……你居然會自己展開行動，這還真是稀奇事呢。你身體沒事吧？」

這句是我想原封不動還給她的台詞。

「反正這一個星期都很閒，今天也沒什麼特別要做的事，就打發時間。」

「我不太想動身呢。既然身為領導者，要是貿然引人注目，也有可能因為誤射而被擊敗。」

「也就是說，這會有別班隨便指定領導者而導致我們被猜中的風險？」

即使沒把握誰是領導者，只要將可疑的學生當作領導者來匯報，也很可能就會是正確解答。如果越顯眼，就越會被名列至那個可疑人物清單。

「我明白妳的心情，可是就算妳足不出戶，現狀也不會改變吧。妳已經被龍園盯上，而且也受到一之瀨的注目。應該也有人知道妳是學生會長妹妹的這件事實。換句話說，不管妳打算怎麼做都會成為其中一個目標。」

無論如何，只要猜對跟猜錯都是五十點，沒有確鑿的證據，無論怎麼樣都很難做出賭注。指名領導者時需要相當程度的條件。

「……也是呢。就算苦想應該也不可能說得出誰才是對的。好吧，我也很介意別班的狀況。我們一起去吧。」

堀北的步伐與她的心情相反，顯得相當沉重。我和她一同前往C班等候著我們的海灘。

2

從走出森林前林木茂盛之處可望見的海灘上，有著許多C班學生。

我和堀北所見的C班情況，遠遠超乎我們想像。

「不會吧……這種事情……有可能嗎？」

堀北即使看見這幅光景卻好像還是難以置信，說出好幾次「不可能」。

這點我也一樣。因為這是我完全沒料到的模式。設置臨時廁所或淋浴間就不用說，他們還有天幕帳、烤肉套餐、椅子，外加遮陽傘。甚至從零食到飲料都有。娛樂上一切所需設備全都一應俱全。這裡有烤肉的煙，以及學生的歡笑聲。水上摩托車在海面上奔馳，盡情享受大海的學生一面發出尖叫一面享受。

光是試著大略計算目光所及範圍，便可得知他們吐出一百五十以上的點數。

「C班打算做什麼？他們是不打算節省點數嗎？」

就我們所看見的，應該也只能這麼想了吧。這已經超越那種揮霍的水準。

「我們過去確認吧。確認C班做出這種事是有怎樣的企圖。」

我們兩人從木樹繁盛處邁步走向海灘，用力踩踏沙子前進。

一名男學生發現我們之後，向身邊的男生搭話。對方好像將身體倚靠在椅子上，從我們這邊看不太清楚他的臉龐。

接著，那名男生立刻朝著我們的方向跑來。

「那個，龍園同學叫你們過去……」

男學生前來如此搭話。與其說他沒有銳氣，不如說看起來似乎有些畏懼。

「簡直就像是個國王呢。居然把同學當作跑腿。那名國王好像正歡迎著我們，我們要怎麼做？」

「這是由堀北妳來決定的事情。」

「好吧，我對他們打算怎麼做也很有興趣，我們過去看看吧。」

我們回覆男學生的話，然後跟著他走過去。

一靠近大海，烤肉香噴可口的味道便撲鼻而來。

「……他們還真是做不得了的事情呢。」

我再次切實感受到這並不是那種「稍微享受假期吧」等水平。

這揮金如土的玩樂好像是那名男人所指示。我們靠近他身邊。

「我才在想是誰在旁邊鬼鬼祟祟的探查，結果是你們啊。找我有什麼事嗎？」

「你還真是有權有勢呢。你們看起來正進行著相當揮霍的玩樂。」

穿著泳裝躺在椅子上曬太陽的龍園，露出潔白的牙齒。

「如妳所見，我們正在享受所謂的夏日假期呢。」

他這麼說完，就自豪似的展開手臂，展示沙灘上展開的充實娛樂。

「這可是考試呢。你了解這是什麼意思嗎？我都傻眼到覺得你是不是不理解規則本身為何……」

正因為他曾是提防過的對象，堀北對他的無能表現別說是高興，甚至還很氣餒。

「哦？我真驚訝。妳這是在為敵人雪中送炭嗎？」

「要是上頭無能底下的人也會很辛苦。我只是覺得他們很可憐。」

龍園只是笑笑帶過，便伸手拿起放在無線電對講機旁的瓶裝水。

「為了滿足這種程度的娛樂，你使用了多少點數？」

「哈，誰知道我花了多少？我才沒去仔細計算。」

龍園毫無隱瞞地如此答道。

「嘖，水已經不冰了。喂，石崎，去拿冰涼的水過來。」

龍園這麼說完，就像在挑釁一般把剩下約一半的水灑到沙上然後扔掉。在一旁打排球的石崎於是急忙前往帳篷裡拿水。

帳篷內隨意堆放許多像是裝著食物跟水的紙箱。石崎探頭查看箱子一旁的保冰桶。

「如你們所見，我只是在享受夏天的假期。換句話說這場考試我不會是你們的敵人。你們懂吧？」

堀北似乎對無法理解的行為感到頭痛，而按著額頭皺起眉。

「這是論及敵我之前的問題呢。警戒你們而前來這裡的我，還真是個笨蛋呢。」

「誰才是笨蛋呢？真的是我們嗎？還是說是你們呢？」

龍園別說是受到侮辱，他甚至把話原樣回給堀北。

「要在這種熱死人的無人島上進行野外求生？別開玩笑。為了弄到一百或兩百這種少量的班級點數，你們最底層的D班就要忍耐飢餓、炎熱天氣以及空虛。我光是想像都想笑呢。」

石崎在沙灘上奔跑，汗流浹背地拿回新的水。接著把貌似冰涼的瓶裝水遞給龍園。然而，龍園在拿到的瞬間將寶特瓶往石崎身上砸。

「我叫你拿冰涼的水過來，它是溫的。」

「唔……可、可是……」

「啊？」

龍園的銳利視線就宛如一條蛇。石崎的身體僵硬，隨後撿起寶特瓶，再次朝帳篷跑了起來。

「……這次考試是在考驗耐力、想方設法，以及互相合作。你從一開始似乎就沒辦法了呢。點數使用得這麼闊氣也不可能維持一整個星期。地獄般的生活遲早會到來。天幕帳或者遮陽傘以及椅子等物品，屆時應該都只會成為礙事的存在吧。因為你就連完善的計畫都沒有制定出來。」

「合作？別笑死人。人是會輕易背叛他人以及說出謊言的。信賴關係打從一開始就不會成立，能夠相信的就只有自己。你們要是偵查完就回去吧。不過你們若希望的話，要我款待你們也可以。不管是吃肉還是滑水，都隨你們去玩。還是說，你們要跟我玩什麼別的遊戲呢？我會為你們準備專用帳篷喔。」

「這真不讓人覺得是過去曾前來下戰帖的人會說出的答覆。」

「我最討厭努力了。忍耐？節省？別開玩笑。」

石崎再度返回，他像是心想這次一定要順利似的把水遞出。

龍園收下它，並打開瓶蓋，將水一飲而盡。

「這就是我的做法。除此之外不會存在其他方式。」

「是嗎？那麼之後就隨你高興。從我們的立場看來這也正好。」

堀北腦中確實切換了想法——認為這回把C班從敵人中剔除也沒問題。

「你們為了知道別班狀況而汗流浹背地四處奔走，還真是辛苦耶。」

堀北打算往回走，卻在正要邁出步伐時打消念頭。

「還有一件事。你當然認識伊吹同學，對吧？」

「是啊，她是我們班的人。怎麼了嗎？」

「她的臉腫起來了。那是怎麼回事？是誰做的？」

儘管堀北幾乎有把握對方就是犯人，但還是刻意拐彎抹角地進行確認。

「哈！才想她氣勢洶洶地離開，什麼嘛，結果那傢伙跑去尋求別班幫助了啊？真是可恥的女人呢。」

龍園傻眼似的嗤之以鼻，並再次躺下。

「世上就是有無可救藥的笨蛋。我不需要會違背統治者命令的手下。既然我決定要任意使用班上的點數，那這就會是決定事項。即使舉旗造反也沒用。」

「……換句話說，伊吹同學在點數使用方式上跟你起了衝突。」

「簡單來說就是這麼回事，所以我就稍微教訓了她。」

他說完就用手做出甩巴掌的動作。也就是說甩她巴掌的果然就是龍園嗎？

「還有一個男人違抗我，所以我連那傢伙也一起驅逐了。我沒聽見他死了的通知，所以他應該是在哪裡吃著野草或蟲子保命吧。」

這發言真不讓人覺得是在說他自己的夥伴，但這麼一來也稍微能夠理解了。

即使伊吹點名時不在，對C班也不會造成影響，所以她的同學既不會擔心，也不會想去找她。堀北慢了一些也察覺到這件事。

「你……第一天就花光所有點數了，對吧？」

沒錯。這場考試裡即使失去三百點也不會有負分。

也就是說，不管誰在哪裡做什麼事情，都不會有任何影響。

「就是這麼回事。我用光所有點數。無論伊吹變得怎樣，我都不會有損失點數的擔憂。你們明白這是多麼自由的事情嗎？」

「……沒想到你竟然會拿零點這件事來逆向操作呢。」

消除負分要素的零點作戰。雖然這是意料之外的作戰方式，但它並沒辦法留下好成績。只要沒有點數，C班就必然確定會是最後一名。就算他們完成猜中所有班級領導者的絕技，最多也只能增加一百五十點。

「伊吹如果在你們那裡，你們最好趕快把她趕出來。要是以草率的同情心去幫助她，就必須準備多一人份的水、食物、床舖。反正她如果沒辦法忍耐就會回來這裡。假如她向我磕頭謝罪的話，我就會原諒她呢——以我這寬大的心胸。」

就算曾經違抗且離開，對方遲早也會回歸自己的支配之下。他好像有這樣的把握。而實際上伊吹要獨自在無人島生活一週應該也很困難吧。

「真是獨斷的思維。你們只是因為現在能受惠於點數才會覺得幸福。揮霍完之後打算怎麼辦？就算之後想再收集食物也只會很辛苦。」

「呵呵呵。哎，誰知道呢。結果平凡人就只會浮現出單純的想法。死守校方給予的點數、調查誰是領導者、拚命占領據點、汗涔涔地在森林到處奔波——我打從心底覺得很無趣呢。」

即使事實擺在眼前，龍園也毫不慌張，只有這麼笑著答道。

「好吧。我們回去吧，綾小路同學。繼續待在這裡也只會壞了心情。」

「下次見喔，鈴音。」

「我不知道你是從哪調查來的，但能不能別隨便叫別人的名字？」

龍園好像已經做了某種程度上的調查，看來他確實記住了堀北的名字。

「我不討厭妳這種強勢的女人。我早晚會讓妳屈服在我面前。想必到時我就能嚐到最棒的心情。」

龍園這麼說完，就把手伸向自己胯下撫摸泳褲上方，挑釁著堀北。

堀北以極盡蔑視的眼神鄙視龍園之後，就轉身邁步而出。

我在離開前看了停泊在碼頭的遊輪一眼，再看了看在海上游泳的學生們，以及在海邊歌頌排球、海灘搶旗、烤肉之美好的學生們。

然後再看了看設置在海灘上儲備食物的帳篷。

……龍園似乎打算徹底嘲笑學校的規則。

「C班真是不值一提呢。多虧他們完美的自我毀滅，這還真幫了大忙。」

「是啊，而且那些傢伙把點數用光應該也是事實。」

假設他們在看不見之處節省點數，最多也只有幾十點。

只要伊吹或另一名學生不參加點名，那些點數也會消失不見。

「他們之後困難時會怎麼做，就有好戲可看了。」

「雖然很遺憾，不過C班在這場考試之中應該不會有困擾之處。」

「不會有困擾之處？為什麼？我不認為考試能不靠點數撐過去呢。」

「可以喔，龍園原本的意圖就是這點。如果校方給予的資金是三百點，那麼要享受一星期的假期，再怎麼說都不可能。無論如何都得吃樸質的食物並放棄娛樂品，否則不會達成目標。校方就是如此制定規則。」

「這種事情我知道。」堀北點頭，並這麼答道：

「所以我們要去節省該節省的地方，並且熬過一個星期呢。」

「對。不過龍園並不一樣。那傢伙打從一開始就沒在管什麼一個星期。」

「沒在管一個星期……？」

「假如考試是到今天為止呢？妳不覺得完美的假期就會實現了嗎？」

「這……是這樣沒錯，那關鍵的接下來呢？假如手頭上是零點的話……」

「很簡單，他們只要像高圓寺那樣做就好。」

「咦……？」

「我身體不舒服、精神狀況不穩定——總之只要找理由退場就好。這麼一來全班就可以回去遊輪生活。也就是說，他們可以不必吃到半點苦，並且盡情地享受暑假。」

校方應該也無法說這是裝病並做出拒絕行為吧。允許自由使用三百點點數的兩天一夜假期。即使再怎麼揮金如土地玩樂也都綽綽有餘。

「那麼，他真的從最開始就放棄考試本身了嗎……？」

哎，也許這很沒道理，但龍園或許是單純討厭麻煩事，或是想避免會損耗精神的野外求生並保存體力，又或許是為了提昇士氣。

「這場考試就如字面所示，是很自由的。龍園的想法也是其中一種正確答案。C班好像有伊吹以及另一名學生發起謀反而不在班上。說不定他是覺得，既然無論再怎麼節省都會失去點數，那還不如採取這種果斷的作戰。」

但既然不知道那傢伙是在哪個時間點決定一次花光點數，我也只能夠推測。

「他應該要鍥而不捨地思考帶回他們兩人之類的方法。這絕對是錯誤的。我無法理解呢。」

是啊，我們確實幾乎看不出龍園在想什麼。

然而，在這份意義之上，我們還是應該將龍園的計策視為有一定的效果。

任何人看見這狀況，應該都會對於龍園的可疑策略感受到像是不安、恐懼一般的事物。

這份印象應該不會這麼輕易就減弱吧。

——假如他做這些事都是為了這個目的的話。

離開沙灘後，我又再度回頭環視整個海邊。

「零點作戰嗎？原來如此。真有趣。」

如果就連同學的反對意見都可以封住，那這方法還真是相當有意思。

這果然不只是班級內部節省點數的考試。

為了贏得勝利學生們正思索著戰術。這就是讓我如此感受到的一片光景。

3

接著，為了有效利用多餘的時間，我們決定也去查看B班、A班的情況。我們按照神崎所說的，從折斷的巨木樹根進入森林中。現在想想，這棵巨木應該不是自然斷裂，而是校方製作的標記。我不禁覺得它是表示前方有據點的提示。

踏入深邃森林的瞬間，我察覺到些許變化。路上有像是眾多學生踩踏過的痕跡，而相當易於行走。

只要單純追循這個痕跡，應該就能抵達B班營區。把這點當作神崎沒有詳細說明的理由也就可以理解了。若要說有什麼討人厭的事，那大概就是蚊子不時尋找空隙飛來手臂或腳上打算吸血的這件事很煩人。

不久之後，我們便抵達B班的基地營。

「該說不愧是B班嗎……」

我們一抵達B班基地營，就看見那裡有著與D班截然不同的生活景象。作為據點來運用的水井，其周圍有著許多樹木，沒有空間放置三、四頂八人用帳篷。相對的，他們則利用吊床來彌補這點，確保了過夜的空間。儘管我們從相同條件起跑，使用的道具卻完全不同。我對放置在水井旁的陌生裝置也很好奇，不過比起這個，最令我驚訝的就是B班擁有的獨特氛圍。

「咦？堀北同學？還有綾小路同學？」

B班學生感受到有客人突然來訪的動靜，於是回過頭來向我們搭話。這名人物正想裝設吊床，而在樹上繫著繩子。

運動服的模樣非常適合給人帶來活潑印象的一之瀨。神崎的身影也在稍遠處。

「你們班運作得還真是順利呢。雖然這裡作為據點似乎也很辛苦。」

「啊哈哈，剛開始很辛苦喲——不過我們想方設法，下了各種工夫試著去做，結果要做的事情反而增加了。工作目前堆積如山。」

一之瀨說完就露出微笑，接著用力繫好繩子。

「若是這樣，那很抱歉打擾到你們了呢。」

「對不起呀，這說法好像變成像是要趕人。不過，如果只是一下子那倒是沒關係喲。你們應該也是有事想問才會前來拜訪吧。」

一之瀨無不願之色地迎接我們。由於我們難得來一趟，她於是催促我們坐到吊床上。可是堀北卻拒絕這項提議。一之瀨最後自己坐了下來。

「我可以大致想成從上次開始我們就有合作關係嗎？」

「起碼我是這麼想的喲。」

「那麼，我想知道你們目前使用多少點數，以及在怎樣的東西上使用點數。然後假如妳也能告訴我關於那些道具的評價，那對我們將大有幫助。當然，我也會明示我方的資訊。」

D班的情報，以神崎早上所見到的東西就幾乎能夠計算了吧。這是明白即使直接告訴對方也無傷大雅後才進行的交涉。

一之瀨莞爾一笑，就從腳邊的包包取出指南手冊。空白頁上好像寫著買進的物品。她一面讓我們看著內容，一面念出來。

「我們買了像是吊床啦、烹飪器具啦，小型帳篷、提燈、臨時廁所，釣竿，還有戶外淋浴器……再加上食物之類，總共正好是七十點呢。」

不算高圓寺的退出在內的話，我們和B班的使用率幾乎相同。

「戶外淋浴器是什麼？我覺得很好奇。」

從它的名稱看來估計是和洗澡有關係。但因為與臨時淋浴間相比，它是便宜的五點，所以我們判斷效果不佳而略過不買。

「那麼，我就把情況逐一告訴你們吧。森林中各種地方都有蔬菜或水果，所以我們就去尋

找、籌措，同時，不足之處再用點數來補足。然後我們也有到海邊釣魚。吃飯部分應該就是這種感覺。水源則因為有水井所以也沒有困難。」

就如櫛田她們找到幾種水果一樣，B班似乎當然也在這附近得到了物資。即使從蔬菜這個單字來看，好像也應該看成比D班還更有成果。

接著一之瀨引導我們到水井前並運作滑車，用木桶汲水給我們看。

「起先因為水質也有受到汙染的可能性，我們很煩惱是否要把它當作飲水，不過從栽種的食物或周遭環境看來，我們判斷這座井也有受到管理。為了保險起見，我們昨天只讓一個人試喝。而隔一段時間他也沒腹瀉，於是今天早上大家就開始一起使用井水。」

B班並不是一開始就撲向井水，而是好好確認過後才使用的啊。雖說這是理所當然的事情，但受到眼前節省點數誘惑，井水是個會令人忍不住想去喝的東西。

「而且我們也得知它的水量豐沛。所以即使與淋浴用水併用，也能充分發揮功能。這個就是戶外淋浴器。」

放置在水井隔壁的巨大機械。果然就是這個。

「把水裝進這邊的水槽，幾秒鐘就能製出熱水，很方便吧。熱源是從瓦斯罐取得，所以我們目前正在使用它。要是用光的話我們打算追加購買。」

一之瀨理所當然似的說明這意想不到的道具使用方式。堀北向她插話問道：

「妳以前就知道了嗎？關於那個戶外淋浴器。」

「沒有，我是第一次聽說，也是第一次使用。學校的規則還滿可怕的呢。這在指南手冊上沒有詳細記載，而且又沒辦法問老師詳細的問題。我們是因為班上有熟悉戶外活動的人才得救的喲。」

那個戶外淋浴器旁放著與臨時廁所成套交付的輕便帳篷。那裡面沒有放置任何東西。

「我們把配給要給廁所用的帳篷拿來代替淋浴間。這是為了讓討厭在淋浴時被人看見的同學可以使用所做的，而且它的材質也防水。」

因此才會是空的啊。這樣帳篷裡地板是濕的也能夠理解了。

「帳篷……睡覺時地板很硬，你們不會覺得很辛苦嗎？」

「啊——是呀，一開始有在思考該怎麼做呢。不過我們有好好採取對策喲。妳要看看嗎？」

一之瀨沙沙地踩著草地，走向帳篷。她和在帳篷裡聊著天的女生通知一聲，接著就將帳篷下方稍微抬起。

帳篷下方鋪著一層厚厚的塑膠袋，厚度應該約為兩公分。

「被配給到臨時廁所時，有規定說塑膠袋是無限制的呢。所以我們就稍微不講理，請校方替我們大量準備。當然，我們也不想浪費資源，於是就在一張塑膠袋之中塞了許多沒用過的塑膠袋來使用，我們打算最後還給校方。」

「話說回來，你們對於炎熱氣溫的對策是什麼？總覺得這附近好像特別涼爽呢……」

「這是因為灑水吧。水井很近，因此我們會在床鋪附近灑水。把水裝在喝完的寶特瓶裡運過來。大家一起灑的話一下子就能完成了喲。土壤容易吸水分且蒸發耗時，所以效果就會持續，並且有效率地為我們帶走蒸發的熱氣。」

一之瀨他們並不是只依賴道具，看來還利用了自己的智慧，來享受著露營生活。

堀北大致上獲得B班情報之後，也開始清楚說明我們自己的狀況。

這部分與其說是她不偷工減料，倒不如說她是不會忘記公平精神。

「原來如此……出現中場退出的人似乎很傷呢。」

「是呀。班級雖然還有很多隱憂條件，但我會試著想點辦法。」

「對了，就讓我們繼續合作關係，妳覺得好嗎？我認為在識破領導者真面目的這條追加規則上，我們彼此的班級互相排除對方也是一招，如何呢？」

「我也正打算說這些話。即使是一個班級也好，假如你們能排除我們於對象之外那就太感謝了。如果一之瀨同學妳不介意的話，我想接受這項提案。」

「當然OK呀。」

雙方彼此交換訊息及再次確認完合作關係，事情告了一個段落，不過堀北卻環顧四周發出感嘆。學生好像都各自擁有自己的職責而行動著，B班有種一絲不亂的連帶感。而且每個人都看起來很開心地在完成職責——即使那是可能會有人覺得討厭或者蹺掉的那種工作內容。

「這個班級……比我想像中還更統一呢。果然是妳所率領的嗎？」

「嗯，大致上是我在執行。」

也就是說一之瀨在學校內外都確實地統合著班級。

「D班有能夠統合班級的人嗎？是堀北同學嗎？」

「不，是個叫作平田的男生。大致上是那傢伙在整合班級。」

「啊——那個足球部的人。我知道我知道。他在女生中非常有人氣呢。」

堀北好像對平田的話題沒興趣，而輕輕帶過這個話題。

「一之瀨同學，很抱歉盡是向妳提問，不過我們現在想去確認A班的狀況。關於他們的基地營妳有什麼了解嗎？如果只是知道地方，對我們也會有很大的幫助。」

「假如妳不嫌棄『大概』位置，那我是知道地方。不過我認為要獲得情報很困難呢。」

真不愧是B班，不，應該說真不愧是一之瀨嗎？她似乎已經調查完A班了。

一之瀨沒表現出不情願的態度，並指出方向，告訴我們她所知道的營區地點。

「從這裡出去有個空曠的地方，在那裡右轉直走就可以看見洞窟。A班在那裡建基地營……的感覺。我有過去調查過，但不是很明白呢。該說他們是祕密主義嗎？因為他們防守得很徹底。」

「祕密主義？A班是採取著怎樣的對策呢？」

「百聞不如一見。我覺得妳只要去看看就能一口氣了解理由。現在要去A班也就代表你們兩個已經掌握C班狀況了？」

「對，剛才去完才過來。他們做出了難以置信的蠢事呢。」

「嗯，他們好像不打算認真埋頭於考試。考試還剩下五天。他們的點數在考試結束前明顯不夠。我也不認為他們會現在就一舉切換成節約模式。他們看起來也沒在尋找據點。好像有點難以理解呢。」

一之瀨似乎沒有得出正確答案。

「這場考試無法作弊。龍園同學無疑幾乎花光了所有點數。雖然他現在說不定很快樂，不過之後應該絕對會後悔呢。」

堀北刻意沒將我所講的「脫離方案」說給一之瀨聽。看來與其說是她要隱瞞，不如說是因為她判斷一之瀨他們早晚會自己察覺。

「在你們談話中打擾真是不好意思。那個，一之瀨同學，妳知道中西同學在哪裡嗎？」

當我們正在交談時，一名男學生出現，客氣地如此問道。

「中西同學這個時間應該前往海邊了喲？怎麼了嗎？」

「我想去幫他的忙。請問這是多餘的嗎？」

「沒有，沒這回事喲。我對金田同學的心意非常開心。那麼，能請你去對面輔助小千尋她們嗎？只要說是我指示的就沒問題。」

「我知道了，謝謝妳。」

堀北看著這簡短互動，感到有點不可思議似的雙手抱胸。

「以同班同學來說，他還真是見外呢。」

「啊，他是──」

「是C班的學生嗎？」

我在一之瀨回答前插話。她點頭回答：「對。」

「你知道呀？他好像跟C班發生了糾紛。他雖然說要自己一個人過生活，但再怎麼說我們也不能放著他不管。他好像不願說出詳細狀況，所以我就沒問了。」

為了抵抗龍園而叛離的另一名男學生看來被B班收留了。他應該是想為這沒面子的狀況做點什麼才會提出協助吧。

「我們昨天也收留了一名C班多出來的學生。」

堀北說出剛才見到龍園並詢問詳細狀況的事情。並說明我們收留的伊吹，是對恣意妄為的龍園發起謀反的兩人中的其中一人，還有伊吹甚至被揍了的原委。

一之瀨聽完這些話似乎更加堅定自己保護他到底的決心，眼神中充滿信心。

「差不多該走了吧，綾小路同學。久留對B班不好意思呢。」

我們跟和堀北交換意見的一之瀨道別，並離開B班營區。

「整體來說他們是D班的相對優秀版本。我真是不得不這麼說呢。」

離開B班且沒人煙之後，堀北說出了可視為戰敗宣言的話語。以感想來說，我幾乎跟堀北有相同感受。D班跟B班已經開始產生很大的差距。

這並非因點數而產生的差距。

「哎，沒辦法呢。B班擁有D班缺乏的特殊能力。」

「徹底的團隊合作。B班好像非常統合，因此決定什麼事情時，想必也不會發生糾紛或者分裂吧。」

D班裡有像是失控的高圓寺那種任性學生，而且也沒有學生擁有阻止這點的能力。另一方面，B班有一之瀨來統合，看得出來他們班擁有一絲不亂的團結力。這說不定就是目前D班和B班最大的差異。

這場競爭要是拉得越長，這項差異就會越是真實地顯現出來。

4

眼前出現了像是鑿開這座深山，宛如怪物張嘴裂口般的洞窟。其入口旁放著兩座臨時廁所以及一間淋浴間。

「從這裡看的話，不太能知道裡面的樣子呢……」

躲在陰影處一邊保持距離一邊進行確認是件極為困難的事。我和堀北在A班都沒有認識的人，所以打算躲起來蒐集某程度上的情報。不過就算偷偷摸摸也已經不會有任何收穫。於是我便越過藏身中的堀北，走上連接至洞窟的道路。

「欸，等等。」

「走吧。就算對方是A班，但就因為這樣而害怕也不是辦法吧。」

我和堀北前往感覺是A班基地營的洞窟。

「你到底打算做什麼？不謹慎地暴露身分也沒好處。」

「難道躲起來觀察情況就會有好處嗎？這裡幾乎看不見設施，也沒有人影。我認為要是不進去洞窟裡面，就會無法看見很多東西。」

「……這做法並不冷靜。你是有什麼想法嗎？」

「我沒有太多想法，所以妳別在意。」

「真是個讓人搞不太懂的含糊回答呢。哎，算了。」

我被極為冰冷的恐怖眼神瞪著，不過我要假裝沒看見、假裝沒看見。抵達洞窟入口前的我們理所當然被附近的A班學生給發現。

雖然我想只要能直接看見洞窟內部就可以確認某種程度的狀況……

但洞窟裡有一片以塑膠袋互相連結而成的巨大屏帳。完全看不見裡面。

「你們要做什麼？是什麼班級的？」

我記得這傢伙是……第一天迅速找到洞窟的兩人組之中的其中一人，叫作彌彥。

另一名頭腦聰穎的葛城似乎不在。

「我是來偵查的。有什麼問題嗎？」

哦，堀北好像改變了想法，於是堂堂正正地如此答道。她接著把話繼續說下去：

「我還想既然你們自稱A班，想必會過著沒有疏漏的生活……」

堀北看著用塑膠袋覆蓋住的洞窟入口，故意似的嘆口氣。

「與其說是沒有疏漏，倒不如說是卑鄙。這真是懦弱的做法。」

「什麼？」

雖然這是淺顯易懂的挑釁，但彌彥好像受到激怒，用焦躁的語氣回應。

「我是D班的堀北。」

「哈，我才想說是哪裡的誰，結果你們是D班的喔。是一群頭腦不好的傢伙對吧。」

「腦袋不好呀。既然這樣，那讓我們看這裡面應該也不會有特別的影響吧？還是說，你們光是讓我們看見裡面就會陷入絕境？」

「這怎麼可能！」

「那讓我們看也沒問題對吧？打擾了。」

「等、等等！喂！我說等一下！妳別擅自亂來！」

彌彥像是要擋住堀北似的繞至前方，然而堀北卻在此丟出鋒利如刀的發言。

「我只是要看裡面。這本身並不違反規則吧。」

「別開玩笑。A班正占領著這裡，D班沒有使用許可吧！」

「哦~你們占領著這裡呀？我不知道這件事呢。裝置在裡面嗎？」

「沒、沒錯，所以妳給我退下。」

「那麼，考試毫無疑問並沒有不能進入洞窟裡的規則。雖然占領狀態下應該確實無法利用洞窟，但這與獨占權利並不相同。照理我們也有觀看內部，或者確認裝置的權利呢。否則所有據點我們都能強行獨占。這樣的話就不成考試了。」

「唔……！」

她無疑對名為彌彥的學生刺入犀利的正論。

堀北把頭髮往後撥，一面打算剝下以塑膠袋隱藏住的洞穴的面紗。

然而——

「你們在做什麼，我可不記得我准許過可以邀請客人。」

高挑的男人從我背後經過，往堀北前方走去。我記得他的名字是……

「葛城同學！這些傢伙是來偵查我們床鋪的！是骯髒的一夥人！」

「不過是塑膠袋這種東西，你們還真是小題大作呢。我只是要稍微看看裡面。」

堀北回過頭與這些男人們對峙，沒露出絲毫膽怯之色。

「那麼妳就別客氣試著查看裡面吧。相對的妳要做好覺悟。在妳任何一根手指頭碰到的瞬間，我就會將這當作對別班的妨礙行為來向校方通報。我可不保證其結果會使D班變得如何。」

葛城的發言很可能是虛張聲勢吧。碰個塑膠袋便失去考試資格的可能性很低。即使如此，既然他都說會提出申訴，那這也就帶有些許危險性。

「我也向他說明過了，這可是強行獨占的行為。這並不是規則上保障的權利。」

「確實如此，這點我不否定。不過我認為這就像是一種潛規則。你們D班占領河川上的據點，而B班則占領水井。你們都是半獨占一般的圍著占領地點過生活。又有誰踏入那裡並採取強硬手段了嗎？」

葛城冷靜且富有分量的發言讓無話反駁的堀北停下腳步。

「一個據點由一個班級占領，然後各班守護它直至考試結束並持續得分。妳要是觸及這條潛

規則可會引起大混亂。當然，作為報復，A班也會踏入D班的基地營。我們應該避免麻煩。」

只要她想無視這些發言，那她就可以完成偵查，然而這應該是辦不到的吧。就如葛城所言，其他班級無意間也採取著強占一個場所的形式。要是去破壞這點也只會增加麻煩。堀北調頭遠離洞窟入口的屏障，隨即走過葛城身旁。

「好吧，我會期待A班實力結果究竟到何種程度。」

「還真是氣勢滿滿。那我也就來期待吧——期待D班的垂死掙扎。」

堀北結束簡短的對話便離去。倒不如說，是打算強行闖入卻碰了釘子。

要是葛城沒出現在這地方，堀北應該就已經闖到塑膠袋的另一側了吧。

「彌彥，不要接受他人粗劣的挑釁。她的目的就是要強行偷看裡面。只要把誰占優勢、誰正確攤在眼前，退下的人就會是對方。」

「對、對不起。」

真沒想到他會瞬間奪走敗退之外的選項並讓堀北退下呢。漂亮、漂亮。

「看來關於A班就只能先放著不管。那地方確實無法調查呢。」

在他們占據洞窟這封閉性據點之時，隱蔽性方面就已經形同鐵壁。

然而，就算他們再怎麼想隱藏內部情況，我們所「獲得的東西」也已經相當足夠。

高度育成高級中學學生基本資料　　時間7/1

姓名	輕井澤惠 Karuizawa Kei
班級	一年D班
學號	S01T004718
社團	無
生日	3月8日

評價

學力	D-
智力	D-
判斷力	C-
體育能力	D
團隊合作能力	E+

面試官的評語

所有層面的成績皆為平均之下的水準，不過這名學生擁有光憑基本能力無法測得，像是向心力一般的特質。小學、國中時期曾作為班級核心人物而活躍著。雖然也有許多人討厭她稍微強勢的性格，但我們推測這將會帶來團體秩序。

導師紀錄

深受女生信賴，朋友好像也很多。期盼她的基本能力會有所提昇。

自由的意義

我一直很在意高圓寺詢問我和佐倉的那些問題，於是第三天上午我便離開基地營，為了進森林而動身出發。此時一名女生從我後方飛奔而來。

「呼……呼……呼……綾、綾小路同學，你接下來打算做什麼呢？」

佐倉好像是發現我的動向才跑來的。她一面上下起伏著大胸一面吐著氣。

「我在樹上綁了手帕對吧？我想去確認一下。」

其實我想在更早的階段就進行確認，但因為抽不出時間。

「我……我也可以跟著你……嗎？雖然我很礙手礙腳……」

「最好別這麼做吧？要是傳出各種謠言妳也會覺得困擾吧？」

「那種事我完全不在意喲。而且……（含糊低語）」

佐倉小聲嘟囔著些什麼。她的聲音小到就算我把耳朵靠過去似乎也無法聽見。

「這不是什麼好玩的事情喔。難得來到這樣的島嶼，我覺得稍微享受一下會比較好……而且我本身又是個無趣的男人。」

我隨便找藉口打算拒絕佐倉的提議，然而——

「這、這樣我會很開心嘛！」

佐倉回覆出超乎我想像的反駁。

我因為她這強硬的發言而嚇一跳，接著與她視線交錯。佐倉隨即蹲下並藏住了臉。

「啊哇哇哇哇！換句話說不是這樣的！唔——！哇——！」

……我完全不懂佐倉在說什麼，我只知道她是個很有趣的人。只要她能對其他人展現這真實的一面，應該就沒問題了呢。

「那麼妳要一起去嗎？附帶條件是就算妳事後困擾也不會怪我。」

「可以嗎！」

佐倉藏著臉如此回答道。這是怎樣的互動呀……

我覺得路途中沉默不語很奇怪，所以決定拋出身邊的話題來打發時間。如果只有踩踏土壤的沙沙聲，那氣氛會非常尷尬。

「妳跟女生們相處順利嗎？這種生活要是獨自一人的話應該無法過下去吧。」

「不，一點也不順利……而且就連交談也不會。」

佐倉好像對不爭氣的自己感到難為情，用食指繞著頭髮，一面這麼嘟噥道。

「我還真是沒有用呢。讀書跟運動都做不好，也沒有半點成長。」

「沒這回事，佐倉妳確實有所成長了喔。」

「咦……？我有成長？啊哈哈……沒有呀。」

「真的。或許妳自己不知道，但妳確實正在一點一點地成長。」

我不僅藉由言語，也用態度來向她傳達這件事。這麼做對佐倉這種沒自信的類型效果很好。訴說出這是肺腑之言，才能讓對方內心產生共鳴。

佐倉停下腳步用搖曳的雙眼凝視著我。她主動這麼做而非由我。

她在無意間想探求我的話中真意。

「沒問題的。妳馬上就可以交到朋友，校園生活也會變得更加、更加地有趣。」

我們一對上眼神，佐倉就急忙撇開視線並低下頭。

即使是一瞬間她也和別人對上了視線。單就這個反應來說，也和我剛遇見她的時候有很大的不同。

「話說回來……那男人好像在那次事件之後就離職了耶。」

那名男店員在校內用地裡的家電量販店工作，是從事平面偶像的佐倉的狂熱粉絲……不對，是跟蹤狂。他光是泡在佐倉的網頁還不夠，甚至嘗試私下接觸，假如有機會還企圖把佐倉變成自己的東西。

「那時候真是謝謝你……那是綾小路同學你的功勞喲。」

「我什麼也沒做。這只是因為櫛田親近妳，還有堀北跟一之瀨幫忙，妳才會獲救。而我就像是個旁觀者的角色。比起這種事，那次之後應該沒發生什麼奇怪的事情吧？」

雖然跟蹤狂離開了學校用地，但也可能在網路上與她有所聯繫。

「嗯，沒事。因為現在討論版也暫時停止了。」

這應該是為了以防萬一吧。我認為這是明智的判斷。

「話說回來，妳平時明明就很膽小不安，但在當偶像時表情卻很威風凜凜呢。」

「這……基本上我都是獨自攝影。」

「那以前呢？登在雜誌上的時候應該不是自拍吧？」

聽見這句話的佐倉有些難為情似的露出苦笑，接著這麼回答：

「拍攝進行得一點也不順利，我比別人還多花好幾倍的時間。公司又是替我安排女性攝影師，又是盡力替我減少工作人員，而且……應該說抹去自我時可以消去情感嗎？因為腦袋可以放空所以我才能夠忍受。可是，這最後也來到了極限，所以我就停止攝影了呢。」

「呼——」佐倉好像因為一口氣說完而吐了口氣，調整呼吸。

跟蹤狂的事應該在佐倉心中留下巨大傷口，不過她開始往好的方向邁進。

眼前是枝葉稍微茂密的樹林。我走到佐倉的稍前方，像在帶路似的開闢著道路。假如佐倉因為枝葉末端而受傷那就糟了呢。接下來，雖然感受到前方地形開始變得崎嶇，但我們還是繼續走了一段路。之後我判斷插入休息時間會比較好，於是便回過頭。

佐倉好像沒料到我會回頭而嚇得肩膀哆嗦。

「休息一下吧，到目的地也還需要一段時間。」

在這種獸徑上行走三十分鐘，佐倉應該也很疲憊不堪吧。但她看起來似乎有點開心。

我盡可能地尋找著能夠形成涼快陰影的大樹，接著在可讓兩人左右好好坐下的樹根之間就坐。然而佐倉好像有所顧忌而打算坐在稍遠處。不過地面凹凸不平，就算坐下應該也只會覺得很痛吧。

「妳坐這裡吧。」

「可以嗎……？」

「什麼可不可以……妳坐在那種地方也無法好好休息吧。」

「嗯、嗯……」

結束這種簡短對話後佐倉便客氣地在我隔壁坐下。我們之間的距離大概是體育服袖子會微微接觸到那種的程度。

「大自然還真是厲害……只是稍微走一段路卻要耗費非常多時間呢。」

「一想到高圓寺看起來對這座島嶼不是很滿足，就可以知道這裡還算是校方修整周到的地方。比起原始叢林，或許這裡已經算是比較好的環境。國外的叢林想必也會伴隨更多危險。」

「要出發旅行的時候，我剛開始覺得非常鬱悶。我沒有朋友，就算旅行也根本就不好玩。我原本想窩在房間裡面就好，因為這麼一來就會一如往常。可是事情卻變成這樣，學校居然說這是場考試……」

佐倉將背倚靠著大樹，一動也不動地仰望著天空。

「不過現在……我稍微覺得有來這裡真的是太好了。因為在學校幾乎沒有像這樣跟你聊天的機會……」

坐在這座深邃的森林裡，自然而然就沉浸在平靜的情感之中。

「要是能一直這樣就好了——」

「是啊。」

雖然才來無人島第三天，但總覺得和佐倉兩人獨處的時間最長。

這應該也是沒朋友之人的宿命吧。

但我卻不可思議地不會感到空虛。就如佐倉所言，總覺得我們彼此之間的距離稍微縮短了。這並不是像戀愛之類這麼遙遠的事情。嗯，我們成為朋友了呢——說不定這是由於我開始切身感受到我們的關係逐漸如此改變的緣故。

「唔唔……真可惜呢。要是有數位相機的話，感覺可以拍下最棒的一張照片……」

佐倉用雙手拇指與食指做出稍大的相框，接著做出好幾次把自己和我放入框框裡的動作，然

會。

後露出很遺憾的表情。

要將回憶具體化相機確實不可或缺。它會留下形體。

從校園生活中總是帶著數位相機走並攝影的佐倉看來，現在這個瞬間似乎是絕佳的快門機會。

——會留下形體嗎？原來如此，我明白伊吹會帶著相機的理由了。

「可是我入鏡會很礙事吧？」

「因為有綾小路同學你在才感覺會是最棒的一張照片……啊！不是！那個，我的意思是……因為我沒有和朋友兩人拍過照之類的！」

佐倉倉皇否定並搖著頭。她還真是個真正的天然呆呢。關於這點，我有個確鑿的證據。

我不經意地直盯著坐在我旁邊的佐倉。佐倉剛開始沒注意到我的視線，但由於我們持續一段很長的沉默，她好像就因此察覺到。我們一瞬間對上眼神。

「什、什麼事！有什麼事嗎！」

「冷靜下來，安靜。」

我用力按住快要陷入恐慌的佐倉的雙肩。

「呀！」

然後將身體徐徐逼近佐倉。佐倉就猶如被蛇盯上的青蛙一般無法動彈。我把視線從佐倉臉上

移開，注視著她的頭髮。

有隻蟲在佐倉頭髮上爬行似的移動。就算是不了解昆蟲的我，只要看見那外形也可以輕易明白，那就是我們俗稱的「毛毛蟲」。近看真的非常噁心。牠那上下蠕動的身軀以及無數的手腳就非常足以令人毛骨悚然。

看來牠應該是從佐倉倚靠的樹木上——從她頭頂上方的葉子掉下來的吧。那麼我該怎麼做呢？假如我現在告訴佐倉有隻毛毛蟲黏在她的頭髮上，將很可能造成她的恐慌並掀起騷動。而要是毛毛蟲鑽入頭髮之間或跑到衣服裡頭，那就會是場更嚴重的慘事。

「佐倉，我有事想問妳……」

「什、什麼事……！」

「那個……妳會怕蟲子嗎？」

「蟲、蟲子？」

「對，蟲子。像蚱蜢或者蜻蜓這樣的蟲子。」

「完、完全沒轍。我連螞蟻都碰不了。」

「這樣啊。哎，也是呢。」

看來我果然不能指出這件事情。我只能思考其他辦法。

假如我能迅速幫她取下就好，但身為都市小孩的我也很怕蟲子。

雖然這麼說，但就算想撿來樹枝勾起毛毛蟲，要是我做出可疑舉止佐倉也會發現。

「呃——我想想。總之妳先不要動，好嗎？」

「好、好的，我知道了……」

我仔細地如此勸告，把手從佐倉的肩膀放開。現在這段期間，毛毛蟲看起來也正一點一點拚命地移動著身軀，打算朝著某處前進。

毛毛蟲應該也想平安無事地逃出那地方。我得想個穩當的方法。

「……怎麼了嗎？」

當我在思索對策時，佐倉覺得不可思議似的歪了頭。毛毛蟲好像對這動作感受到自己性命危險，於是拚命地移動，打算逃跑。啊，危險。毛毛蟲，你不要亂來啊！

沒時間猶豫了。現在即使要犧牲我自己，我也不得不拯救佐倉。

我鼓起勇氣堅持住快發抖起來的右手，迅速把手伸到佐倉頭髮上。啊，這就是毛毛蟲的觸感呀——我早在意識如此判斷前就快速抓起蟲子，並將牠扔到茂密樹林裡。

對於我這樣的動作，佐倉完全沒有領會事態，不過我總算是成功保護了她。

「唔唔……討厭的觸感殘留下來了……」

休息過後，我們一邊隨意閒聊，一邊借助手帕標誌抵達了目的地。這好像比我想像中還不耗時間，大約二十分鐘就抵達了。我先回收手帕歸還給佐倉，接著就在感覺是高圓寺站著的地方重新觀察起四周。

這裡與我們至今走過的森林，乍看之下無法判斷差異。這裡有而其他地方沒有的事物——究竟會是什麼呢？

「妳有沒有發現什麼？」

「嗯——……會有什麼不一樣的嗎……？」

如果從視覺無法獲得情報，那就只好依賴這之外的部分。

「總之先隨機調查吧。但我們別走得遠到看不到彼此身影，要一邊定期進行確認喔。如果專心搜尋注意力很容易就會不集中。」

我觀察從我所站位置無法看見的大樹後方或者樹根，以及頭頂上方的繁茂綠葉與樹枝。用手試著觸摸土壤。用鼻子嗅嗅不時吹來的暖風，並靜靜豎起耳朵。我動員能夠使用的五官功能，連微弱變化也不漏看似的逐一確認。

「哇！」

佐倉在稍遠處的茂密樹叢調查情況，從她的方向傳來類似尖叫的驚嘆聲。樹叢看起來很茂密，我只能看見佐倉的部分身體。她又跌倒了嗎？

「欸，你看這個，我找到很厲害的東西了喲！」

佐倉如此說道，並有點興奮地呼喚著我。我撥開茂密樹叢一窺究竟，發現那裡長著與樹叢不一樣的綠葉，而且還能從一部分看見黃色果實。

「這是……玉蜀黍……對吧？」

「看起來是這樣。」

然而，真的會有只有這區域長著野生玉蜀黍這種事嗎？

雖然我不了解植物，但這明顯是不自然的事情。

栽種玉蜀黍的土壤與這片森林的土壤顏色有點不同。這點便是佐證它是人工栽種的玉蜀黍的證據。

三百六十度被茂密樹叢包圍，而且因為雜草很難發現的這點也很奇怪。

「高圓寺那故弄玄虛的發言指的就是這個嗎……」

那傢伙第一次就察覺到這地方的存在，然後壞心眼地不告訴我們。不管怎樣，從據點的情況看來，學校相關人員毫無疑問有在進出這座島嶼。我試著摘起一根玉蜀黍來調查，結果裡頭出現看起來很尋常的漂亮玉蜀黍。

正因為經由徹底管理來栽種，它才會長成這種漂亮的形狀吧。

「要是有帶包包過來就好了呢……這應該真的沒辦法一次帶回去吧。」

雖然數量大概不到五十根，但要一次抱走也不可能。

必然需要往返好幾趟才能搬完。我於是脫掉穿在身上的運動衫。

「咦咦咦咦！你你你、你在做什麼呀！綾小路同學！這樣太早了啦！」

佐倉手上的玉蜀黍啪搭啪搭地掉落下來。她隨即摀住視線。

「抱歉抱歉，要是我事先通知一聲再脫掉就好了。是說，妳說太早是指什麼啊……？」

我以為她應該不會特別介意男人裸體，但這麼做對妙齡女子的顧慮好像還是不夠。

「把運動衫的開口打結的話就可以代替袋子了呢。可以讓一趟能搬運的數量變多。」

在離開這個地方之後的這段期間，要是玉蜀黍被其他班級的人發現，那恐怕也會被採收掉。

我想盡可能地事先迴避風險。

「我們回去就和其他同學報告，再請他們過來採收吧。」

「嗯！」

我們兩個因為意料之外的大豐收而內心雀躍，但這時卻出現意想不到的訪客。

「請你看看這個！葛城同學！有大量的食物喔！」

將注意力集中在玉蜀黍上的佐倉嚇得雙肩劇烈一震，馬上繞到我身後躲起來。葛城看見佐倉這副模樣便開口謝罪。

「抱歉，我們並沒有打算嚇妳。這男的也沒有惡意。請妳原諒他吧。」

他對彌彥投以嚴厲的眼神，催促他道歉。彌彥表現得像是惹人生氣的小狗一面向佐倉道歉。

真沒想到會在這種地方撞見這些傢伙。雖然葛城沒有對我示出任何反應，但彌彥看起來立刻就察覺到我。

「你是昨天來當間諜的傢伙嗎！」

彌彥怒吼似的發出大聲喊叫，佐倉因此再次受驚而縮著身體。葛城見狀，就用力在葛城頭上灌下一記鐵拳。那貌似很痛的悶鈍聲響，就連我這邊都聽得見。

「我是A班的葛城，這傢伙是彌彥。我們是第二次見面，應該可以做個自我介紹吧。」

「我是D班的綾小路，然後她是佐倉。」

我們互相簡短致意完，葛城就瞥了大量玉蜀黍一眼，然後邁出步伐。

「這是你們發現的東西，我沒有打算強行奪走，所以你們就放心吧。不過要是這裡被人發現，應該會有很大的可能性被人拿走。」

「這也沒辦法，因為我們只有兩個人。」

除了祈禱這裡別被發現，我們沒有其他選擇可選。採收所有玉蜀黍再藏起來也是一種辦法，不過在我們付出勞力期間，被人發現的可能性也不低。

「笨耶，只要其中一方留下來看守不就行了。對吧，葛城同學？」

「搞不清狀況的是你，彌彥。別小看在森林裡四處單獨行動的危險性。若是只有男人就暫且不說，假如是男女行動，無論如何行動上都會有所限制。」

葛城也正是了解這點所以才沒單獨行動，而是和這名叫作彌彥的學生一起行動。

「我們也來幫忙吧。」

「你、你是認真的嗎？葛城同學？居然要為了D班提供協助——」

彌彥雖然表現出理所當然的抗拒，但一接收到葛城銳利的視線，他就把話吞到喉嚨深處。

「這是個很令人感謝的提議，不過我們被班上交代要小心行事。要是讓班上知道我們依賴A班，之後可是會惹他們生氣的。抱歉，請容我們拒絕。」

這是我瞬間編出的謊言，但葛成被我這麼一說應該也只能作罷。

「原來如此。既然這樣那我也不能硬說什麼。不過你們能夠信任我們嗎？我們應該也可能在你們離開之後拿走所有東西。」

「那樣的話我們也只能拿著手上這些分量乖乖放棄。」

我這麼答完，葛城就靜靜開路離去。佐倉好像很不安，我們還是趕快回去吧。

我和佐倉一回到基地營，就和班上報告發現玉蜀黍的這件事情。

「幹得好耶！綾小路！還有佐倉也是！我們趕緊去拿吧！山內！」

池向附近的山內搭話。山內一發現我和佐倉就猛衝過來。他粗魯地抓住我的手臂，接著以要推倒我一般的氣勢，讓我遠離佐倉。

「你、你、你！你為什麼裸著上半身跟佐倉兩人獨處！這是怎麼回事！」

「冷靜點，這可是天大的誤會。我什麼也沒做，你放心吧。」

雖然我不知道他正在進行怎樣的妄想，但現在可不是陪山內的時候。

「我有些話要跟平田說，抱歉啊。」

「我可是相信著你喔！綾小路！」

我走過如此大聲揚言的山內，向平田報告玉蜀黍的事。

接著，我們立刻把在基地營的學生組成隊伍，將人數調整成能夠一次拿回來就再次出發。應該也有順便搜索其他地方跟尋找食物的這些目的吧。

當他們結束所有採收並回到基地營，時間已經快要超過下午一點。

「確實都摘好玉蜀黍了！」

同學的包包裡塞滿許多玉蜀黍，數量看起來並沒有短少。

「只不過感覺好像有點危險呢。那傢伙……A班那個叫作葛城的男人就在附近。」

看來葛城沒有帶走玉蜀黍，而是留在那個地方輔助了我們。這應該不是出於善意或惡意，而是因為葛城就是這樣的男人。

高度育成高級中學學生基本資料　　時間7/1

姓名	高圓寺六助	Kouenji Rokusuke
班級	一年D班	
學號	S01T004668	
社團	無	
生日	4月3日	

評價

學力	A
智力	C
判斷力	C
體育能力	A
團隊合作能力	E-

面試官的評語

截至目前為止，本校兼具學業成績、運動神經的學生輩出，但這名學生即使與畢業生相比也擁有非常大的潛能，可以說是數年才得以一見的卓越人才。然而，關於無法單憑蒐集而來的消息計算完的智力、判斷力，評價部分我們則予以保留。他那極罕見的自私性格是個大問題，我們期待他將有大幅改進。

導師紀錄

他在班級裡沒有朋友，也完全不具備團隊合作能力。我目前正在摸索改善對策。

寂靜地開戰

無人島生活也來到了第四天。班上在迎接折返點之後就開始一點一點地產生變化。現在已經聽不見那些曾經大肆吵嚷過的抱怨。回過神來，這裡就已經成了歡笑聲不斷的空間。這裡有我們找到的玉蜀黍，加上池他們釣到的魚，也已經沒人抗拒飲用河水。另外還有同學找回來的水果等物資，我們比預定中還省下更多點數，就快要熬過這場考試。

包括中途退出等問題在內，目前我們使用的點數大約維持在一百點。照這樣順利進行下去的話，應該可以留下相當多點數並就這麼結束考試吧。這對於考試開始之前的D班而言，是個讓人非常能夠接受的數值。曾經身為最大反對派的幸村，應該也不會抱怨了吧。沒錯，沒有半個學生對這結果不滿。

我的腦中有某樣東西如針扎似的隱隱作痛。

我偷偷借來原子筆，把它和折起來的紙張一起放進口袋，接著離開基地營。我為了弄清這座我幾乎一無所知的島嶼情況而開始行動。

雖然這是我個人的想像，不過若要詳細列出這場特別考試的內容，我覺得其中八成是要確認班級內部有無合作關係的「防守測驗」。然後剩下兩成則是考驗對其他班級的偵查以及情報蒐集能力的「進攻測驗」。

不過，這八比二的占比並不會就這樣反應至考試結果。倒不如說，可推測那兩成才含有足以大幅左右考試結果的要因。

目前我們已經掌握各班考試方針。那麼，要做的事情不用說，當然就是對其他班級發動攻擊。

因此，我開始往A班的範圍移動。就如D班以河邊為中心來行動，A班應該也是把洞窟周圍當作活動範圍。

葛城並非毫無意義在最開始就占領洞窟。洞窟這據點的真正魅力不是能夠遮風避雨，這個地點本身就帶有意義。

我在森林裡徘徊一段時間之後，隱隱聽見海浪的聲音。我稍微加快腳步，就這樣撥開樹林，成功地來到海岸。

「噢……」

我緊急剎住停下腳步。因為前方沒有立足點，變成了一片懸崖。

「我記得從船上看見的地方……是在這下面。」

當時我隱約看見距離洞穴相當近的這個地方有著好幾項設施。

我心想不知有沒有可以繞道下去的路線而沿著懸崖走，接著就在一瞥之下應該會漏看的死角裡發現一架梯子。我抓住梯子試著用力拉扯，不過它好像有牢牢釘上，貌似相當堅固。我於是使用梯子往懸崖下方前進。

這是個如果在登島前沒先發現就到達不了的地方呢。不久我發現一座小屋。小屋門口裝有證明它是據點的裝置。我從窗戶窺視屋內，看見了感覺是拿來釣魚等等的道具。也就是說，藉由占領這個地方，即使不向校方租借釣具也可以捕魚。

我接著確認了占領有無……結果如我所料，上面的文字是A班。剩餘時間大約是四小時。葛城他們確保洞窟後就來到此處開始占領——這麼理解應該不會有錯。

這個據點要是沒在搭船階段就發現，那我們就連它的存在本身都不會知道。

小屋在懸崖的正下方，因此占領瞬間也沒有會被周圍看見的疑慮。

室內的道具沒有被碰過的跡象，上頭堆積著灰塵。也沒看見它被當作據點來運用的痕跡。我從口袋取出地圖，標記小屋的位置。雖然當然只有粗略的位置。要準確測量地點，想必將需要大量的時間。

我標完記號就再次折起紙張，接著把它收進口袋。

除了小屋之外這裡貌似什麼也沒有，我於是再度使用梯子返回原本的道路。

「繞行島嶼時我似乎在那裡看見一座塔……」

雖然是依靠記憶，但我再次環顧四周，一面注視著感覺有人踩踏過的地面，然後就像是循著足跡似的進入森林裡。

不久後，這次我抵達一處有著高台的地方。這裡也是據點嗎？

要是爬上裝設的梯子似乎可以一覽海邊，不過我不認為它是那麼有用處的設施。也就是說，這當中也有不怎麼派得上用場的據點嗎？

我為了確認裝設在設施牆上的裝置而靠近它。這裡的終端裝置和剛才那個不一樣，處於沒被占領的狀態。這項設施的存在本身就很巨大，雖然說位於內陸，卻比較容易讓許多學生找到。換句話說，也不曉得現在會有誰在哪兒監視著這裡。這應該是他們幾乎同時間發現的據點，不過他們卻沒占領這座塔。這當中差別就在於「會被敵人發現的可能性」。

葛城是個謹慎的男人，是只會採取踏實戰略的人。這男人不會貿然靠近身邊的甜蜜誘餌。

儘管處於無風狀態，我卻發現附近的茂密樹林突然正在搖晃。

「看來不占領的理由並不只是為了慎重起見嗎……」

「你在那裡做什麼，這裡可是我們A班在利用的場所。」

兩名男生像在等待獵物落入陷阱似的從茂密之處現身。

我雖然離開終端裝置，但他們就像是要夾擊我而包圍過來。一人隨即上前察看終端裝置的情況。應該是要確認是不是我占領了據點吧。

「你是誰？我沒見過你呢。」

看來我這自稱是「躲在石頭背面的鼠婦」之D班見不得人的存在，並不廣為人知。（註：鼠婦是一種喜歡藏在陰暗潮濕處的昆蟲）

眼前的男人手上拿著樹枝，像是把它當作武器一般伸向我的喉嚨，並且恐嚇似的叫我報上名來。

「我是D班的綾小路。」

我立刻屈服於這些威脅，當然毫無保留地報上了姓名。

「我們來調查他有沒有攜帶可疑物品吧。」

他們就像盤問嫌疑犯的警官一般包圍過來，然後把手伸到我的口袋，並檢查我的腳踝有沒有藏著什麼東西。

「這並不是暴力行為，你了解吧？」

這問題應該只存在一種回答。我點頭答覆。

他們從我身上搜出的物品有原子筆以及折起來的紙張。那兩樣東西都被他們發現了。

「為什麼要帶原子筆？……手繪的地圖嗎？」

他把我粗略畫下的島嶼以及記載有無占領的部分面向我。

「還給我。」

我雖然伸出手，不過他們也不可能老實還給我，我因此抓了個空。

「你的目的是什麼？你是單獨行動嗎？」

對方對我拋來疑問，我則陷入了沉默。時間經過三秒、四秒。我像在逃避沉默氣氛般如此出聲。

「……我不能說。」

「原來如此。不能說也就代表著有人在幕後操縱著你，對吧？是你們D班全班策劃著什麼事情嗎？還是說只有一部分的人呢？」

這情況就猶如警察質問嫌疑犯。我接二連三被他們追問。

「我不能說。要是說出來……我就會回不了班上。」

「身為小嘍囉還真是辛苦耶，綾小路。哎，好吧。不過，我雖然不知道你被託付什麼任務，但你可別再做出多餘的舉動。給我乖乖地待在你們的基地營。」

這些傢伙不可能有權利命令我，但他們的態度非常強勢。

「我還有一件事想問你。你要是說出誰是收下鑰匙的領導者，我們就會準備報酬來支付你，而且金額還會是十萬、二十萬。」

「——你們是要我為了錢而賣掉班級？」

「要怎麼理解我們的話是你的自由，不過我們也會對其他人做出相同提議。我話先說在前頭。這麼一來，這就會是誰先誰就獲得酬勞。」

Ａ班的這項戰略基本上沒風險。這是個只要有充裕金錢便可能實現的簡便方法。雖說機率很低，但也不能完全捨去會有學生因為利慾薰心而出賣夥伴的可能性。

「總覺得這令人難以相信。你說要給錢，那是要怎麼給？這裡也沒有手機吧？」

「我們確實無法立刻支付酬勞。有必要的話我們也可以寫下字據。」

換句話說，他們打算交換契約，考試結束之後再把錢——也就是個人點數匯給我嗎？

「字據啊。作為參考我想請問一下……要是我告訴你們，我能得到多少點數？」

「這就要取決於你的態度了。」

「能讓一個信得過的人來處理嗎？比如說葛城之類的，或者是坂——」

我說出這名字的瞬間，一名男生突然臉色大變。

「你為什麼要在這邊說出葛城的名字？」

「……我聽傳聞說Ａ班的代表人物是葛城。」

「別笑死人。Ａ班的代表人物是坂柳，才不是什麼葛城。你可以走了。」

Ａ班學生們的模樣看起來就像是在說「沒你的事了」而讓出路。看來起碼這兩人好像是葛城的敵人。那這些傢伙是聽從坂柳的命令在行動的嗎？還是說做出指示的人是葛城？這件事有必要弄清楚。

1

我為了了解C班狀況而來到海邊附近，環顧他們的基地營。昨天為止都還在狂歡的此地已變得相當冷清，門可羅雀。

「哎呀~真是讓我大吃一驚呢。雖然我覺得他很不尋常，但沒想到居然會做到這種地步。」

當我正漫不經心地盯著這幅光景時，從後面前來此處的兩人組向我攀談。

「你也是過來偵查的嗎，綾小路？」

是B班的一之瀨與神崎。他們兩個也是來探查C班狀況的嗎？

「我是負責出來搜尋食物的。我在森林裡隨意進行搜索，結果就來到了海邊。」

「我想就算現在是白天，單獨行動也很危險呢。」

我收到來自一之瀨的溫柔勸告，我只有附和她而已。他們兩人藏身於陰影之下一邊查看C班的情況。他們會躲起來也代表有這麼做的理由。

「哎呀——完全沒人了耶。就像神崎同學所說的，這好像是中途棄權的戰略呢。」

她搔搔臉頰，同時覺得遺憾似的嘆了口氣。

「我原本打算猜猜C班的領導者。但這樣應該就沒辦法了吧？假如他們全班都撤離，那我們連線索也沒辦法找。」

「我稍微想了想，C班已經用光點數了，對吧？所以就算我們看穿他們的領導者是誰，他們是不是也不會受到懲罰呢？」

「既然學校說不會對第二學期造成負面影響，那他們應該就不會變成零分以下了吧。」

一之瀨好像覺得有些無趣而嘟起嘴。

我們三人環視的C班根據地已經空無一物，擴展在我們前方的就只有一片虛無的空間。這裡只剩下校方在角落設置的帳篷。

雖然仍有幾名學生正在海邊玩耍，不過這應該也是時間問題了吧。

「即使用光所有點數的戰略不值得誇獎，可是這也相當厲害呢。」

「這種事情就算想到也不會去實踐。這是場為了累積加分的考試。龍園在放棄的那一刻就已經輸了。」

一之瀨與神崎用好像有點同情的表情面向變得空無一人的海邊，並如此說道。

「猜測誰是領導者，難易度果然非常高呢。辦不到辦不到。」

「乖乖放棄並腳踏實地度過考試似乎比較好。」

「嗯嗯，對我們來說踏實的戰略是最好的呢。」

這兩人說的話不知是真是假。他們把自己的應考方針毫無隱瞞地講給我聽。

一之瀨他們領悟到偵查C班沒有意義，便將視線移開海邊。這正好是個好機會。我原本打算勉強詢問平田或櫛田有關坂柳的事情，不過如果是這兩個人的話，感覺應該會對此很有了解。我現在想盡可能避免做出會讓D班學生們發現自己行動的舉止。

「我偶然聽見一些消息，A班現況是葛城與坂柳的團體彼此對立，是嗎？」

「關係不好是事實呢，他們好像衝突得相當激烈。這怎麼了嗎？」

「不，我只是受到堀北命令有時間就去調查這件事情。她說瓦解A班的機會就在這裡，還是怎麼樣的。即使衝突激烈，但再怎麼說，他們在考試上還是會聯手吧？」

「與其說聯手……因為這次就是坂柳同學缺考呢。現在好像是葛城同學一個人在努力喲。所以所有意見應該都是葛城同學在統整，對吧？」

一之瀨歪頭尋求神崎的意見。真沒想那名叫坂柳的學生會是缺席者。

「葛城是個聰明的男人。假如坂柳不在，葛城也不是他底下的人能夠抵抗的人物。他們應該不會做出那種內部分裂的行為吧。因為這麼做也沒好處。」

若不假思索地接受這些事情，剛才那兩人就是依葛城的指示在行動。

「是呀，應該就是這樣沒錯。不過跟著坂柳同學的學生們應該很不快樂吧。那兩人的性格是兩個極端，所以意見絕對會產生分歧。」

「兩個極端？」

「革新派與保守派？攻擊與防禦？進攻與防守？——他們就像這種感覺想法完全顛倒，所以好像總會互相碰撞。一想到A班是在那種狀態下表現傑出，我就覺得很可怕呢。因為要是A班順利統一步調似乎就能發揮出A班的真正價值。」

「原來如此啊，我之後會轉達給堀北。真是的，我很想叫她自己調查，但她就是很會亂使喚人呢。噢……剛才那句話請你們當作沒聽過。要是事後惹她生氣會很累人。」

「啊哈哈，我會保密。不過真不塊是堀北同學呢，著眼點很好。那兩個人要是完全對立並激烈爭執，那就算自我毀滅似乎也不奇怪。哎，雖然現階段我們沒辦法做些什麼。」

神崎確認手錶時間，接著開始向一之瀨提議差不多該回去了。

「我也差不多要回森林找食物了。要是空手而回可會惹人生氣。」

「那就這樣嘍。我們彼此都要小心別受傷，一起加油吧。記得千萬別亂來喲。」

一之瀨這麼對我說。我小聲答了一句：「謝謝。」

2

那是無人島特別考試開始不久前發生的事情。我就稍微講講第一學期結業式那天的事吧。

當時我非常歡欣鼓舞，因為我正細細品味著人生第一次能盡情享受暑假的喜悅。

然而，手持鐮刀的死神就像是要奪走我那份喜悅似的，毫無預警地現身。

「綾小路，回去之前我有些話要對你說，請你過來輔導室。」

茶柱老師在班會快要結束時留下這些話便離開教室。

「什麼啊，你幹了什麼事情了嗎？」

做完回家準備的須藤揹起包包前來詢問。

「我不記得耶。」

「是呀，因為你平時可是過著普通且腳踏實地的低調生活呢。」

「什麼嘛，還用那挖苦的表達方式。」

「挖苦？我並沒這麼打算呢。難道你是這麼感受到的嗎？」

討厭的傢伙……我受傷的心靈因為悲傷而落淚。

相較之下，須藤就是出於擔心才前來搭話的好傢伙。對吧！須藤！

「欸，堀北。那個，妳暑假……有空嗎？我們一起出門吧。」

須藤坐在我的桌子上一心專注於堀北……他完全沒在擔心我。

「為什麼？」

「這……該說因為這是暑假嗎？要是不好好享受，那可就虧大了吧。我們可以去看看電影、買買衣服之類的。」

「真是無聊呢。這和暑假也沒有關聯性。說起來，你為什麼要邀請我？」

「妳、妳問我為什麼。為什麼妳在這方面遲鈍成這樣啊……」

面對打從心底不解的堀北，須藤用力搔搔頭。但他隨即轉換了心情。

「所以就是那個啦。就是那個了吧？男人在假日時邀約女人也就意謂著……」

雖然我也很想見證須藤的這份努力，不過茶柱老師叫我過去。

討厭的事情最好先趕緊解決。

「喂，你要去哪裡啊？」

我不知為何被須藤叫住。

「去哪裡？我被老師叫過去，所以這也沒辦法吧。」

「稍微占用點時間應該沒關係吧？就算是陪在我身邊也好。」

他這表現真的非常噁心。他粗壯強健的手臂抓住我的手腕不放。

「你就守望著我的戰鬥吧，然後好好地輔助我。」

「你不要說些亂來的話啦……」

「再見。」

堀北在我們進行無聊爭論的期間，就做完回家準備並且離開座位。接著毫不猶豫地離開教室。須藤目瞪口呆地目送堀北的身影。

「……可惡，完全不行耶。我去社團活動好了。」

堀北這個目標人物一不在，須藤就釋放了變得不需要的我。

我抵達輔導室前，就看見茶柱老師靠在門上低頭等待我。

「進來。」

「我完全不明白您叫我過來的理由。」

「裡面說。」

我的憂鬱度儀表因為被老師反覆簡短回話而向上飆升。

要是她能說出像是「讓我看看宴會上會表演的拿手絕活」這種話，並讓我表演搞笑橋段就能結束約談，那就太好了。

「雖然聽見輔導室會讓人有種不愉快的印象，但這裡意外是個不錯的地方。要說為何的話，那就是因為這裡不會有人監視。這是校方顧慮到師生經常要討論涉及許多個人隱私的事。」

這麼說起，室內確實找不到像是理當應該要有的監視攝影機。

「所以您要說什麼事情？我現在要去擬定暑假計畫，可是很忙的呢。」

「這話還真可笑，你應該沒有朋友吧？」

「不不不，這說得有點太超過了吧。我可是有少數幾個朋友的喔。」

「雖然人數用兩隻手手指就數得完，不過重要的不是人數。」我如此辯解道。

說起來就算自己擬定暑假計畫，不是也很好嗎？

「我今天會叫你過來是想讓你稍微聽聽我的人生經歷。」

茶柱老師的人生經歷？這還真是令人超乎想像的驚人展開。

我不懂她指名傳喚我來說這種事情的理由。我對這也沒興趣。

「這是我當上老師以來，至今都沒對任何人說過的話。你就把這當作是胡言亂語來聽吧。」

「在這之前我去泡杯茶吧。您的喉嚨也很渴吧。」

我從折疊椅上起身，接著打開茶水間的門。裡頭沒有人在嗎……

「這些話我並不打算讓其他人聽。你若理解了就回到座位上。」

「……也是呢。」

我就這樣關上茶水間的門，回到茶柱老師面前。

「你們D班學生怎麼看待身為班級導師的我？」

「又是個抽象問題呢。我認為您是個美女——請問我能這麼回答嗎？」

老師雖然面不改色，但我一開玩笑，肌膚就感受到她所流露出的殺氣。

「呃——……如果不介意我拿其他老師來比較，那我覺得關於D班的前途，您似乎認為怎樣都無所謂，是個對學生沒興趣的冷淡老師——應該就是這樣了吧。」

她既不像B班班導星之宮老師那般友善，也沒有C班班導坂上老師那種幫助學生的態度。

「我有說錯嗎？」

「不，就如你所說的，我沒有要否定任何一點。不過這和真相並不相同。」

茶柱老師在這邊稍作停頓，接著就像回想起什麼事情一般，稍微仰望天花板。

「我以前是這所學校的學生，和你們一樣都是D班。」

「該說是覺得意外嗎？我還以為茶柱老師您會是個更優秀的人物呢。」

「呵……我們那時代的情況不像現在這樣有著極端的差異。當時並非三足鼎立，應該要用四足鼎力來表達吧。直到接近畢業的三年級第三學期，A班和D班的差距就連一百點也不到。那是場勢均力敵的比賽，班級平衡甚至還會因為一個微小失誤而崩毀。」

茶柱老師感覺不是在吹牛，她的說話方式反而比較像在後悔過去。

「那麼也就是說那個微小失誤發生了，對吧？」

「對，失誤突然到來。D班因為我犯下的錯誤而被打入地獄，結果成為A班的目標、夢想全都崩壞了。」

我雖然覺得遺憾，但是忽然和我說這種過去的話題，我也很傷腦筋。不如說感覺很不舒服。

「我無法領會這些事情。這些人生經歷跟我有什麼關係嗎？」

「我認為為了晉升A班，你是個不可或缺的存在。」

「我還在想您要說出什麼事，這是在開玩笑吧。」

被您不自然地抬舉、誇獎，我覺得很開心——我不可能說出這種話。

「幾天前，某個男人聯繫了學校，說要讓綾小路清隆退學。」

茶柱老師身上散發出的氛圍突然急遽改變。也就是說從這邊開始才是正題。

「讓我退學？這還真是意義不明耶。雖然我不知道那個人是誰，但校方不能無視本人意願就讓學生退學吧？」

「當然。無論第三者說什麼，我們都無法讓你退學。只要你是這所學校的學生，你就會受規則保護。不過……假如你做出問題行為那就另當別論了。抽菸、霸凌、偷竊、作弊。如果你反覆引起什麼醜聞，退學就無可避免。」

「很遺憾，不管哪個我都不打算去做。」

「這無關你的意志。也就是說只要我判斷是這樣，那麼一切都會成真。」

「難不成您是在威脅我？」

我才在想她的措辭很可疑。但換句話說，事情就是這麼回事。

「這是個交易，綾小路。你為了我而把A班當作目標，我則為了保護你而全面性給予輔助。你不認為這是個很好的交易嗎？」

我從遇見她的時候開始，就覺得她是名奇怪的老師，但真沒想到她居然會威脅學生。

我豈止嚇得目瞪口呆，這種事簡直令我發笑。

「我可以回去了嗎？這話題我不打算再繼續聽下去。」

「很遺憾，綾小路。那你就會遭受退學，D班則又會再次抵達不了A班。」

她的說話方式、態度完全不留餘地。這女人是認真打算決絕我。

她為了自己未能完成的夢想而打算利用我。

「我再問你一次吧。你要以A班為目標還是要退學？你選個喜歡的吧。」

我將左手抵在長桌上並挺出身體，揪起了茶柱老師的衣襟。

「我回想起堀北對妳表示不悅時的事情了。她的心情應該就跟我現在很類似吧？這就好比穿著鞋子走進別人家裡一樣。」

「——是啊。」

至今為止都一直很強硬的茶柱老師自嘲似的笑了。

「我對自己也很驚訝。我發現自己竟然還沒放棄A班。」

雖然只有一點點，但總覺得她的雙眼有些濕潤，感受不到平時的冷淡。

茶柱老師握住我那雙仍揪著她衣襟不放的手臂，眼神隨即恢復以往的堅定。

「我本來在想要是你可以自發性引領D班就好，可是現在已經沒有餘地再多給你猶豫時間。現在就在此做出決斷吧。你要幫我，還是不幫我？」

「星際大戰」的主角路克，拒絕冒險的邀約，選擇回到叔叔的農莊。可是最後還是被捲入戰火的漩渦之中。這就是所謂的命運。

這女人的往事應該只能相信一半吧。我也不知道她話裡有幾分真。

「您說不定會後悔喔——對於您想利用我的這件事。」

「放心吧，我的人生已經滿是後悔。」

這就是快放暑假時發生在我身上的麻煩事。這是我一點都不想去回想的事情。

雖說如此，不過以我立場來說，我也不能失去現在的校園生活。

為了守護自由而捨棄自由——這實在很愚蠢。

高度育成高級中學學生基本資料 時間7/1

姓名	龍園翔 Ryuuen Kakeru
班級	一年C班
學號	S01T004711
社團	無
生日	10月20日

評價

學力	D
智力	B
判斷力	A
體育能力	B
團隊合作能力	E-

面試官的評語

從國中時代開始就做出許多問題行為，不過都沒有確鑿證據，真確性仍有質疑餘地。學力部分屬於平均之下，但他看起來並沒有認真看待，我們認為他並無發揮實力。這名學生判斷力出色，並且擁有足以統合C班的出眾領袖氣質。我們期望他的優缺點都會有所改善。

導師紀錄

行為上有諸多部分能視為問題，但他身為C班的核心人物，很期待他今後的成長。

虛假的團隊合作

當我正熟睡時，帳篷外傳來女生聽起來很不高興的聲音。

「欸，男生們，能不能集合一下？」

女生不是只說一句話就結束，還說出「快點起來」、「給我出來」等，感覺相當蠻橫。

天亮才睡著的我揉著疲倦的雙眼，一邊慢慢起身。

「到底怎麼回事……我超睏的。」

我和煩躁的須藤互相對視，接著出到帳篷外。

「怎麼了？」

「啊，平田同學……抱歉，可以請你叫醒所有男生嗎？大事不好了。」

篠原抱歉似的向平田搭話。

不曉得她是正在慌張，還是正在生氣，總之從篠原的模樣看來情況非同小可。

女生們在稍遠處瞪著我們這邊。

「我知道了。剛才妳們也來叫過，我想大家馬上就會出來。」

接下來約莫經過一兩分鐘，男生們一面搓揉睡眼惺忪的雙眼，一面出了帳篷。

睡傻的男生看見集合在帳篷外的女生們，才察覺到情況非比尋常。

因為女生看著我們男生的眼神異常恐怖。

「這麼一大清早的，怎麼了呀？」

「對不起呀，平田同學。雖然這件事和平田同學你無關……但我們有無論如何都得確認的事情，所以才會集合男生。」

除了平田之外，篠原對我們所有男生投以蔑視的眼神如此說道：

「今天早上，那個……輕井澤同學的內褲不見了。你們知道這是什麼意思嗎？」

「咦……內褲……？」

平常總是很冷靜的平田，對意想不到的情況也表現出動搖。

這麼說來，確實不見輕井澤及部分女生的身影。

「現在輕井澤同學正在帳篷裡哭。櫛田同學她們在安慰她……」

篠原這麼說完，就往女生的帳篷看過去。

「咦？咦？什麼？為什麼要因為內褲不見而瞪著我們啊？」

「這還用說嗎？就是你們當中的某人半夜亂翻包包偷走的吧。因為行李就放在外面，只要想偷就能偷呢！」

「不不不不！咦！咦！」

池急忙交替看著男女生。一名男生看見他這副模樣，便用冷靜的聲音如此嘟囔道：

「話說回來，池。你昨天……很晚才去廁所對吧。還花了滿久的時間。」

「不不不！那是，那個，因為光線很暗所以費了一番功夫！」

「真的嗎？偷輕井澤內褲的不是你嗎？」

「笨……才不是！我才不會做出那種事！」

男生們之間開始互相推諉討人厭的罪名。

「總而言之，我認為這可是相當大的問題喔。要我們跟當中有內褲賊的一群人在同個地方度過露營生活，這根本就是不可能的事情。」

篠原一副隨時都會發火地雙手抱胸如此忠告。

「所以，平田同學，能不能請你想點辦法找出犯人呢？」

「這——但並沒證據顯示就是男生行竊。應該也有可能是輕井澤同學自己弄丟的吧？」

「對啊對啊！這跟我們沒關係！」

平田身後的男生一齊大聲訴說自己無罪。

「我很不願去猜想這之中會有犯人。」

與其說他是在包庇男生，不如說他似乎是不想懷疑同學。

「我知道平田同學不是犯人……不過請先讓我們檢查男生的行李吧。」

看來所有女生的想法都沒改變，她們斷定男生這方就是犯人。哎，依據狀況，她們會這樣想也很自然，所以這也無可厚非。

「啥？別開玩笑，我們又沒必要做這種事情。拒絕吧，平田。」

「我們男生要先集合商量一下，能不能給我們一點時間呢？」

「……既然平田同學你都這麼說……我知道了。我也會去向輕井澤同學說說看。不過要是你們沒找到犯人，我們也會有我們自己的想法。」

篠原留下這些話，現場就暫時解散了。

平田馬上再次集合所有男生，決定在帳篷前進行商量。

「我們就無視女生說的話吧。被懷疑的感覺還真糟。我可是會跟她們奮戰到底。」

本以為池在第一天得到女生們一定程度的信任，但看樣子這終究是徒有其表。被毫無根據地懷疑，受懷疑的男生們覺得不愉快也是理所當然。

「對吧？再說我們又不可能去偷輕井澤的內褲。」

「對吧？」山內之後的男生們也接連這麼說道，彼此面面相覷。

這應該不是因為輕井澤不可愛，而是與其把身為平田女友的輕井澤當作目標，對男生來說，瞄準櫛田或佐倉還比較方便。

「我也不打算懷疑你們，但是我認為這樣解決不了問題……」

在對面結夥討論的女生甚至好像隨時都會猛撲過來。

「為了證明自身清白，正大光明地接受行李檢查好像會比較好呢……」

平田這麼說完，就拿出自己的包包。

「我很沒出息地接受女生的要求，你們於是也莫可奈何地配合我的腳步——這樣應該可以吧？」

「可、可是……」

「當然，我會率先打開包包。」

他應該是在想要讓別人動作就只能由自己先開始行動。不過不僅是女生，包含括男生在內，大概沒半個人會認為平田就是犯人。

說起來偷走自己女朋友的內褲，在某種意義上也可以說是很矛盾。

只是要是第一個人像這樣開示包包，那後面的也會不得不跟進。

因為不想展示內容的學生一定會遭受懷疑。平田的包包當然不可能會放有什麼內褲。

「真沒辦法……」

男生們受平田行動影響，而接連到帳篷前拉出行李。

池和山內雖然一直都很不情願，但即使這樣他們也無法反抗情勢。包含我在內的三人成為最後還沒受檢查的男生，於是無奈地往帳篷前進。我也跟在這兩個後面。

「可惡，真是火大耶。居然無條件地懷疑男生。真是太不講理了。」

「哎，事情都變這樣了，我們就堂堂正正地證明自身清白給她們看吧。」

池抓住包包正打算站起時，忽然間停下了腳步。

「怎麼啦？」

「啊，不……」

池突然背向平田他們一屁股坐下，確認包包裡面，接著慌張似的拉上拉鍊。

「寬治？」

池臉色發青，身體僵硬，就像被牢牢束縛住地靜止不動。

「喂，我們快點走吧。」

山內看見模樣可疑的池，而半開玩笑地如此說道：

「該不會是你偷的吧？」

「笨——才、才不是！」

池急忙否定，抱著包包，左右搖頭。

再怎麼說我們也沒遲鈍到不去對這露骨的反應懷抱任何想法。

「你該不會……」

褲。

「什麼啊，你在懷疑我嗎！」

「不，不是這樣……給我們看一下包包裡面吧。」

「……啊，喂！」

山內迅速抓住包包，檢查池的包包內容。結果那裡……藏著一團男生絕對不會穿著的白色內褲。

「不、不是我啦！這好像是有人擅自放進我包包裡的！」

「你呀，這種藉口可行不通……」

山內對池手足無措的模樣投以憐憫的眼光。

「就說我不知道嘛！這是真的！為什麼我的包包裡會有內、內褲啊！」

「這樣很難看喔。總之我們先去向平田他們說明吧。」

「啥！要是這麼做，我不就會被當成犯人了嗎！」

「什麼犯人……是吧？」

山內向我尋求同意，但這是怎麼回事呢？

這個貌似是輕井澤內褲的物品從池的包包裡出現，所以池就是犯人？

這件事情應該沒有單純到結論如此隨便。

姑且不論犯人是何時、如何偷走內褲，行竊的犯人一般是不會把內褲藏在自己包包裡吧。要是隔天引起騷動顯然大家就會開始搜尋犯人。即使犯行時欠缺冷靜，但說要打開行李的當下，犯人照理說會很慌張。然而，池身上卻一點也看不出這種模樣。

從這裡推導出的結論便是犯人另有其人，並把內褲藏到池的包包裡。

只要池不是蠢到極點的笨蛋……但這再怎麼說應該也不可能吧？

「欸，綾小路，你願意相信我沒有行竊對吧！」

「從這狀況冷靜思考，沒有證據能夠斷言池就不是犯人。」

「綾小路！」

「不過，池就是犯人的可能性不能說是很高。假如他是犯人那就太愚蠢了。」

「確實是這樣沒錯啦……那麼是怎樣呀？表示有人把它放進寬治的包包？」

「也只能這麼想了啊！」

「喂，快點啦。」

平田他們那裡的一個男生拋來這句話。

「怎怎怎、怎麼辦！真的糟了！」

要是現在贓物被發現，男生姑且不論，女生則大概會斷定池就是犯人吧。

「總之現在只能先藏起來。」

「你說藏起來，是要藏哪裡啊！根本就沒任何地方藏啊！」

現況確實無法藏好它。如果去廁所或帳篷裡的模樣被人看見，監視著我們的女生也會加強疑心，並搜索那些地方吧。

最重要的是我們在這個地方耗太多時間。就算已經遭到懷疑也完全不奇怪。

「應該只能先放進口袋裡了呢。」

我能給的建議就只有這些。現在既沒時間把它放到自己的內衣或鞋子裡，也沒有東西能夠遮住可疑的動作。

「沒、沒辦法啦！我、我已經都這麼恐慌了！」

即使如此現在應該也只有藏起來的這條路吧。

「那綾小路這就交給你了！」

池這麼說完，就從包包裡取出捲成一團的內褲，迅速硬塞到我手上。

「……啥？」

「假如你認為藏起來比較好，那你就幫我做，好嗎？」

「不，這──」

「喂，就說快點了！」

「我馬上過去！」

「剩下的就麻煩你了。」池這麼說完就跑掉了。

「我可不想被捲進去。」山內也這麼表示，並且趕緊跟著池跑掉。
「喂喂喂，真的假的啊……」
即使是我，也冒出了一些冷汗。
雖然這麼說，可是就算我待到最後，情況也只會惡化。
如果要藏起來的話，我會想藏在難以調查之處。但可不能只有我一個人花費這麼多時間。
我心想已經沒時間思考，於是就邊拿著包包邊把它塞入口袋，前往平田他們的身邊。
「抱歉抱歉。我的包包有點髒，剛才在用手拍掉泥土。」
池這麼解釋，接著丟出包包。
「要檢查就檢查吧，我可是無罪的呢。對吧，山內？」
「喔，是啊。」
他們兩個光明正大把包包放著。平田簡單知會一聲，就開始檢查起包包。
我也輕輕地放下包包，並離開那地方。
接著，平田檢查完所有人的行李，就呼喚雙手抱胸等待著結果的篠原。
「我檢查完所有行李了，但果然還是沒有。」
「真的？」
「嗯，沒錯。男生們果然不是犯人呢。」

「等一下。」

篠原往我們這邊靠過來，開始檢查起帳篷裡面。

她好像正在懷疑內褲是不是藏在什麼地方。不過那東西當然沒有出現。

篠原檢查完兩頂帳篷之後，就回到了女生身邊說起悄悄話。

「那個呀，平田同學。犯人說不定會把它藏在口袋之類的地方吧？而且剛才池同學、山內同學還有綾小路同學在鬼鬼祟祟地說話，這也很令人在意。」

要說這是理所當然，確實也是理所當然。女生向我們要求進行徹底檢查。

「妳們別得寸進尺了！」

對於進行反駁的池，包含篠原在內，女生們同時開始發動攻擊。

「池同學你從剛才開始就很奇怪耶。你該不會真的藏著內褲？」

「啥！我、我怎麼可能藏著啊！妳們想檢查就檢查啊！」

池展開雙手訴說自己的清白。喂……你如果像那樣誘導話題的話……

「那就讓我們檢查。平田同學，能麻煩你嗎？」

「……我知道了，如果這麼做妳們女生就能接受的話。不過，要是這樣也沒找到，我希望妳們就不要再做出清查男生們的舉動。」

這是最糟糕的發展。我跟池、山內三個人在女生的監視之下開始接受身體檢查。

雖然這是當然的，但池和山內身上根本不可能會出現內褲。他們面對平田慎重的檢查也毫不動搖，接受徹底的檢驗。接著終於輪到了我。

這狀況已經就連抵賴也都沒辦法。如果由我自己拿出來，至少下場會比較好一些嗎？

……不，應該不會有這種事情吧。我已經無計可施。既然如此，即使是百分之一的機率也好，我就賭平田放過我的那個可能性。

我就像條死魚一樣一動也不動，決定接受平田的檢查。

「抱歉啊，我馬上就會結束檢查。」

平田完全沒有懷疑我。他從我上半身開始慢慢進行確認。

接著，平田的手伸進了後方放著內褲的口袋。

——一切都結束了嗎？

我做好了覺悟。平田的手無疑碰到了內褲，那種觸感傳遞了過來。或許單憑手的觸感會沒有把握這就是內褲，不過光是在口袋裡放進一團碎布就已經夠可疑。平出突然僵住身體，並看向我的眼睛。

然而，在那連一秒鐘都不到的時間裡，在我們交錯視線之後，平田卻沒取出內褲，他檢查我的衣服之後，就回頭望向女生們。

「綾小路同學也沒有拿呢。」

平田這麼說完，就邁步走向篠原身邊。池和山內都吃驚地面面相覷。

「他們三個都沒有拿喔。」

「真奇怪……我還以為是那三個之中的其中一人。可是既然平田同學你都這麼說了……」

篠原好像認為充滿正義感的平田不可能撒謊，因此只好屈服。

「我們可以先整理行李嗎？整理之後也能再繼續談。」

結束所有檢查後，我急忙回到帳篷裡。平田也跟在我後面。

「平田……你為什麼沒說出來？」

我拋出直率的疑問。

「放在你口袋裡的果然是內褲對吧？」

「輕井澤同學的內褲……是綾小路同學你偷的嗎？」

「對。」

「不，不是。」

這名好青年會如何理解我這句簡短的否認呢。

「我相信你。你不是會做出那種事情的人。不過，它為什麼會在你口袋裡呢？」

既然他毫不猶豫坦蕩地說相信我，那我可不能不回答他。

我老實告訴他東西是從池的包包裡出現。平田稍微做出沉思的模樣。

「是嗎？這樣的話犯人就無疑不是你，而且我也不認為是池同學或山內同學。說起來如果他是犯人，那應該也不會把贓物放入自己的包包。通常會把東西藏在別的地方。」

幸好平田是個腦筋靈活的正常人。我不用進行麻煩的說明。

「如果可以的話能讓我保管內褲嗎？」

「是可以……但這樣好嗎？」

拿著這個就等於是握著鬼牌。它是個很難處理的東西。

「最壞的情況就是我被當成犯人。如果對象是我，傷害就會最低。畢竟我也算是她男朋友呢。」

平田說完就拿出廁所使用的塑膠袋，把內褲放入其中。

因為對輕井澤而言，內褲被別人赤手碰觸應該也是件很難受的事情吧。

「可是……這也就表示出現一個壞消息了呢。因為內褲出現在池同學的背包，也就代表著犯人可能就在班上。」

「是啊……」

再怎麼說，假如別班學生在這裡徘徊，絕對會有人看見。

我走出帳篷後環顧周圍。我們的行李各自包著塑膠袋，隨意地放在帳篷前方。然後，輕井澤她們睡的帳篷則在數公尺之外的位置。事件發生為止女生的行李也同樣隨意堆放著。如果打算行竊，很容易就能辦到。就像第一天我輕而易舉就能翻動伊吹的包包。

問題在於犯人何時行竊。由於沖澡為止都沒發生問題，所以犯罪時間就會是昨天晚上八點左右到早上七點左右。這種情況下，班上任何人都有可能犯案。不過我不認為犯罪行為是在半夜裡發生。因為在四周一片漆黑的狀況下，要是打著手電筒翻找行李，可能就會有人因為光線而察覺。

這樣的話，犯罪時間很可能就會是早上五點日出前後。

哎，即使在某種程度上縮小犯罪時間，要從這邊找出犯人也很難。

那麼……我就稍微試著改變思考方向吧。內褲被偷的人是輕井澤的理由，以及那件內褲被藏在池的包包裡——這部分是有什麼理由嗎？

「我相信綾小路你不是犯人，所以才幫了你。」

「喔，嗯，謝謝你。」

「雖然這不是因為幫過你所以才這麼說……不過我希望綾小路同學你能幫我尋找犯人。」

平田握住我的手如此懇求我。

「你要我找犯人？」

「沒找到犯人的話，我想男生、女生都會覺得很不安。其實由我來找會是最好的，可是為了統合大家我得分出時間，因此這好像也很困難。」

平田身為班級核心人物，行動上會伴隨著限制。

「作為一個被捲入其中的人，我確實也很在意犯人是誰。不過我不認為做出把內褲暗藏在池包包裡這種事情的人會輕易被我們找到。」

這種事他也很清楚吧。平田應該也很明白尋找犯人是件難事。

「……總之，我會先盡量找找看，可是別對我抱持過度期待喔。」

「謝謝！謝謝你，綾小路同學！」

平田用一副就要抱過來的氣勢如此答謝，他一面表示謝意，一面深深地低下頭。

雖然我也不是不能了解平田的感謝心情，但這反應看起來有點太過頭了。

或許對平田來說，這場內褲失竊案應該就是個這麼棘手的事件。危機降臨在剛要團結起來的班級上，而這就是作為領袖的他嚴肅看待此事的證據。

「另外，假如你找到了犯人……到時候我希望你最先告訴我。我希望你絕不要告訴其他人。」

平田向我這麼訴說時，散發出不容分說的強烈壓迫感。

他那副過於泰然自若的態度，甚至讓人覺得有點毛骨悚然。

「事情要是公開，這個班級就會再次承受巨大傷害。我想避免這件事。所以我想和犯人對談，並思考穩妥的解決辦法。如果他能夠因為這樣而自我反省，說不定事情也可以到我這裡就打住。」

「換句話說就是掩蓋事實嗎？」

「掩蓋啊……這字眼不太好，但被這麼理解也沒辦法。因為無論犯人是男生之中的誰，我覺得都該隱瞞事實。」

平田用強而有力的眼神注視著我。這就像是在說——自己有意包庇犯人。

「我知道了，我會最先向你報告。這樣可以嗎？」

「謝謝你……那麼我要回去工作了。」

平田出帳篷就馬上向其他學生搭話，好像開始要做些什麼事情。

我透過帳篷遮蔽的薄布看見有好幾個人影遠去。

「平田洋介——D班的英雄嗎？」

我在平田說出的話中感受到一處矛盾。

那傢伙說是因為相信我才幫助我，緊接著卻說無論犯人是男生裡的誰都應該隱瞞事實。換句話說，不管誰拿著內褲，在女生監視著的那種情況之下，他都會隱藏事實。

平田一點也不信任我。豈止如此，他說不定還認為我很可能就是犯人。當然，這是很自然的。從旁人眼光看來，犯人大概就是拿著內褲的我，或者是我所提名的池。所以平田才會指名可能是犯人的我來扮演偵探角色。他藉此垂下救贖的細絲，同時叮嚀我不要再犯。

只要這麼想，那麼這事情經過也可以理解。唯一明確的應該就是他想隱藏事件。

雖然姑且也可以考慮平田就是犯人……哎，不過這應該馬上就會水落石出了吧。

1

「能請各位集合一下嗎？」

我一出帳篷，平田就開始集合大家。不久全班便集合完畢。

而那裡也出現了輕井澤的身影。她的雙眼紅腫且氣得發抖。

「男生根本就不能相信。要繼續在同個空間生活，我絕對辦不到……！」

「可是男女分開生活也會有點問題吧……考試再過不久就要結束。正因如此，而且又因為我們彼此都是夥伴，所以我們必須互相信任、互相幫忙。」

「……雖然是這樣沒錯。可是我無法忍受跟內褲賊待在同個地方！」

「我絕對沒辦法。」輕井澤左右搖頭如此表示。既然被害人都這麼說，平田也沒辦法太強硬。篠原像在支援她似的拿來樹枝，並在地上劃線。

「我們認為犯人就是男生，所以我們要在這裡劃線，區分男女生的範圍。我們絕對禁止男生進入我們這邊。」

篠原這麼說，提議劃分生活空間。

「這什麼嘛。居然擅自把我們當作犯人。行李檢查和身體檢查，我們都接受了吧？」

「不一定就會藏在包包裡面吧？而且男生就是很變態。總之在找到犯人為止的這段期間，你們都不要進來女生的地盤。給我滾一邊去。」

她這麼說完就要求男生移動帳篷。

關於這件事男生這方當然不可能接受。因此噓聲四起。

「妳們要是懷疑我們那就自己挪帳篷。我們不會去搬也不會幫忙妳們。」

「喔，是喔。那就算了。要是你們假裝幫忙結果行李被亂翻，那我們可受不了。」

「還有，你們也別再使用淋浴間了。讓或許有變態小偷在內的男生使用可不是開玩笑的。」

班上至今的團結都去哪裡了呢？男女生看來已經完全決裂。

「呵，妳們有辦法釘入帳篷的營釘嗎？」

篠原察覺到狀況不太妙，而向平田這麼求助。

「欸，平田同學。這也算是為了輕井澤同學，能不能請你幫忙？」

「……我知道了，我會幫忙。雖然也許會很花時間，這樣也可以嗎？」

「謝謝你，平田同學。真是太好了呢，輕井澤同學。」

「嗯，能夠相信的就只有平田同學。」

輕井澤看起來很開心，並且有點害臊似的紅著雙頰點點頭。

「嘖，說不定平田就是犯人吧。」

「啥？平田怎麼可能會是犯人，你是笨蛋嗎？你怎麼不去死一死？」

「什——！開什麼玩笑啊，輕井澤！因為是男朋友所以不會是犯人——這根本不能成為依據！」

男生當然發出了怨言，但男生的發言在這狀況下都被隨意地當成耳邊風。除了平田之外，所有男生都遭到了懷疑，因此這也沒辦法。場面迅速地來到最終階段。輕井澤和篠原掌握了主導權。

「等一下，我要對妳們提出異議，尤其是輕井澤同學。」

堀北在這種劍拔弩張的冰冷氣氛中，若無其事地對輕井澤提出強烈主張。

「怎麼了，堀北同學？妳對剛才的事情有什麼不滿嗎？」

「依男女改變生活區塊為止的討論，我都不介意。既然犯人還沒找到，那跟很可能是犯人的男生保持距離就是正確的。不過我並不信任平田同學。也就是說，我們不能免除他就是內褲賊的可能性。我無法接受妳們制定出只有他可以進入女生地盤的規則。」

「平田同學怎麼可能做出那種事。這點事情妳就不懂嗎？」

「這是妳個人的想法吧？別強迫我也要跟妳有相同想法。」

輕井澤好像無法接受堀北的態度，而往她縮短一步距離。

「平田絕對不可能是什麼犯人。妳別說是男朋友，就連個像樣的朋友都沒有，或許不會懂呢。」

「別讓我講好幾次相同的話。我是在說我難以接受只有他一個人能過來。」

堀北即使受到挑釁也不為所動，淡然地如此回話。

「那我問妳。除了平田之外，不是就沒有男生可以相信了嗎？難道有嗎？」

「我不會未經思考就做出發言。事情很單純，只要再增加一名男生就好。這麼一來，男性勞力也會變成兩倍，讓男生們互相監視彼此也會很有效果。」

「別開玩笑。我的內褲可是被偷了耶！我可是受到男生的汙辱！妳懂嗎？要是把犯人引進來也不知道我們會被對方怎麼樣！」

「妳在輕忽危機管理的這點之上應該也有責任吧。也許這是因為妳不知不覺製造出會引人偷竊的那種理由吧？」

「什、什麼危機管理呀！大家都一樣放著包包，說什麼我輕忽啊！」

「也就是說，妳應該就是過著這種『即使內褲被偷也沒關係』或是『即使被偷也沒辦法』的這種日常生活，不是嗎？而且討厭妳的人似乎也不少。」

換句話說，堀北將犯人不單純是因為別有居心才偷竊的可能性也納入思考範圍。有個人物想一解平時對輕井澤的仇恨，而意圖性的使她蒙羞——說不定她正在用這條思路來想像犯人。要怎麼推理是堀北的自由，不過在公開場合將那想法硬塞給輕井澤應該就是個失策吧。

堀北的頭腦很好，可是在人際關係上卻擁有著缺陷。這個行動正好可以說是堀北的弱點。

輕井澤要是在大庭廣眾面前被這麼挑釁，一定會更加受傷且焦躁。

而且不僅是男生，輕井澤應該也會將矛頭指向堀北吧。

「妳啊——！」

輕井澤突然發飆，眼看就要上前揪住堀北。平田颯爽地跑至輕井澤前方。

「輕井澤同學。對我來說，可以多一個男生也比較省事。這樣可以嗎？」

平田以這種圓場的形式來勸架。

「可、可是……除了平田同學之外哪有人可以相信……」

「那麼就我來吧！」

池迅速舉起手。這行為還真不讓人覺得他不久前才在跟篠原吵架……

「等等，說到粗活的話應該要交給我吧。」

須藤快速舉起手。

「等一下啦，這裡還是要交給兼具手巧特質的我吧。」

山內也跟著說道。看來就算吵了好幾次架，他們好像還是非常想接近女生。

「別、別開玩笑。這不就像是輕易地引狼入室嗎？況且不管誰是犯人都不奇怪。還是說堀北同學，妳認為這些人就沒問題？」

「是呀，我也是這麼想。如果考慮到這三人的素行，那他們根本無法信任。所以我打算仔細思考，選擇一個不會是犯人的人物。」

「那麼是誰？除了平田同學還有誰嗎？」

我環視男學生。繼平田之後還會有能夠讓人放心的男生嗎？

幸村腦袋清晰，但他很會跟女生起糾紛……當我正在思考會是誰的時候……

「就是你喔，綾小路同學。」

……啥？為什麼是我？為何會是我？我不禁張大嘴。

「啊哈哈哈！別笑死人。我才在想會是誰，結果這不就是妳唯一的朋友嗎？那種沒存在感的寡言色狼，怎麼可能能信任啊！」

別人要如何看待我也都沒辦法。不過看來我就是「那種傢伙」以及「寡言色狼」這種程度的存在。這好像就是在第一學期之中沒好好建築人際關係者之悲哀末路。

「倒不如說綾小路同學很可能就是犯人。他早上鬼鬼祟祟，感覺很可疑呢。」

她應該是在說我們從池的包包裡發現內褲時慢吞吞的那件事吧。

哎，什麼可疑，因為事實就是當時輕井澤的內褲確實在我手上。

「或許有可能呢……我記得昨天綾小路同學在營火前待到很晚耶……」

看來女生加深了疑心，我似乎被選為下個目標。男生中也開始有人懷疑起我。池和山內則是裝作什麼都不知道。

無論沉默還是辯解，狀況似乎都不利於我。因此我就先保持了沉默。她們再怎麼懷疑我，持有證據的人也是平田。應該也不會硬是把我當作犯人吧。

不過，儘管我是清白的，但被懷疑是犯人心情還真是不好受。

「綾小路同學應該真的就是內褲賊了吧？他沒有辯解，而且之前他也曾用色情的眼光盯著輕井澤同學，對吧？」

女生之中傳來這樣的懷疑意見。雖然我不記得自己曾用色情眼光看她，可是假如她們為了方便而更改自己的記憶，那我也沒有辦法。冤罪就是這麼發生的呢。

「那個……我、我認為綾小路同學不會做出這種事情……」

在這種幾乎所有女生都懷疑我的情勢之下，我本來以為誰也不會願意站在我這邊，不過有個意料之外的人物出言坦護了我。

佐倉在後方駝著背，雖然忸忸怩怩，還是這麼說出維護我的發言。

真讓人難以想像這是比任何人都還害怕引人注目的她會做出的行為。

「咦？這什麼意思？為什麼妳能說出這種話？」

佐倉坦護或許是犯人的人物，對此輕井澤很不高興似的回過頭。從活力強勢的女生看來，懦弱的佐倉簡直就是個恰好的目標。她比堀北更容易對付。

輕井澤轉眼間切換獵物，彷彿要捕食她一般，以言語撲向佐倉。

「欸，為什麼呀？為什麼妳就知道綾小路同學不是犯人？」

「這是……那個……因為他並不是那種人……」

佐倉被輕井澤的氣勢壓倒，儘管懼怕，卻還是拚命地擠出聲音。

「啥？我不懂妳的意思。這完全不成回答吧。」

對於佐倉持續的謎樣維護，輕井澤雙手抱胸，然後壞心眼地笑道：

「咦？佐倉同學，難不成妳喜歡既樸素又不起眼的綾小路同學？」

輕井澤的這句話與其說在瞧不起人，不如說只是隨便找個理由說說。這種沒根據的發言只要索性充耳不聞即可，然而佐倉卻正面接受了這些話。

「不、不是的！」

佐倉嚇得猛然往後退，而且滿臉通紅不知所措。

「唔哇——這種像是小學生一樣的露骨反應是什麼呀，還真是好懂。」

輕井澤哈哈大笑。討好她的女生們也跟著大笑。

「不是這樣的……！啊，啊唔……唔……！」

「哈！這樣不是很好嗎？會喜歡上那種人的女生，除了妳之外應該就沒別人了吧。如果妳要的話，要不要在這裡向他告白？來來來，要我幫忙妳也可以喔。」

「唔！」

周圍的目光太集中於佐倉身上。佐倉好像無法忍受這種氣氛，而奔逃至森林裡。櫛田留下「我去追她」這句話，就前去追趕佐倉。這是明白獨自一人進入森林很危險而做出的好判斷。

「什麼呀？我明明只是稍微捉弄她而已呢。就是這樣她才會交不到朋友吧。」

堀北從頭到尾都不發一語地注視著輕井澤的公開處刑。她就像在看著無聊事一般撫摸著自己的頭髮，同時嘆了口氣。

「差不多可以繼續進行話題了吧？看鬧劇可是很浪費時間的。」

「我說啊，堀北同學，妳這說法真的很讓人生氣。」

輕井澤好像已經對逃走的佐倉失去興趣，而再次把目標轉回堀北身上。

「欸，堀北同學。妳為什麼要對我這麼冷淡？難道是有某些原因嗎？」

「某些原因？妳說這會有什麼原因嗎？」

「因為呀，平田同學不是很帥嗎？腦筋又很好。他連對妳這種人都很溫柔，我認為一般女孩子都會喜歡上他呢。」

她一邊輕笑，一邊得意似的抓住在她身旁平田的手臂，並且把他拉過來。

「這麼說可能有點不妥，不過要是拿綾小路同學來比較的話……對吧？雖然綾小路同學的外表比起其他男生算是比較好，但是這點之外的差距就很大了吧？所以我在想——妳該不會是在忌妒我。」

「妳的腦袋還真是相當天真呢，輕井澤同學。」

「啊——討厭討厭，嫉妒心還真是難看。」

我們經常聽見團體行動會讓人的立場、性格，或心理狀況浮現出來。

校園生活中看不見的事情好像都接二連三顯現出來。

尤其對每天都貫徹孤傲的堀北來說，班上女生對她的印象極差。不過即使如此她們平時也都無視對方，或者應該說是互不往來，並且一路走到現在。

可是現在變得要共同生活。她們必然不得不扯上關係。

「綾小路同學確實有諸多不值得誇讚的部分呢。」

喂……我還以為妳會替我圓場，結果根本就相反。

「然而這和平田同學無法信任是兩碼子事。我只是對於妳無意義地推舉平田同學感到不快。事實上，他根本就沒有任何能讓人相信的要素。況且我認為自己完全沒有夾帶私情。我只是利用排除法，結果班上最能夠信任的就是他。還是說，妳能說出有哪個男生是更勝於他的嗎？假如有的話，我還希望妳告訴我呢。」

輕井澤被這麼說，便像在評鑑一般看了男生一眼。

「……他在男生之中確實感覺是最人畜無害的一個，而且也很沒存在感。」

她在這點上似乎不得不認同。女生的眼光真是太無情了。

「那麼就這樣吧？雖然我覺得很懷疑。不過要是平田同學會輕鬆點的話，那我就會忍耐。」

輕井澤她們結果好像選了我，但我可不認同她們的選擇。

這種事情我當然隻字不提，畢竟只會再次引起爭執。

她們好像達成協議。事情接近尾聲，準備要解散。班級的團結也與之同時崩壞。

「各位想說的話我也都知道……但是我反對毫無根據就懷疑同學。我們班上不可能會有人做出那種過分事情。」

平田對於一路惡化的情況無法保持沉默，而如此說道。

「平田同學，你太善良了。那你說這還會是誰偷的？」

「這我也不知道……可是我不想去懷疑同班同學。」

男生們一直被女生這麼懷疑，心情似乎也不是很好，於是便開始思考犯人的形象。

「欸……難道說——是那個叫作伊吹的人嗎？」

一名男生偷偷望向獨自坐在營地邊緣的伊吹，一面如此嘟噥道。

這個瞬間，大家就猶如發現一隻獵物，將懷疑的矛頭集中指向伊吹。

「因為小伊吹是C班的人呢。即使做出像是妨礙D班的行為也不奇怪……她或許為了讓我們遭到懷疑而耍了花招。」

「你們男生不要太超過。因為最可疑的肯定就是你們男生。」

篠原不停把男生當作犯人懷疑。她用手做出像是驅趕的動作，趕走男生。

「在知道犯人為止的這段期間，我們絕不會相信男生。是吧，輕井澤同學？」

「當然。犯人一定就是男生裡的某人。」

結果以這事件為開端，男女生決定各自分開生活。

2

我要再重複說一遍。這名叫作平田洋介的男人是個帥哥。與其說是外表突出，不如可以說是在指他的行動理念本身。他都率先扛下普通人覺得麻煩、不願去做的事情，而且還會以很高的水準來滿足對方。

他和女生們同心協力把組裝好的帳篷就這樣搬離男生。

另一方面，我則是負責固定的工作，把搬來的帳篷的營釘敲進地面。一開始釘子馬上就會鬆脫，歷經了一番苦戰。不過我很快就掌握訣竅，固定好第一頂帳篷。這出乎意料地簡單。然後我現在正一面擦拭著汗水，一面用鐵鎚敲打著第二頂帳篷的營釘。前來與我匯合的平田拉開繩索，幫忙我敲打營釘。

「抱歉啊，讓你也這麼辛苦。」

其他男生有的跑出去玩，有的則在打算藉由釣魚來籌措食物，而在野外努力著。

「啊——不，這不是平田你該道歉的事。不如說事情都交給你，我反而覺得很抱歉。」

「這沒什麼不好呀。只是我因為喜歡才擅自這麼做的。」

這張爽朗笑容的存在，應該也是這男人會是帥哥的重要理由吧。

「問這種事說不定很奇怪，但為什麼你要這麼努力啊？」

「努力？我不認為自己是在努力耶。我只是在做必須去做的事情。」

他沒有表現得很自滿，並用掛在脖子上的毛巾擦拭流下的汗水。

「我認為這場特別考試不是比賽，而是個讓大家感情變好的重要機會，所以我想珍惜現在這份時光。為此只要是必要的事情，即使是辛苦工作我也很樂意去做。」

一般人能夠表裡如一並且充滿善意到這種程度嗎？想被人喜歡、想受到矚目——懷有這種企圖不是理所當然的嗎？

但是從平田身上完全感受不到這種心情。

我只強烈感受到他一心想和大家友好相處的這個心願。

「好，剩下大約一半。我們趕緊把事情做完吧。」

我們兩個為了釘入剩下的營釘，而繞到帳篷另一側。

「平田同學——！過來這裡一下——！」

輕井澤她們的團體傳來呼喚平田的聲音。

平田轉眼間被女生團團圍住，並被用力拉著手臂。

「欸欸欸，來這裡——！」

「啊，我還有剩下的工作要做……」

「那種事交給綾小路同學不就好了。對吧？」

女生這麼說完就打算強行拉走平田。

看見平田擺出為難的表情，儘管覺得很麻煩，我還是如此答道：

「……這裡的工作我會做完，你就去吧。」

「呃，可是一個人的話會很辛苦喔——」

「工作也只剩下一點點，沒關係。」

「抱、抱歉呀。謝謝你，我馬上就回來。」

雖然這是個想讓女生對我稍微改觀的別有居心的提議，但我的話好像沒傳達到女生耳裡，她們就這樣拉著平田，往森林的方向走掉。

他大概沒辦法馬上回來吧。

我寂寞地目送留下「死亡旗」便離去的平田，並再次拿起鐵鎚。

接著繼續埋頭於工作。結果我在平田回來之前就自己完成了工作。

「一個人比想像中還更花時間耶……」

帳篷的方向、營釘的方向，還有繩索的張度——必須注意的地方相當多。

時間已經過了十點。接下來我該怎麼做呢……

現在我已經解除肌肉僵硬狀態。從現在開始的步驟可不能有所失誤。

不過在這之前，我得先恢復體力。烈日之下的工作實在太累人了。

「可以打擾一下嗎？」

由於工作告了個段落，伊吹在我正想稍作休息時前來攀談。

「今天早上內褲賊那件事，該怎麼說呢？情況似乎很不得了。該說D班也並不團結一致嗎？」

「哎，是啊。真是各種艱辛不斷。」

「不過無論理由是什麼，同樣身為女生，我認為偷竊女生內褲不可原諒。」

是這樣沒錯。不過她為何要跟我說這種事情呢？

保護伊吹的與其說是我，倒不如說是山內。而且照顧她的也是櫛田她們那個小團體。

我們也只是稍微交談過，我跟她應該沒那種會特別牽扯上關係的要素。

「難道說妳在懷疑我之類的嗎？」

早上我被篠原她們當成犯人的事，伊吹好像也在遠處圍觀看見了。

「你是犯人嗎？」

「不，不是。」

「那就沒問題吧？雖然我沒有確鑿的證據，不過那個叫作平田的男生還有你似乎受到部分女生的信賴。我認為你是犯人的可能性很低。」

她應該是因為聽見輕井澤和堀北的對話才會如此下結論吧。

「你對犯人沒有頭緒嗎？」

「現階段完全沒有。我則是盡可能不想去懷疑男生。」

「那麼你認為誰會是犯人？」

這種問題彷彿在試探我。我斜眼窺視站在我正側方伊吹的模樣。她沒有面向我，並且正在等待我的答覆。即使如此我還是沒做出回答。伊吹於是這麼說道：

「要是如你所說犯人不是男生的話，那麼下個要遭受懷疑的就會是身為外人的我。照理說絕對會有人提出質疑——說或許是我把情況偽裝成像是男生偷走內褲。不是嗎？」

她好像非常清楚自己正受到懷疑，而有點自嘲似的如此笑道。

對於這些發言，我說出心中瞬間湧現的話語。

「起碼我相信妳，我不認為妳就是犯人。」

我毫不猶豫這麼回答伊吹。她有點驚訝，而看著我的雙眼。這就像是在確認我說的是不是真話。我和她對上眼神之後沒有移開視線，接受了她的目光。

「……謝謝。沒想到你會這麼對我說。」

「我只是老實回答而已。」

我之所以能坦率這麼說出，是因為我光是看見伊吹那直率的眼神，就已經有了把握。

因此我不費吹灰之力地推出結論。偷走輕井澤內褲並把它暗藏至池包包裡的犯人，就是這個伊吹。

3

特別考試的第五天晚上。D班氣氛就猶如守靈夜一般沉悶。最後大家沒有弄清犯人是誰，就這樣維持疑神疑鬼的狀態度過一天。在這種情況下，今天我也負責顧營火。我只需要一邊看著火勢一邊不時扔進樹枝，工作實在單調又輕鬆。但比起這些事情，問題在於別的地方。

「欸，綾小路同學。我們不是叫你要好好挪帳篷嗎？」

「我應該已經照妳們說的挪好了。」

「再往左邊移一點啦，這樣離男生太近了。」

「……我知道了。」

我收到有些不講理的投訴，並且不甘願地答應。那名女生隨後氣憤地離去。

「被硬塞雜務，還真是辛苦呢。」

「……妳還好意思說。要是妳沒雞婆推薦我，就沒問題了。」

「沒辦法吧。因為平田無法信任。我需要保險手段。」

「就算在班上，無法信任平田的也只有妳。妳最好別認為人無論誰都是表裡不一地在過生活。」

「這也沒錯呢。因為事實上我就是表裡如一。」

原來如此，確實如此。堀北確實很誠實地在面對自己。我被她漂亮地回擊。

「不過大部分人應該都會分別運用場面話與真心話。就算是你，你好像也是這樣呢。況且善意與偽善是一體兩面的事情，所以我都不會相信。」

這些話好像不僅限於平田，貌似也適用於櫛田。

「話說回來你還真是信任平田同學呢。」

「是啊，至少我很依賴他，而實際上他也很可靠。」

「可靠？他的存在真的能說是會替班級帶來好的影響嗎？」

緊咬不放前來反駁的堀北好像有某些想法。她好像握有我不知道的消息，臉上浮現出無畏的笑容。

「這個嘛，平田也不是萬能的。他也無法好好統合男女之間的糾紛。可是他卻主動出面扛下其他學生辦不到的統合職責。我認為他很努力呢。」

「的確。他無面露不悅地接下重大職責，這行為本身確實出色。不過這要是無法帶來結果那也沒意義。不對，依據情況，這甚至還會牽涉到最糟糕的狀況。我問你，你知道我們D班現在持有多少點數嗎？」

「妳說得簡直就像有意料之外的支出。我可沒有頭緒。」

「果然呢。你信任不已的平田同學有事瞞著你。」

「這什麼意思？」

「跟我來。」

不惜打斷我顧營火的工作也想讓我看的東西究竟會是什麼呢？

我本來以為會移動到哪裡，但地點卻是女生帳篷的出入口前方。

堀北打開門口的帳篷布，讓我看了帳篷裡頭。

「這是——」

這裡跟只把空間拿來睡覺因此很空曠的男生帳篷不同，女生帳篷裡簡直展現出完全不同的景象。地上有為了緩和地面堅硬的地墊，以及充氣使其膨脹的數顆枕頭。甚至還擺放著電池式的無線電風扇。

「另一側的帳篷也放著完全相同的東西。全部是十二點。」

「我才在想真虧女生沒抱怨炎熱就忍耐到現在，不過原來是這麼回事啊。」

沒想到她們居然從最開始就沒在忍耐，並買齊所有必需品。

「是輕井澤同學她們申請的。」

看來她們在背地裡相當恣意妄為。

「等我察覺的時候，她們就已經訂完用品且齊備所有東西。無論誰申請都能使用點數，這在規則上真是個問題。」

就像高圓寺早早就脫離考試那樣，我們沒有辦法阻止同學使用點數。

「輕井澤同學好像有告知平田同學，因此他應該毫無疑問知情。不過你不知道這件事實，也就代表他沒有通知其他人。這照理是絕對必須共享的消息呢。」

堀北雙手抱胸說明情況。她說的話雖然也有一番道理，不過我不認為平田是抱持惡意隱瞞此事。他應該是為了要預防多餘的混亂吧。

輕井澤有確實告知平田的這點也值得稱讚。

「我了解妳想說的話，不過我沒什麼特別要說的。花掉的點數不會再回來，考試天數也所剩無幾。輕井澤她們應該也不會再做不必要的花費了吧。」

我本以為我冷淡的回答方式或許會惹堀北生氣，但這對她來說好像是意料中的答覆。

她就這樣毫不在意地隨便聽聽。

「她們這次說不定會就這樣乖乖不引起任何問題。不過，內褲被盜事件就這樣沒解決可是非常危險的呢。假如犯人就在我們身邊，那今後他或許會扯我們後腿。所以我希望盡快找到犯人。」

「所以，妳想要我幫忙？」

「對。現在我們和男生那方關係有裂痕，光靠我一個人的話也有許多無能為力之處。」

因為男女生正在冷戰，目前訊息遭到隔絕，即使想要調查也很困難。

「我知道了。雖然不知道能否派上用場，但我就幫忙吧。」

我如此坦白回答，結果堀北反而不知所措似的露出納悶表情。

「……你還真是相當通情達理呢……你有什麼目的嗎？」

「妳還是坦率接受他人好意會比較好。身為一名男人，我對男生被當成小偷的事情很不服氣。協助的動機非常充足吧。」

而且我也先答應了平田的請求。這沒有任何的不同。

「……好吧。那就這麼說定了。」

然而，犯人也不是笨蛋。她應該不會在遭受全班懷疑的情況下做出那種會露出馬腳的行為吧。堀北說不定認為最壞情況就是維持這樣也沒關係。因為這場考試要是再繼續被搗亂下去，應該也會影響到點數吧。

不過我一定得讓犯人……讓伊吹再次發起行動。

不，她應該會展開行動。因為那傢伙的目的尚未完全達成。

「你的表情還真認真呢。被當成犯人你就這麼不高興嗎？」

「這事件害得班上一團亂。班上至今為止明明就進行很順利。我覺得遺憾。」

「至今能夠互相合作只是偶然的結果。D班裡的團體合作本來就是有跟沒有都一樣。就算男女之間產生裂痕，對最終的影響也很低。雖然保持合作到考試結束為止事情當然是會比較順利。」

「另外，無論犯人是誰，目的會是什麼呢？目的會是輕井澤的內褲嗎？還是是為了搗亂團體合作呢？我總覺得這隱藏著別的目的。」

對於「別的目的」這關鍵字，堀北雙手抱胸稍微進行思考，但之後卻搖搖頭。

「你別想太多……抱歉，我要回帳篷了。」

堀北呼吸有些急促，同時還做出把頭髮往上撥的動作。接著別開了臉。

「欸，堀北，妳差不多該從實招來了吧？」

「從實招來？你到底在說什麼呢？」

堀北雖然假裝鎮定，卻微微冒著汗。我決定勸告她適可而止。

「妳從這場考試開始時身體就不舒服了，對吧。」

或許她旅行前就有身體不適的徵兆，但當時應該還很輕微吧。

從堀北的個性看來，她非常有可能會缺席算是玩樂的延長的這趟旅行。

「……我沒什麼事啊。」

「騙人。」

我抓住堅持謊言的堀北，把手伸向她的額頭。我碰到的這額頭果然很燙。

堀北想要逃走，但是動作遲鈍。我只是輕輕出力她就無法動彈了。

「你是從什麼時候開始……發現的呢？」

「跟妳在遊輪甲板上碰面的時候。當時我問妳妳在做什麼，對吧？」

「嗯，我應該是回答自己在房間裡看書。」

「其實妳應該是很難過地在房間裡睡覺吧？」

「……根據是？」

「會合的時候，妳的頭髮很凌亂。換句話說那就是不久前都躺著的證據。而且停泊岸邊的甲板上明明就熱得要死，妳卻看起來很冷。即使是現在妳也穿著長袖，連拉鍊都拉上了。我觀察妳至今為止的模樣，於是推導出來這結論。這即使是小學生也懂吧。」

我應該全猜對了吧。堀北失去反駁的話語，暫時陷入沉默。

「你要是能把這份敏銳度用在為了升上A班，那我就能稍微認同你了。」

「這是不可能的呢，不行不行。比起這個，妳打算隱瞞身體狀況的事情嗎？」

就我手碰到的感覺，她明顯發燒將近三十八度。即使如此她也打算徹底隱瞞。

這應該是出自於單純的理由吧。假如申報自己身體不適，那就會害班上受到扣分的審查並承受巨大的懲罰。學校在這時候開始考試，她還真是不走運。

「我已經忍耐了五天，要是現在放棄就前功盡棄了。晚安。」

她應該是打算忍到最後吧。意志似乎很堅定。

我的臉頰上莫名貼著一個有點溫熱，或者該說是很堅硬的物體。

這份熱度讓我覺得不舒服。我移動脖子打算逃走，但我的臉就像被手臂般的物體固定住，因而無法逃開。

「嗯……什麼啊……？」

我因為不適感而醒過來，接著立刻領悟自己身處於恐怖的狀況當中。

須藤正在用兩條大腿夾著我的臉睡覺。

「鈴音……我已經……忍不住了……」

「唔哇啊啊啊啊啊啊！」

我發出就連自己都感到驚訝的慘叫，從須藤的頭蓋骨固定技中逃開。

「吵死了……搞什麼啊，綾小路。別吵醒我啦……齁齁。」

這傢伙是打算把多麼恐怖的東西塞給我啊？

而且他好像還把我誤會成是誰了。男生真不應該密集擠在一起過夜呢……

手錶顯示時間還不到早上六點，不過我的睡意一口氣被吹散，而感受到空氣的炎熱。我為了擺脫悶熱狀態而出去帳篷。出到外面的剎那，我發現外頭的景色和昨天截然不同。

「……這算是走運，還是不走運呢。」

特別考試的第六天早上，好像是個蘊含風波的序幕。頭上是一片沉甸甸的灰色陰天。昨晚似乎下過一場雨，地面四處都是積水或泥濘。四周籠罩著要正式開始下起雨的氣氛。很可能會是在中午過後吧。考試結束在即，而天氣好像要變天了。如果只是小雨程度那也不需要去在意。但依據情況，下大雨或颳強風也是可以想像的。說不定我們必須設想最壞的情況來採取行動。

像是再次確認打入的營釘、行李該怎麼處理等等，我們要做的事情似乎很多。換句話說，這就是件會如此使情況變得不穩，並分散大家目光的事情。大家不久之後起床，接著就把採收來的食物與使用點數儲備的緊急食物搭配在一起食用。持續過著質樸生活，牢騷自然而然也會增加，不過在最後一天的前一日，全班都表現出想靠毅力來熬過去的意志。

「太好了呢。沒有每天都發生事件。」

的確。假如今天也發生內褲被盜事件，班上應該就不會是這樣的氣氛。在男生帳篷前看守到天亮為止的男生現在正呼呼大睡。

這是為了不讓內褲賊事件重蹈覆轍而考量的嚇阻力量。

平田集合眾多學生發出最後的號召。然後為了熬過今天，大家開始分組出發尋找最後的食物。只要可以得到一天份的食物，我們就可以不使用點數就了事。這應該確實能說是關鍵時刻吧。我們也集合至平田附近。

「我們也去找食物會比較好嗎？」

已經單手握著釣竿坐在河岸的池回頭問道。
「不，我希望池同學和須藤同學繼續釣魚。現在也沒時間傳授別人釣魚方式了呢。」
大家決定好方針，平田就馬上用舉手方式進行分組。我當然也不可能舉手，於是這次也是作為剩餘的人來參加。
組員有堀北、佐倉加上山內。然後意外的是還搭上了櫛田。
堀北的身體狀況好像還是依然不好，但她為了不讓周圍的人發現，而巧妙地四處走動。
「妳居然會剩下來，這是怎麼回事？妳平常很要好的小團體是怎麼了嗎？」
這麼一說，我還真的沒看見半個在這場考試中跟櫛田一起行動的女生們。
「啊——嗯，呃，這是因為呀……」
櫛田好像有點介意男生在場，而悄悄和堀北說起耳語。
「其實小實今天月經來了呢……好像相當不舒服。她每次來都會非常不舒服，所以其他朋友正在帳篷裡陪著她。」
站在堀北隔壁的我也能聽見櫛田說的內容。
「與其說是身體不適，不如說是生理現象似乎會比較安全呢。雖然這是理所當然的。不過妳為什麼要特地來到這一組？照理妳應該會有其他選擇。」
堀北會對櫛田激烈爭辯正是因為她很討厭櫛田。

堀北基本上討厭他人，然而在這之中她特別討厭的人，也就是這位櫛田。為何堀北會討厭她呢？——理由很單純，好像就是因為櫛田也討厭著這位堀北。

可是我一直在這兩人的關係上感受到不可思議的異樣感。

這個名為櫛田桔梗的女孩擁有另一種面貌。她擁有會態度驟變到若無其事大罵他人的這種面貌。不過這件事實是我偶然得知，基本上平常櫛田無論對誰都很溫柔、開朗，而且就只是個喜歡幫助他人的可愛女孩。若是一般情況，我想除忌妒等理由之外不會有學生討厭她。但我認為自己很了解堀北不是會對櫛田個性懷有忌妒的那種人。

哲學家有個很煩惱的問題，那便是「先有雞還是先有蛋」。

就如文面上，它的內容是——雞是從蛋誕生出的生物，那麼最初那隻雞會是蛋嗎？

我不知道堀北和櫛田是誰先討厭對方，也不知道她們是何時開始討厭彼此。

「我覺得機會難得，所以想和堀北同學妳說說話呢。妳看，我們在這趟旅行中不是完全沒能說到話嗎？而且晚上妳也馬上就睡了。」

櫛田就算知道自己被討厭，而且儘管自己也討厭對方，她還是想和堀北打好關係。假如她的目標是和全班變得要好，那攻陷堀北就是一條無可避免的道路。

關於這兩人的關係，糾纏著非常麻煩且複雜的問題。

「我可沒閒到會去奉陪沒必要的事。」

「妳還真是壞心眼呢，堀北同學。妳睡覺時的臉龐明明就這麼可愛。」

堀北對於說出這種調侃發言的櫛田好像稍微有點不耐煩。

總之我們就要以這些成員，來出發尋找食物了。

「欸，伊吹。妳要不要也一起來？」

當我們正要出發時，我對在樹蔭下休息的伊吹這麼搭話。

「我……？」

「今天也是考試的最後一天。妳要是不願意我也不會勉強妳。」

「……也是呢。我也受到D班幫助的恩情……我知道了。我會幫忙。」

伊吹肩膀揹著包包，前來志願參加。山內獨自感到很高興。

「喔——這不是很好嗎！這不是很好嗎！好像有種開後宮的感覺耶！」

女生比例增加，山內的興致也逐漸提昇。沒什麼是比多一點人手還更好的。

堀北沒理由拒絕，她沒特別回答什麼便踏入森林之中。

「陰暗的森林總覺得有點令人害怕呢……該說悶熱的空氣也很可怕嗎？」

也因為陰天關係，森林裡變得和昨天為止完全不同，視野相當不好。

山內腋下滲出汗水，而厭煩似的抓著體育服前後煽風。

「佐倉，妳不熱嗎？」

山內企圖想和佐倉聊些什麼而向她攀談。然而他的視線卻集中在佐倉胸口，懷有純粹只是想看胸部的這個簡單易懂的目的。

「咦？啊，是、是的，我沒事……」

佐倉迅速傾斜身體，想要委婉逃開他的視線。女孩子對男人別有居心的視線可是很敏感的呢。而佐倉因為有很多這種經驗，所以應該特別容易察覺吧。

「昨天輕井澤還真是過分耶。佐倉妳明明只是因為很溫柔才維護綾小路的。」

「啊唔，咦唔……」

山內認為自己很設身處地在為她說話，但那份視線與說話內容，卻是個相當爆炸性的舉動。

「山內，或許我們也注意像是樹上之類的地方會比較好呢。樹上也可能會結著水果。這部分必須由長得比較高的我們來好好確認。」

「喔，好。當然。」

這麼一來，應該就可以多少防止山內對佐倉投以下流眼光了吧。

雖然就算這樣，男人無底的慾望想必是沒有止盡的吧。

「烏雲正從西南方靠過來耶。說不定天氣會比我想像中還要更早變壞。」

根據情況一到下午馬上就會開始降雨——把這可能性也事先記在腦海一角似乎會比較好。

要是情況變成那樣，長期間外出尋找食物說不定會很危險。萬一在森林裡被雨天連累，那我

們豈止動彈不得，就算受傷也有可能。那樣的話我們應該也可能會立刻吐出大量點數。

「嗯——……」

當我尋找著食物且持續靜靜邁步走路時，櫛田交替看著我和堀北，同時反覆做出像在沉思的動作。雖然堀北當然無視了這一切。

「怎麼了啊，小櫛田？」

遲一步察覺到櫛田這般動作的山內向她問道。

「綾小路同學和堀北同學不是從一開始就很要好嗎？我在思考這理由是什麼。」

「話說回來確實是這樣耶。你們為什麼會很要好啊？」

櫛田還真是替我們展開了麻煩的話題。

「我們並沒有很要好喔。」

「雖然你總是否定，但你們果然還是很要好。你們就連現在也是並排走路。」

你就算對我說這種話，我也不記得自己有刻意這麼做。

「啊，我說不定無意間找到綾小路同學和堀北同學之間的共通點了。」

「共通點？什麼什麼？」

「你看，你好好看著他們兩個，山內同學。你有沒有發現什麼？」

「嗯嗯——？」

山內以直逼我的臉到只距離數公分的氣勢觀察著我。接著往堀北的方向跑去，不斷地把臉湊過去。啊，笨蛋，你要是太靠近的話——

啪！——無情的聲響打在山內臉頰。堀北揮出就連連續劇女演員都會相形見絀的漂亮巴掌。

山內因為那份力道與痛楚而發出不成聲的聲音，然後蹲了下去。

堀北就像是在訴說：「這有什麼過分的嗎？」對於這樣的山內，她別說是對他說話，甚至連看也不看他。

「妳、妳幹嘛呀！」

「你太靠近她了啦。你最好記住那傢伙的地盤範圍會比較好喔。」

之前池對堀北做出多餘舉動時也是類似情況。

說起來要是不喜歡的男人把臉接近到極近的距離內，我覺得無論是誰都會覺得不愉快吧。

「啊哈哈……對、對不起，山內同學。都是因為我說了多餘的話。你沒事吧？」

「妳、妳還真是溫柔啊，櫛田……」

山內抓住櫛田伸出的手，一面紅著臉，一面站起。

伊吹以有點驚訝的表情盯著這所有經過。

感覺在C班也不太能看見這種笨蛋般的互動。

「櫛、櫛田，妳發現的共通點是什麼啊？」

「那就是呀，我幾乎看不見他們兩個的笑容！倒不如說我總覺得沒看過綾小路同學和堀北同學露出笑容的模樣呢。」

受到櫛田意想不到的指謫，與其說我坦率接受，不如說我感到認同——關於堀北的部分。我看過好幾次她瞧不起別人般的笑容，不過含有親切感的笑容則是完全沒有。

「我的確沒看過堀北的笑容耶。可是我有在笑吧？」

「苦笑之類的話倒是見過……不過像是打從心底莞爾一笑或者捧腹大笑這種，我就沒在綾小路同學你身上見過呢。還是說你只是沒讓我看而已？」

櫛田有點不滿似的探頭窺視我。是的，這次我也小鹿亂撞了。我的心跳急遽上升。儘管身處無人島，美妙的香氣還是從她身上撲鼻而來。我開始覺得害羞而別開視線。

「……這好像是基因控制的喔。笑口常開跟不會笑的人之間的差異。」

「嗯——……總覺得這種理由好像很討厭呢。即使是真的。」

哎，雖然這應該不是所有原因。這主要可能是受到成長環境的影響。

「要不要試著練習一次？試著露出笑容。怎麼樣呀？」

「我們先以這部分為中心開始吧。」

堀北如此說道。

「咦？笑容的練習？」

「妳要抱著旅行心態到什麼時候？我當然是在說尋找食物的事。」

堀北以嚴厲的強硬語氣責備櫛田，並為了散開大家隨即做出指示。

「別單獨行動，要兩人一起搜索。請你們注意這點。走吧，綾小路同學。」

堀北呼喚我，於是我便與她邁步而出。

「啊……啊唔……」

嗯？我在身後看見稍微追來的佐倉垂下雙肩。

「一起去找吧！佐倉！」

山內朝著佐倉身後搭話，並豎起大拇指給我看。

看來這應該是表示「我一定會好好運用能單獨相處的機會」之信號。

「請多指教喲，伊吹同學。」

剩下的櫛田和伊吹組成了一隊。伊吹雖然也是個冷淡的人，但如果是櫛田的話，應該就沒問題吧。

「堀北，妳是怎麼管理那張鑰匙卡的？」

「這不是考試第六天才要來確認的事情呢……我一直都帶在身上。」

堀北說完就把手伸進上衣口袋，告訴我東西在哪裡。

「更新裝置使用權的時候，我都會混在平田同學安排的學生之間。應該不會被伊吹同學或其他學生知道。」

這是最應該留意的地方，因此堀北應該有好好地做吧。

「如果可以的話，妳能讓我看一下嗎？」

「咦？等等，要在這裡嗎？」

「倒不如說因為在這裡所以才方便。若是在基地營的話會太引人注目。」

「……是這樣沒錯，但你看卡片打算做什麼？」

我向對我投以些許懷疑眼光的堀北說明事由。

「其實我有事至今一直沒說出口。關於這件事，佐倉當時也和我在一起，所以妳之後要去確認也行。我第一天看見有學生拿著像是鑰匙卡一般的物品。」

我告訴堀北葛城在洞窟前方手持卡片的事。

「不過，我不知道那是否真的就是鑰匙卡。因為我沒有好好看過實物。假如結果那是撿來的電話卡，那可就笑不出來了吧？」

「……也是呢。如果你有確切證據，我們說不定就能得到巨大成果。」

堀北接受我的理由。她防備著伊吹並背對著她，然後悄悄拿出卡片。我收下它，並確認正反面。背面是常有的磁卡樣式，而正面就如茶柱老師告知的那樣，刻有領導者證明——「Horikita Suzune（堀北綾音）」的名字。

我用手試著觸摸，了解這不是那種會剝落的東西。

「如何？這和葛城同學拿著的卡片一樣嗎？」

「不……這不好說。我本來以為只要看了就會弄清楚……但它或許和我記憶中的顏色不同。」

「鑰匙卡有可能會依班級而有不同配色呢。」

「對啊，不過要做出決斷，素材並不足夠。要是失誤的話可無法彌補呢。」

當我準備要歸還卡片時，卡片從我手中掉落至地面。

「啊！」

堀北在我焦急出聲的同時，立刻伸手打算撿起卡片。

「怎麼了呀——？」

櫛田有點擔心似的往我們這邊看，伊吹也同樣看向這裡。

「不，沒什麼。該說只是因為有隻蟲子所以我們稍微嚇了一跳嗎……抱歉抱歉。」

我道歉後往堀北方向看過去，發現她正在用莫名恐怖的表情瞪著我。

「對、對不起……」

極為生氣的堀北與我保持了距離。

「你被甩啦？」

山內邊賊笑邊靠過來。

「欸，山內。我有事想商量，你能聽我說嗎？」

「什麼啊？戀愛的諮商費用可是很貴的喔。」

「這帶地面因為下雨的影響而到處都是泥巴，對吧？我希望你能把這些泥巴全都潑到堀北頭髮上。可以拜託你嗎？」

「……啥？笨……要是做出那種事情我會被殺掉的啦！我絕對不做！」

我當然明白他不會欣然允諾。

不過這行動由我來執行就太不自然了。這應該是擅長說謊且平時就會做出捉弄他人行為的山內才辦得到的特技。

「你呀，就算堀北對你生氣，但是再怎麼說報仇可是很遜的喔！」

「假如你願意執行，我會提供你佐倉告訴我的電子郵件地址。」

「什──！」

「如何？」

「佐倉的電子郵件地址……唔，這、這樣我就只好做了吧。」

為愛而生的男人迅速做下要為愛而死的覺悟。這份決心還真是出色啊。

「一言為定喔！你要是說謊的話，我可不會原諒你喔！」

我點頭答應，山內便去搜集一堆附近的泥巴，繞到堀北身後。她的身體要是沒有不舒服，應該也會察覺到這動靜吧，然而堀北現在並無足以去注意周遭的餘力。

發現山內古怪行徑的櫛田與伊吹，覺得很不可思議似的守望著這個過程。

山內隨後執行了任務。他用雙手狠狠將泥土澆上堀北的漂亮黑髮上。然後，再用兩隻手胡亂塗抹。雖然沒必要做到這種地步，不過算了……

「哇哈哈哈！堀北身上沾滿泥巴！真有趣！」

山內像個調皮小鬼般笑著，並且指著堀北。

堀北一時間好像無法掌握事態，短期間內沒有動作。不過一理解狀況，她就站起來沉默地抓住山內指著她的那隻手臂。

「咦？」而山內在如此發出疑問的剎那，就已經被堀北給用力摔出。

5

中午前，我們一無所獲地回到基地營。雖然沒有出太陽，但盛夏的森林比想像中還更加炎熱。就連曾說自己不太會流汗的堀北，也看得出來微微冒出汗水。

「快點洗掉會比較好喔，堀北同學。妳身上有相當多泥巴呢……」

「是呀……這種狀態實在很難受。」

堀北的頭髮和衣服到處都是泥巴，她應該覺得非常不高興吧。雖然就算只有身體不適，她應該原本就很不高興了。

「我會恨你一輩子，給我做好覺悟。」

山內被揍得七零八落。他害怕地顫抖身子，躲在我身後。

「我我、我、我、可、可是做到了喔！你、你會遵守約定吧！」

「沒問題，考試結束後我一定會告訴你。」

對佐倉很抱歉，不過我必須報答勇敢展開行動的山內。

「哎呀，可是淋浴間好像沒辦法使用……」

已經搜索回來的女生們集合在淋浴間前方依序等待。

諷刺的是，輕井澤那組的三人全都正在排隊。

就算堀北她們現在去排隊，也要等上好一段時間吧。

雖然有渾身是泥的各種事由，但我不認為對堀北表現出敵意的輕井澤會讓她先洗。

要插入那邊隊伍應該很困難吧。

「利用河川怎麼樣呢？這樣的話比較快吧。」

「……是呀，除此之外好像沒辦法了呢。」

「我也來游泳好了。伊吹同學，妳要不要也一起游泳？我想妳也流了很多汗。只要我們准許，那C班就可以使用河川了吧？」

只有擅自使用據點是不可以的，這在規則上應該沒問題。

「我就不用了。我不喜歡游泳，所以要去乖乖等淋浴間。」

「那、那麼我也……」

佐倉好像不想在男生面前暴露泳衣的模樣，而趁著伊吹表示意見時順勢拒絕。

堀北再次看了一次淋浴間，然後便轉身離開那裡。

會流出溫暖熱水的淋浴間無疑是最好的選擇，不過雖說現在是陰天，天氣也相當悶熱。她應該是沒自信在不舒服的狀態下持續等待吧。

我和被打得狼狽不堪的山內走向帳篷前。

「我要稍微在帳篷裡休息。被揍的幾個地方很痛……」

山內步履蹣跚地走進帳篷，好像有點在哭。

雖說他是適任者，但我還真是做了個過分的委託呢……

那麼堀北的情況是……她好像已經開始更換泳衣，外頭看不見她的身影。

這段期間，等待淋浴間的人數也正逐漸增加。輕井澤她們後方是佐倉，再後面是伊吹。然

後，新的其他兩名女生則排在後方。

另一方面在河川裡游泳的學生數量也很多，他們時而舒服似的游著泳，時而嬉鬧，看起來很開心。幾分鐘之後，堀北和櫛田都以泳裝模樣出現。

落單的我走向堆放著男生背包的行李放置處。

接著在營區裡轉來轉去，四處尋找沒有人煙的地方。

我大約五分鐘之後回來，看見在河裡洗完身體的堀北上了岸。

對身體不適的堀北來說，冰涼的河水對身體應該相當有害吧。

她確實洗掉泥巴就滿足了。

「噢，看來事情已經順利進行了呢。」

我確認伊吹排在淋浴間等候隊伍最尾端，便微微地點了點頭。

6

我在男生帳篷前方等待堀北出來，之後大約經過十五分鐘，便看見了她的身影。堀北的樣子好像有點奇怪，她就這樣低垂著雙眼呆站了一會兒。

然後慢慢抬起臉，環顧四周。

我和她對上視線，便能看見那雙眼眸飄渺不定地微微晃動。

我不認為她那腳步沉重靠過來的模樣單純是因為身體虛弱。

「……綾小路同學，你能過來一下嗎……」

被堀北呼喚的我回過一次頭，再次確認在淋浴間前方排著隊的伊吹。

「怎麼了?發生什麼事了嗎?」

「跟我過來……這裡沒辦法說。」

堀北只說這句話，就離開營區，往森林方向走去。

「怎麼了啊?妳還想進森林尋找食物之類的嗎?」

堀北沒回應我的呼喚，並且繼續走路。

直到遠離至看不見營區的程度時，往前邁步而行的堀北才停下腳步。

堀北回過頭，好像打算說些什麼，但她似乎內心有些抗拒，而瞬間猶豫了一會兒。

「……這是我粗心大意。這件事情是我自知失誤之後才說出來的，可以嗎?」

「失誤?」

「……東西被偷了。」

「妳、妳該不會是在說妳的內褲被偷走之類的事情吧?」

「不，情況更糟。被偷走的東西是……鑰匙卡。這完全是我的失策。」

堀北陷入自我厭惡，露出至今我完全沒見過的表情。

「正因為信任你，我才會說出來。因為我絕不會跟可能會是犯人的人物商量，而且這又是件丟臉到想死的事情呢……」

雖然關於這點我感到很光榮，但我可不能在消沉的對象面前表現出喜悅。

「真是太失態了呢……」

「不，錯的是行竊的傢伙。沒錯吧？」

「即使如此這也是責任問題。這和因為我身體不適、滿身泥土等事情沒有關係。」

堀北像是覺得悔恨般地低著頭。流出情報恐怕會對考試造成巨大傷害。

「即使是一秒我也不應該把卡片放手，但是我卻……」

「別責怪自己。雖然我想這算不上是安慰，但我認為妳已經盡力了。」

我不知道她有沒有在聽我說話。她只是懊悔地緊咬著下唇。

「現在先別公開應該會比較好。我們要先掌握情勢。」

「嗯……我也是這麼想。」

要是全班得知事實就會陷入恐慌。只有這件事我想先避免。

「我懷疑的人物有兩名。那就是輕井澤同學或伊吹同學其中一人。」

若是前者，那就是純粹找麻煩吧。

這想法可以說是——輕井澤為了欣賞堀北弄丟卡片而不知所措的模樣才行竊。

「很遺憾，這機率很低。輕井澤一直都在淋浴間前面。」

「你沒弄錯嗎……？」

「嗯，我可以斷言。那兩個會聽輕井澤命令的女生也是一樣。」

「這麼一來伊吹同學是犯人的可能性就很高了呢。今天早上也可能讓她知道了卡片的存在，這時機太剛好了。不過你不覺得偷走卡片是非常危險的賭注嗎？鑰匙卡上面刻有領導者的名字，所以應該只要看到就足夠了。她會特地做出將受到懲罰的行為嗎？」

她就像在向我尋求答案一般，用不安的眼神望向我。

我把手放在堀北的肩膀，為了讓她放下心而這麼說道。

「這事情只要找時機去問伊吹就知道。假如懷疑伊吹，那妳最好盯緊她。被她拿著逃跑可會是最糟糕的劇情發展吧？」

「是呀。不過抱歉，你可以先回去嗎？我馬上就會追上。」

「……是嗎？我知道了。那我先回去監視伊吹。」

她應該也有想獨自發洩的心情吧。

我留下堀北一人，回到了基地營。

7

十分鐘左右後回到這裡的堀北感受到基地營中的險惡氣氛。
其原因便是從臨時廁所後方可以看見灰暗的煙霧。
現在要生營火還太早，而且她也注意到地點很奇怪。
「那股煙是什麼？究竟發生什麼事？」
我和堀北會合，並逮住在附近吵嚷的池，詢問情況。
「大事不好了啦！是火災喔！火災！廁所後面有什麼東西正在燃燒！」
在淋浴間前方排隊的女生全都消失了。
她們應該是聽見火災騷動而移動的吧。
「現在也沒看見伊吹同學的人影。這場火災說不定是她搞的鬼。她人在哪裡？」
「她發現火災，剛才走過去那邊了。」
我們趕緊前往臨時廁所後方，並在那裡看見平田他們的身影。而伊吹也在場。
雖然堀北打算向伊吹搭話，但她看見伊吹那張側臉卻猶豫了。

那是因為伊吹的表情太過真實。

她對發生火災這件事藏不住困惑之情。她就是擺出了這樣的表情。

「……也就是說這不是她做的嗎？」

這種疑問朝著堀北襲來，使她產生迷惑。

如果要偷鑰匙卡，犯人就只會是伊吹。而若是要引起火災，應該也只會是伊吹。

然而，那個伊吹卻還留在現場對火災感到驚訝。

我探頭窺視起火點，那裡還留有一疊不明紙張燃燒過後的殘骸，不過由於幾乎都成了灰燼，所以一時之間看不出那是什麼。

然而，因為有似曾相識的部分燒剩下來，看見它的瞬間就立刻理解了。

「指南手冊被燒掉了嗎？」

堀北也發現似曾相似的某個部分，並如此問道。

「嗯，看來好像是這樣。是誰做出這種事情呢……」

「……事情一件接著一件的……」

堀北喃喃低語，懊悔似的低垂雙眼。

「這是我的責任。我把指南手冊收在包包裡。包包堆放在帳篷前面，而現在是白天，所以我想都沒想過它居然會被人偷走……不過首先我們必須好好滅火……」

比起尋找犯人，平田將確實撲滅火源放在優先，並走向河川。

平田一面拿空寶特瓶汲取溪水，一面用陰沉的表情如此嘟噥道。

「為什麼……是誰做出這種事情……為什麼大家不能好好相處……」

平田的手好像自然而然施了力，將寶特瓶啪啦地握扁。平田平時爽朗的表情不知去了哪裡，甚至散發出有些恐怖的氛圍。平田總是作為領袖來統合班級，他的身心不斷承受著巨大負擔。

「我認為你沒必要獨自承擔太多。」

我向平田說出這算不上安慰的話。他小聲說句「謝謝」就站了起來。

「這件事情……應該必須好好討論了呢。」

「是啊，D班大部分學生都有目擊到火災。大家應該都會很想知道真相。」

平田表情氣餒，將汲起的水拿回起火點。

「欸，是誰做出這種事情？這表示我們班上有叛徒嗎？」

我們一回來，就發現男女生正以輕井澤為首進行互瞪形式的對峙。

「為什麼要懷疑我們啊！內褲那件事跟這個是兩回事吧？」

「誰知道啊。這難道不是為了要蒙混那件事才縱火的嗎？」

「別開玩笑，我們怎麼可能做出這種事。」

「等一下，各位。我們冷靜下來討論吧。」

平田請我接下水瓶，我於是收下來，代替他去撲滅剩下的火勢。

平田立刻前往人群中心，為了不讓大家吵架而介入調解。

雙方好像也因為昨天的內褲賊事件而情緒高漲，沒有要罷手的跡象。D班每個學生都很想當場開始尋找犯人的樣子。

「總之，這樣應該就沒有延燒疑慮了。」

我把空的寶特瓶倒過來搖了兩三下。裡頭應該已經沒剩下水，但起火點卻有水滴滴答滴答地落下。我仰望天空。

「是雨嗎？」

一滴水滴落在我的臉頰上。

雲朵變得比剛才還更加陰鬱漆黑。

這是即將正式開始下雨的證據。

大家原本必須團結起來熬過最後的危機，但男女生卻彼此激烈對立似的怒瞪彼此，僵持不下。

「已經不行了。真是太糟糕了。這個班級裡居然會有內褲賊跟縱火狂，真是太惡劣了。」

「就說不是我們了。妳們要懷疑我們到什麼時候啊！」

這是場永遠都沒有結果的爭吵。平時應該會立刻阻止的平田，現在不知為何呆呆站著一動也不動。他是在思考犯人是誰嗎？

「是說寬治，小伊吹是不是不見了……？」

山內察覺剛才為止都還在附近的伊吹不在場。

而且我們也得知她原本應該放著的包包消失了。

「難不成這場火災的犯人是……」

「很可疑……對吧？假如要引起火災，這果然還是……」

男生的懷疑開始轉向伊吹，女生也開始一點一點地發出懷疑伊吹的意見。

然而，在解決問題之前雨勢開始下得越來越大。

「糟糕，討論就暫且先擺在後頭吧。很多東西要是濕掉就糟了。」

池他們開始急忙將食物或放在外面的行李收到帳篷裡面。

「平田，請給我們指示！」

池雖然這麼對平田搭話，但他卻待在那地方一動也不動。

平田盯著空無一物的空間，一直靜止不動。

在他這麼呆站的期間，雨聲逐漸變大。

我有點在意平田的情況，靠近他的身邊。可是他好像完全沒發現我。

「為什麼……為什麼事情會變成這樣……這樣的話就跟當時一樣了……」

我不可能會明白他低聲呢喃的話中含義，但很清楚的是事情非同小可。

這不像那個總是冷靜沉穩的平田。

「我——我是為了什麼？至今為止都是為了什麼……」

「喂，平田，你在做什麼啊！」

遠方傳來呼喚平田的聲音。即使如此平田仍像是沒聽到，一點也沒打算移動。

我輕輕把手放在平田的肩膀，他嚇了一跳，然後慢慢回過頭。

「池在叫你喔。」

「……咦？」

平田的表情毫無生氣並且蒼白。

池再次呼喚平田。雖然很緩慢，但他慢慢恢復正常。接著他發現天空開始下起雨。

「是雨……」

「你最好去幫忙池他們，衣服那些都還晾在外面呢。」

「是、是呀，我們得馬上收拾。」

「綾小路，平田那傢伙沒事吧？」

「他好像大受打擊呢。畢竟事件這樣接連不斷地發生。」

「我國中時班上有個資優生公子哥，該說是責任感很重嗎？他因為承擔各種事情，有次情緒

就潰堤了。那次之後班上有陣子變得一團亂呢。」

「你的意思是你在平田身上也感受到那種徵兆？」

「哎，雖然說情緒潰堤實在有點超過，不過總覺得他好像有點危險。」

這是須藤猶如野性直覺般的東西嗎？不過好像意外地準確。

平田在這場特別考試開始之後，就背負著各種事情在行動。

那些事情應該費勁到無法與校園生活中的麻煩相提並論吧。

平田身邊圍繞的環境確實開始改變。

輕井澤的內褲賊事件，外加火災騷動。他的內心應該就像這片天空一樣情況惡化。

「哎，現在就先想點辦法處理行李部分吧。」

我們混進已經開始在收拾的學生裡一起幫忙。

好在東西好像幾乎都收拾完畢，約莫一分鐘後就結束了。

「那麼……一切準備都結束了呢。」

伊吹消失蹤影一事雖然在我的預料之中，不過堀北也同時消失了嗎？

我原本推測可能性各半，但是不如說情況好像朝著對我有利的方向發展。

我看準直達海邊的道路，慢慢邁出步伐。

7

我硬是移動著沉重的身軀，在開始下得越來越猛烈的雨勢當中追趕著伊吹同學。

天空覆蓋著烏雲，遮蔽了陽光，視野因此很差。雖然看不見伊吹同學的身影，不過幸虧地面泥濘有著足跡。只要沿著這些足跡，應該就能找到她。

我從基地營沿途向前走了大約一百公尺，結果意外的是那名人物停下腳步，彷彿正在期待著自己等待的來訪者而站著不動。

我不禁藏身至暗處，但看來這沒什麼意義。

「妳打算做什麼？」

伊吹同學頭也不回，她的聲音穿過細雨聲傳了過來。

「我有發現妳追了過來。妳要不要出來？」

「妳是何時發現的？」

「從最開始。」

她簡短答話的模樣，有種至今沒讓人感受過的陰森感。雖然安靜且寡言的形象沒有改變，但卻有什麼地方不一樣。

「那麼妳追來的理由是什麼？」

「我要是不直接說出來，妳就不明白嗎？」

「我不知道耶。」

這樣簡直就像我是壞人似的。

「妳不是最清楚被我追的理由嗎？」

「該說我是真的沒頭緒嗎？怎麼，妳有什麼事嗎？」

伊吹回過頭，直直凝視著我的雙眼。

那雙眼眸裡完全沒半點陰霾。我甚至還忍不住差點向她道歉。

我沒有確鑿證據，只是相信自己的直覺在行動。

「妳不覺得就算說謊也是無可奈何的嗎？」

她好像瞬間看穿我的迷惘，緊接著如此說道：

「至少我想從妳口中得到追趕我的理由。」

「內褲被偷竊的那件事，以及火災騷動。D班還真是災難連連呢。」

「這又怎麼樣？」

「妳了解我們班上部分同學正在懷疑妳吧？」

「嗯。我是外人，被懷疑也沒辦法。」

「換句話說就是這麼回事。」

「妳想說我就是犯人？妳有什麼證據嗎？」

「很遺憾，關於內褲那件事情我沒有任何證據。可是我認為犯人就是妳。」

「這話還真是過分耶。妳居然沒證據就懷疑我。」

我也只能稱讚她的手法就是如此高明。

因為她到第五天為止都沒採取任何行動。藉由主動不想接近D班，反而讓我們不起疑，並讓她在我們班上度過考試。

「妳今天的行動就是我懷疑妳的理由。妳應該不需要這件事的說明吧？」

我必須想點辦法從伊吹同學那方取得證言。因為由我說明所有懷疑理由也就等同招認自己就是領導者。即使我有百分之九十九的自信，但假如她有百分之一的無罪可能，那我就不得不避免直接追問。

「我就單刀直入地做個了結吧。把妳從我這裡拿走的東西還給我。」

眼前的伊吹同學也沒看著我的眼睛，便如此說道：

「我不知道。」

她這麼回答，就快步邁出腳步。

我也配合她的速度追上去。

伊吹同學好像改變了前進路線，往森林裡走去。

「妳要去哪裡？」

「誰知道我要去哪裡呢。」

要在森林裡筆直前進是很困難的。我在這幾天體會到這點。

而且在這種天氣裡也無法有好的視野。

可是伊吹同學毫不介意地在森林裡踏著步伐。

我是為了知道真相才追過來，所以不能在這裡退下。既然我出了醜，就不得不負起責任解決問題。

我必須挽回失誤、我必須挽回失誤。

我的腦海裡多次重複著相同的話語。

考試才剛開始。我可不能在這種地方挫敗……

這也算是──我對於那個曾對輕井澤同學態度強硬的自己所做出的交代。

我的心跳開始加劇。我慢慢地止住氣息，縮短與伊吹同學之間的距離。

根據情況，硬把卡片拿回來也必須列入考慮範圍。

沒問題，我可以順利做到。可以順利做到、可以順利做到、可以順利做到。

我自己也很清楚我的情緒不冷靜。

可是，即使如此現在我也只能想點辦法。我沒有任何人能夠依賴。

我無論是至今為止還是從今以後，都會自己一人好好表現。

比起森林中闖出的道路，風雨阻礙還多少算是比較好的。

然而，視野卻相對變得更差。而且就如我所想的，立足點的狀況也變得更加惡劣。

而且在小徑裡左右前進的期間，我當然逐漸失去了方向感。不過最大的問題還是我的身體狀況。我知道從剛才開始狀況就隨著時間逐漸惡化。

雖然迄今都只有感冒前兆或者稍微發燒就沒事，但好像因為淋了這場雨，體溫下降的關係，我的身體情況因此突破底線，感冒一口氣猛撲而來。

伊吹同學突然停下腳步，然後仰望一顆樹木。她視線前端的樹上綁著一條被雨淋濕的手帕。

「妳要追到什麼時候啊？能不能適可而止？」

「直到妳把從我這裡偷走的東西還來為止。」

「妳能冷靜思考看看嗎？假如是我偷走鑰匙卡，怎麼可能一直拿著那種危險的東西？要是被誰看見那種情況，我就會立刻失去應考資格。而且這還不是只有我自己失去點數就能了事耶。」

我只說了把偷走的東西還來，一次也沒提到鑰匙卡。

換句話說伊吹同學剛才就像是進行了招供。

伊吹同學對於打算追究這點的我露出雪白牙齒，淺淺一笑。

「我不打自招了——妳是這麼想的嗎？很遺憾，這並不對。」

「那麼，這是怎麼回事……」

「也就是說我也厭倦和妳說話了。」

伊吹同學蹲下之後，雙手便開始掘起地面。

「呼、唔……」

強烈的暈眩及嘔吐感襲來，我不禁將背倚靠在身旁的大樹上。

「妳的身體狀況好像相當糟糕呢。」

伊吹同學察覺我這裡的狀況而回過一次頭。不過她立刻就繼續進行作業。

「呼……呼……唔……」

我至今都盡力不讓自己的呼吸紊亂，但已經無法繼續下去。

運動衫吸收不停落下的雨水，急速地奪走我的體溫。

要忍住躺下的衝動，我就竭盡了全力。我連好好抬起臉都辦不到。

……假如考慮到體力問題，那我只能現在展開行動。

「伊吹同學，我要以武力來搜查妳了。這樣子妳也不介意嗎？」

我如此喃喃說完，伊吹同學就停下挖土動作，站起來往我靠來。

「——武力？妳能再說具體一點嗎？妳的意思是要施暴嗎？」

「……這是最後的警告。乖乖把東西還給我……」

我用強硬的口吻與伊吹同學對峙。雖然我很想避免強硬手段，但已經沒辦法了。

這種模樣可不能讓任何人看見呢……以前，須藤同學曾經引起某個問題。那是個毆打C班學生，並捲進學校來進行仲裁的事件。當時，須藤同學揮去降臨至自己身上的災禍。我斷定他有罪。我認為那是他自作自受而拋棄過他。

而那樣的我，現在卻像這樣打算用暴力解決。這還真是個不得了的笑柄呢。

「最後的警告嗎……我知道了、我知道了。既然這樣那就隨妳高興吧？」

她把包包放到地面後便輕輕舉起雙手，擺出投降姿勢。

到這地步她還真老實呢。可是，她的模樣看起來也不像是死了心。

但我不能錯失這個機會。我姑且為了確認包包而伸出手。

下個瞬間，伊吹同學纖細的腿便往我臉上踢來。

我被「假如她打算攻擊我」的這個微量警戒心所拯救。

我往後一跳，迴避踢擊。

濺起的泥土附到我採取防衛姿勢的手臂上。

「哦，挺會的嘛。」

「施行暴力行為會立刻失去考試資格……」

「妳說在這種地方會有誰看見嗎？而且妳也有意思這麼做吧？」

她冷冷一笑，下個瞬間馬上抓住我的肩膀推倒我。

我對於無法預期的變故連採取防護動作也沒辦法，就倒在泥濘的地面上。

「能請妳稍微睡一下嗎？」

對已經遍體鱗傷的我來說，她那張從正上方俯瞰著我的臉龐很模糊不清。

伊吹同學抓住我衣襟，拉起我的上半身，同時緊握拳頭。

假如正面承受這擊，我的意識就會中斷。

我以流暢的動作拂開她，並滾至地面逃出來。

我拚命想抬起上半身，而把手撐在泥濘的地面爬起。

我第一次覺得幸好自己有學武術。

「哦？真是出乎意料地動作靈活。妳有在學什麼嗎？」

伊吹同學不慌不忙，評鑑著我似的露出欽佩的眼光。

她瞬間看穿我有習武經驗，這也代表著她並非一般人物。若不說這情況是最糟糕，那我又該如何形容才好呢。

「真是的……我在這場考試還真是出盡了洋相呢。」

我對D班沒半點貢獻。豈止如此，我身體狀況明明不好，還厚臉皮地出風頭，因此拖累拚命努力的Ｄ班。

要是我在最開始說出來就好——說出自己身體不舒服，想麻煩其他人擔任領導者，或者明明只要拒絕就好。可是我的自尊心卻阻礙我，不容許我這麼做。

我討厭那個瞧不起許多人、罵他們沒用，卻又派不上用場的自己。

哈哈……我的心裡發出了乾笑。

至今為止，我曾像這樣對自己辯解過嗎？

「偷走鑰匙卡的人就是妳，對吧……？」

打算追擊的伊吹同學停下動作，但她立刻就縮短與我之間的距離。

她假裝要用右手臂攻擊，實際上使出了踢得很高的高速踢擊。

我閃過這擊，接著想轉而反擊而伸出手臂。伊吹同學立刻察覺危險，閃過我的手，又切換至下一次攻擊，強迫我進行目不暇給的攻防。

在立足點很差的情況下，她的腳步熟練，讓人不覺得她有把這環境視作困難。我看不出來她對傷害他人懷有任何猶豫。

伊吹同學彷彿正在享受這狀況，露出潔白牙齒笑著。

我居然會以這種形式看見她大笑的表情。

因為四處活動的關係，強烈的寒意與嘔吐感襲捲而來。我處於連站著都很勉強的狀況。

「作為妳努力到現在的獎勵，我就告訴妳真相吧。偷走卡片的就是我。」

伊吹同學把手伸進口袋，慢慢取出卡片。

面向我的卡面上確實刻有我的名字。

「……都到這地步了，妳居然會爽快承認。」

「因為到現在這地步承不承認都沒關係了呢。妳沒有我施暴的證據，絕對無法要校方做出正確的判決。對吧？」

伊吹同學的推斷是對的。校方完全沒有任何能夠察覺這情況的要件。

伊吹同學也和我得到同樣的結論。

即使我在這裡被她單方面打倒，伊吹同學也可以說出許多推拖之辭。就算我去申訴，結果雙方也都會受懲罰。吃虧的會是擁有點數的D班。

雖然機會很渺茫，不過只要拿回鑰匙卡，我們也有可能脫險。

我只能藉由確保確鑿的證據，來讓C班承認自己的錯誤。

鑰匙卡上留著指紋，我有機會能夠主張自己被竊的正當性。校方為了究明真相，說不定會為我們進行徹底調查。我不能捨棄這份希望。

然而，要是我無法在下次動作壓制住伊吹同學，我就拿不回鑰匙卡了。我不認為她會是採取如此大膽行動的笨蛋。要是卡片被她帶著離開，應該就永遠都找不到了吧。這樣的話，事情就只會變成「卡片被偷走」以及「我沒行竊」之爭論。

我已經沒有足以跑去接近她的力氣。而且我就連足以握拳的體力也都沒了。我只能完全利用對方的力量。

伊吹同學似乎有趕時間的理由，又或者好像是太小看我。她飛奔過來發起攻擊——就像是個享受單方面狩獵的獵人。

她的視線突然望向我的腳邊——不過這是假動作。伊吹同學雖然將意識集中在我下半身，卻毫不猶豫以最小限度動作將右拳揮向我的臉。我千鈞一髮地避開這掠過我髮際的近距離攻擊，以順著這股力量的形式，稍微對她背部施加力道。即使這不至於讓她跌倒，但她也失去平衡。我試圖抓住她的胳膊，轉眼間她又掌握了情勢，巧妙避開我的手臂。

她應該是看穿我打算利用她的力量及速度了吧。不過，我也已經預想到她會避開。我擠出最後的力量，將左拳用力搥向她的心窩。

「哈——！」

伊吹同學變得無法呼吸，痛苦似的當場跪下。但我的體力也同時到達極限，視野軟綿綿地扭曲。我無法進行追擊，按著自己的頭。

「太糟了……我已經到達極限了……」

我勉強自己激烈活動身體，身體狀況已經糟糕到絕望的地步。

可是我不能在這裡倒下。我那擊打得很淺，還不至於打倒她。

「我不懂耶……我還以為妳肯定摻了一腳。」

伊吹同學一面擦拭著滿是泥土的臉龐，一面站起來。

「摻了一腳？妳是指什麼事情……？」

伊吹同學瞬間表現出猶豫是否該說出來的模樣，但不久就嘟噥道：

「我的意思是燒掉指南手冊的人不是我。」

「……都到這種地步，妳還打算再次說謊？」

「妳說燒掉那種東西對我會有什麼好處？大家必然會因為那場火災騷動而再次開始搜查犯人。妳們遲早會開始強烈懷疑我。這實在是有百害而無一利吧？」

「這──」

確實如伊吹同學所言。她在發生火災前偷走了鑰匙卡。

她沒必要特地做出燒指南手冊並煽動大家情緒的這種事。

那麼，這是誰做的──？燒掉指南手冊會有什麼意義嗎？

「我拐彎抹角地和妳說話也是為了確認這件事情呢。但看來好像不是妳。不過應該說這樣就讓人無法理解嗎？妳認為D班裡會有那種人嗎？可能比妳還早發現我的犯行的人。」

「妳似乎不可能會知道呢。」伊吹如此說道並嘆口氣。

「唔……難道說……」

我的腦海浮現某個人物的身影之後，就立刻察覺伊吹同學從我的視線中消失。下個瞬間，被鈍器擊中般的衝擊襲向我的頭部。我被用力推倒。

「閒聊就到此為止。」

即使我下意識覺得必須爬起來而撐起了手，伊吹同學僅以右腳輕輕撥開我的手，我便束手無策地再次倒下。

伊吹同學抓住我的瀏海，用力往上拉。

「放、放開……」

「抱歉啊，我也是有各種事要忙的。」

她迅速高舉手掌瞄準我的臉頰。我的思緒及身體都到達極限，不過即使如此我也不能就這麼被她打敗。我撥開她那隻抓住我瀏海的手。

然後以不美觀的動作站起，試圖與她保持距離。

可是我的腳不聽使喚，耗盡力氣似的再度倒至地面。

「妳難道認為這種強硬的手法是能被原諒的嗎……？」

「誰知道。我沒意思回答。」

她縮短了距離，高高抬起腳，用力踩踏著我的臉。

到底重複幾遍了呢？我……鑄下了大錯。

我因為嘗試自己挽回錯誤，而使狀況變得無可挽回。

8

我俯視著完全失去意識的堀北，並在原地大口深呼吸。

好久沒碰到如此難纏的對手。

倘若這傢伙的身體狀況良好，那不管是誰贏也不奇怪。

這女人就是這麼強。

我再度開始作業，不久就挖出被塑膠袋包住的手電筒與無線電對講機。

雖然假如可以的話我還真想不使用這東西就了事。

「什麼……？」

我取出埋在地底的兩樣東西，便立刻陷入一種不可思議的感覺之中。

我不清楚原因，只是隱約覺得它的狀況好像跟我埋入時有些不同。

「是下雨的關係嗎……」

我認為應該是自己想太多，接著使用了無線電對講機。然後告訴那個應該在某處等待聯絡的男人我現在的位置，並為了讓身體休息而坐下來。

接著大約經過三十分鐘。我視野前方亮著手電筒的燈光。燈光閃爍了兩三次。這就像是摩斯密碼那樣精準規律。我用腳邊的手電筒傳送相同暗號。引導彼此的光線就像在互相共鳴，並且逐漸增強。

然後，那張我看都不想看且令我火大的臉龐——龍園，現出了身影。

「哦，辛苦妳了啊，伊吹。做得好。」

「……這是當然的吧。」

「當然？妳要是不出紕漏，我就不必冒著風險前來這裡了呢。」

「這也沒辦法吧。我沒料想到數位相機居然會故障。」

對，只要數位相機沒壞掉，那我拍攝完鑰匙卡便能了事。這樣就會獲得確鑿證據，也就沒必要使用無線電對講機叫出龍園。結果我卻抱著巨大風險攜出鑰匙卡，還涉及讓堀北知道我的真面目一事。

「那麼，卡片呢？」

「在這裡。」

我從口袋取出卡片，並把它交給龍園。龍園用手電筒照亮，確實確認上頭刻著的名字——

「Horikita Suzune（堀北鈴音）」。

「你也過來這裡確認吧。這本來就是你要求的條件。放心吧，這種天氣與黑暗之中照理不會有任何人在。你要提防是沒關係，不過別浪費時間。」

男人從陰影處現身。他是A班一個叫作葛城的男人。

他是冷靜沉著且重視穩健的那種類型，是個與我們領導者完全相反的男人。

我故作冷靜，但內心不得不再次理解到龍園的恐怖。

龍園在這場考試開始後，就馬上對我說要拉攏A班，可是沒想到這傢伙還真的實踐了。這究竟是如何辦到的……

葛城從龍園手上接下堀北的卡片，用他那雙眼睛親自好好確認卡片。

在這座無人島上也不可能進行偽造。

「看來這是真貨。」

「這樣你接受了嗎？」

儘管我們出示確切的證據，葛城也不改他那嚴厲的表情。

我有聽說他是個謹慎的男人，但到這種地步的話，應該就是種病了吧。

「不過真虧妳能夠潛入D班呢。妳沒遭到懷疑嗎？」

「假如用一般方式進行，是會被懷疑沒錯。哎，怎麼辦到的可是商業機密。」

我不知不覺間撫摸著自己的臉頰。我提出要對D班進行間諜活動的作戰時，龍園用力揍了我。謊言才因此變成了真實。那份痛楚，以及對此的憎恨，全都是真的。

D班的學生當然就誤會我是被打並且遭受驅逐。

假如我沒有受傷，想必就不會那麼順利地潛入D班了吧。

「你別一直沉思啊。正確與否的這點判斷，你應該做得到吧？何況你現在已經半處於將自己交付給我們的狀態。你可別做出在此罷手的糊塗事。」

「……是啊。」

他雖然這麼回答卻好像還沒有接受。龍園看著他這副模樣，比起焦躁，反而露出宛如撲向獵物般的笑容，如此低語：

「你不在此立下大功怎麼行？我可是知道自從你參選學生會落選的傳聞散開之後，坂柳派就處於優勢的事情喔。現在可是個機會對吧？」

「你這傢伙……為什麼你知道這件事？」

「藉由聯手來讓A班得到鞏固的地位。這麼一來，倒戈的那夥人也會回到你旗下，對吧？還是說你要與我為敵呢？要是這樣事情會變得如何呢……」

葛城並不是和惡魔交換了契約，只不過是交涉了而已。不過他這個想法太天真。與惡魔對話，最終則將連結至強制性的血之契約。

「機會只有坂柳不在的這時候。無法在此當機立斷的傢伙是沒辦法統治A班的。」

「……按照約定，我方也同意成立交涉。我就接受你的提議吧。」

葛城如此說完，就對龍園伸出手。龍園不做回應，只浮出無畏的笑容。

「這樣就好了。你做出了正確的判斷。」

「等等，所謂交涉是指什麼？也能詳細告訴我嗎？」

這些傢伙想做什麼都隨便，但我也有權利知道內容。在以A班為目標的這方面，我必須判斷支持龍園是否正確。

「我和A班聯手了呢。」

「請容我回去班上。我不想久待而提昇風險。」

葛城把那張鑰匙卡放回我手裡，接著獨自消失於黑暗之中。

「那麼所謂交涉是指什麼？它的內容是什麼？相應的回報又是什麼？」

天空因雷雨而閃出一道白光，雷鳴隨後便與之一同落在海的方向。龍園完全沒嚇到的反應，只浮出毛骨悚然的笑容，並對我說出契約內容。

其內容複雜且不單純。不過假如用一般方法，即使費盡千辛萬苦也很難達成吧。我們約定好要付出巨大的抵押代價。大部分學生棄權並在船上盡情享受假日——包含這考前完全無法想像到的狀況在內，一切都按照龍園的目的在進行。雖然我討厭死這傢伙，但他果然是個最接近A班的男人。我再度理解這點。

「可是……有葛城會持續遵守約定的保障嗎？他說不定遲早會毀約。」

「我當然也有補足這點。那傢伙絕對不得不遵守約定。」

我走近堀北身邊。確實擦掉指紋之後，便讓她的手握住鑰匙卡。這女人沒有任何辦得到的事。即使知道自己被C班看穿領導者身分，直到考試結束為止她也只能默默忍受。正因為我觀察了D班一週才會有這種把握。這女人不信任任何人。知道鑰匙卡被偷走也沒立刻做出向同學報告的舉動。她好像唯獨對綾小路敞開心扉，不過那個男人也是孤立型角色。再加上他也很無能，根本就算不上是威脅。而且只要她還擁有鑰匙卡，她因為自己的失敗而讓人看穿領導者身分的這件事——說不定還可能不被D班其他人揭穿便了事。

我在某程度上了解這女人的性格。她忍耐力強而且倔強，是不會聽取他人意見的類型。換句話說就算有多麼痛苦，剩餘時間她應該都會忍耐下去。

「妳就儘管運用妳那聰穎的腦袋來保護自己吧。」

接著，我們便靜靜融於漆黑的森林之中消失蹤影。

9

我快步踩踏在濕濡的地面，追在伊吹後頭。天氣是個很棘手的問題。根據天候狀況，我可能會受困，也可能會捲進事故。而且日落比我想像中還快。要是不使用手電筒，在森林前進將會開始變得困難。而這也是個不安要素。雨勢變得越來越大，而且逐漸開始刮起猛烈的狂風。

天氣雖然盡是些不好的狀況，不過這也不是沒有好處。斗大的雨滴使我只能確保前方幾公尺遠的視線。雖然要是我走進任一條岔路就很可能會迷路，不過幸虧下雨，她們兩人的足跡留在泥濘的路面，所以我只要追著這些足跡就好，相當輕鬆。可是，這足跡卻在途中忽然中斷。不對，這並不是中斷，而是延伸到更深邃的森林裡去了。從她們以銳角角度改變前進路線看來，表示她們並非迷路，而是刻意走入森林裡。

我用手電筒照向森林裡頭，發現兩人的足跡不斷進入深處。

她們沒有任何理由特地走向危險的森林。為了以防萬一，我試著把燈光照向通往海邊的正規道路前方。可是地面很乾淨，沒有足跡。

我用手拂去從瀏海滴下的雨水，追著足跡進入森林裡。

視野當然越發惡劣。現在也可以說是已經入夜了。我只憑兩人的足跡在這片甚至籠罩著陰森氛圍的森林中不斷前進。

我大概前進三十公尺左右了吧。總覺得視野前方一瞬間照來光亮。

我立即熄掉自己攜帶的燈光，隱藏自己的氣息。我盯著那道光的方位，之後又看見一兩次燈光。那是手電筒。就像是在彼此傳送信號。會是伊吹和堀北嗎？不，這不可能。伊吹就姑且不論，堀北應該沒有攜帶任何能夠成為光源的物品。我朝著那道光悄悄走去，縮短了距離。

我耳裡聽見猶如雨中小雜音一般的人聲。我接著隱藏自己的身影。

有誰在那裡？他們在說著什麼？——這都是微不足道的事。問題在於我是否會被他們發現。只要事情沒變成那樣就好。把握情勢是次要。

接著過沒多久手電筒的燈光便遠去了。看來他們好像已經結束談話。

為了以防萬一，我一邊警戒，一邊慢慢靠過去。結果那裡……

大樹旁倒著彷彿氣絕一般失去意識並且渾身是泥的堀北。

一片鑰匙卡掉落在她那無力垂下的手附近。

堀北受傷的身體，外加土壤被挖開的痕跡。

從狀況看來，我確定堀北是領導者的事已經被伊吹以外的人物給知道了。我撿起鑰匙卡之後就抱起堀北。

「嗯……」

堀北好像感受到被抱起的異樣感，微微發出聲。雖然很緩慢，不過堀北也確實地虛弱睜開雙眼。

「妳醒過來了嗎？」

「綾……小路同學……？」

她好像沒能理解自己的狀況，恍惚地說出一句話。

「唔……頭……好痛……」

「因為妳燒得很嚴重呢。妳最好別勉強自己喔。」

「是嗎……我被伊吹同學……不過你為什麼會在這裡……」

我明明就叫她睡覺，可是堀北卻以似乎會燒得更嚴重的氣勢在思索著各種事情。

接著一點一點開始理解情勢。

「偷走我鑰匙卡的人……果然就是伊吹同學。」

「是嗎？」

「……我已經無法再瞧不起須藤同學他們了呢。」

她彷彿在悲嘆自己曝露醜態，及造成這束手無策的事態，而閉上了雙眼。

「這也不是那種能二十四小時持續躲藏的考試吧。不管怎樣都會出現破綻。」

我本來自認是在圓場，但這好像令傷心的堀北更加沮喪。

「要是我知道去依賴誰，這事情就能避免了呢……」

假如真心想要徹底保護領導者真面目，應該就必須去仰賴打從心底能夠信任的夥伴。這麼一來，就會如字面一樣，能夠以二十四小時的體制來徹底保護卡片的存在。

然而堀北並沒有半個能幫她忙的朋友。

「真丟臉。」堀北如此反覆小聲呢喃道。

「我在失去意識時，總覺得聽見了龍園同學的聲音……真是奇怪呢，照理說他應該早就棄權退出了……」

「妳失去意識了，大概是作夢了吧。」

「假如是夢，那就更糟了呢……」

覺得隱約聽見龍園的聲音啊。即使睡著失去意識，她的腦袋也自動讓自己保持清醒。就算無意識之間聽見龍園的聲音也不奇怪。

「對不起……」

當我不發一語地沉思時，堀北說出道歉的話語。

「妳為什麼要道歉啊？」

「這是因為……除了你之外我就沒有人能夠道歉了……」

嗯——原來如此。這句話還真引人深思。

「假如妳覺得很抱歉，那今後就要結交值得信賴的朋友。首先要從這點開始。」

「這是難以達成的商量呢……因為不管是誰都不會理我這種人的。」

對於這種徹底放棄的自嘲，我反而感受到如徵兆一般的東西，因此笑了出來。

「雖然被你笑也沒辦法，可是被瞧不起的感覺還真是不愉快呢……」

「不，不是這樣。因為我在想妳心裡也開始感受到夥伴是必要的。」

「我沒說過那種話……」

如果是平時的堀北，她可能已做出汙辱對方之類的事，然而這次發言裡卻含有其他意思。她的話裡包含自責的意思。

不然她不會拐彎抹角地說出「誰都不會理我這種人」。

即使如此這應該也不簡單呢。要是可以馬上靈活改變至今為止一直前進的道路，那誰也都不必辛苦了。堀北那雙呆滯眼神，與其說是看著我，看起來反倒比較像是透過我在看著誰。

「這種事情，我明明很久之前就已經知道……」

人在這世上是無法獨自生存的。因為學校和社會都是由眾多人所組成。

「別再說話了，妳可是病人。」

我為了讓她乖乖休息而如此勸說，但堀北沒有停止懺悔。

然而，堀北心中並無依賴他人的選項。她明明有看見，但是又不去選擇它。

「我一定會靠自己的力量晉升A班。我一定會挽回這個失敗……」

她無力地抓住我的衣袖，如此向我訴說。

「我已經做好覺悟會被全班怨恨……畢竟我鑄下了這般錯誤。」

「在這所學校的系統上，就算妳獨自奮戰也無法升上A班。無論如何同學的協助都是必要的。這可是無可避免的喔。」

她好像連睜開眼的力氣都沒有，因而閉上雙眼。

堀北抓住我袖子的那隻手，力道雖然很微弱，卻也讓我感受到其中蘊藏的力量。

「我不能認同你。就算會多麼辛苦，即使如此……我也要憑一己之力……」

「啊——吵死了，妳不要再講話了。妳一個病人不管講什麼也都完全沒有說服力。」

我稍微用力抱緊懷裡的堀北。

「妳無法承擔這重責大任。妳不是那麼堅強的女生。真是遺憾。」

「那麼你是要我放棄嗎？放棄晉升A班的夢想、放棄被哥哥認同的夢想。」

「我沒說過這種話，而且妳也沒有必要放棄。」

我俯視在縮我懷裡痛苦的堀北，並補充道：

「假如妳無法獨自戰鬥，那只要兩人一起戰鬥就行了。我會助妳一臂之力。」

「為什麼……？你不是會說出這種話的人……」

「誰知道呢。」

我沒有回答並含糊其辭。過了不久，筋疲力竭的堀北便再次失去意識。

現在必須做的就是不被任何人發現地將這傢伙搬出去。雖然讓她棄權很簡單，但我不清楚手錶的緊急按鈕是怎樣的東西。

萬一它是會緊急出動直升機的裝置，那附近想必會響徹螺旋槳刮出的強烈風聲。

「噢……我走錯路了嗎……危險危險。」

我懷著要是能出到小徑就好的心願前進，但遺憾的是，我到了一個很陡峭的懸崖。我要是再踏出一步應該就會滾落下去吧。

我試著照亮下方，這裡看起來似乎大約十公尺高。很遺憾，不過我好像正走著錯誤的方向。總之先折回原本的路吧。

我為了不造成堀北負擔而打算慢慢往反方向調頭。而在這之後——

我腳下的土壤不幸崩塌，身體因而失去平衡。假如我是獨自一人，就可以使勁用腳撐住或者抓住樹木，但可惜的是我雙手抱著堀北而騰不出手。我無法避免墜落。我為了保護堀北而瞬間捲起身軀，接著一籌莫展地滾下陡峭的懸崖。

我在數秒期間裡好像失去意識。落下後的記憶並不是很清楚。

總之，堀北沒受傷便了事應該就能說是幸運了吧。

我仰望傾斜的崖面。在抱著堀北的狀態之下，我實在不太可能爬上去。

「……我搞砸了呢。」

然而，現在可不是在這邊進退兩難的時候。

我這次將失去意識的堀北揹在背上，打著一支手電筒往漆黑的森林前進。

打在身上的雨水毫不留情地前來奪去體力。最重要的是，我背後的堀北傳來的熱度非比尋常。再這麼淋雨下去會很危險。

可是這裡是森林裡。不可能會幸運地有人能夠進入的那種洞窟或者人造物。

那麼，剩下應該就只能依賴大自然的力量。

幸好樹木都很茂密，依據地點不同，也有比較不會淋濕身體的地方。我在周圍找到特別粗壯的巨樹，接著接近那棵樹的正下方。雖然當然無法遮住所有雨水，但即使如此，茂密的樹葉也能夠阻擋許多雨水。

我輕輕放下堀北，讓她橫躺。這時候運動衫弄髒也只能請她忍耐了。我席地而坐，接著讓堀北的頭躺在我腿上。

要是現在周圍很涼爽，那就還算得上是個安慰。不過由於濕度很高的關係，周圍相當悶熱。

身體狀況糟糕的堀北好像覺得很冷，而不時縮起身子發著抖。

我心想要是能稍微減輕她的負擔就好，於是把她抱近我的胸口，靜靜等待時間流逝。究竟經過多少時間了呢。堀北在重複紊亂呼吸的同時醒了過來。她好像因為精神恍惚的關係，無法好好理解自己身處的情況。

「為什麼……你會？……我……？」

堀北似乎一時陷入錯亂，而想不起不久之前的事。

我說明事情原委。但我不太確定她有沒有理解我所說的一切。

「是這樣呀……我想起來了。」

「那就好。」

「這就難說了。我也回想起了自己的失敗，所以這或許是最糟糕的事情。」

若她還能說出這種自嘲段子，那就暫且能放心了。

「已經差不多要六點了。堀北，雖然我想妳會很難受，但是妳應該棄權。妳身體撐不住吧？」

她至今或許都是一路勉強假裝過來。但她已經不可能再繼續這麼下去了。

「這我辦不到。我不能讓班上因為我而失去三十點……我可是對使用點數的輕井澤她們很嚴苛呢。我這樣豈不就像是個笨蛋……」

校方對於身體不適的懲處很重。光就點數來說，懲罰會比輕井澤個人利用的點數還多。堀北懊悔似的把手臂放在自己的眼睛上方。這是為了要隱藏濕潤的雙眼嗎？

「不僅如此……我鑰匙卡還被偷走。你懂吧……？」

「D班將更進一步失去五十點。」

堀北輕輕點頭。這麼一來D班的點數便所剩無幾。

「放下我吧。就算只有你，你也要回去。這麼做的話，暫時就會是只有我缺席點名便能了事。」

「那麼妳打算怎麼做？」

「明天早上之前……我一定會自己想辦法回去。只要在點名時忍耐身體不適，一定總有辦法不退出考試。」

那麼扣除五點就能解決——她應該是有著這樣的目的吧。

「這狀況可沒這麼天真。妳現在相當虛弱，而我們班導也沒單純到妳靠演技就能夠熬過去。最重要的是，妳再怎麼樣也沒辦法靠自己的力量回去。」

「即使如此我也只能這麼做……這是為了讓D班留下點數。」

去掉鑰匙卡這件事，關於點名與棄權方面也可能夠守住點數。那應該確實並不是個小數目。

「你走吧。」

堀北極為虛弱，但存在她話中那猶如意志般的東西，卻讓人感受到不屈不撓的鬥志。

她就算可以忍受自己扯後腿，似乎也無法忍受自己連累他人。

我陷入沉默後，她便搖搖晃晃爬起，把頭倚靠在大樹。

這應該代表著——別管我了。

「那麼我就不客氣地放下妳了喔。因為要是這樣下去我可是會被同學責罵的呢。」

「……嗯，這是正確的判斷。一切責任都在於我。」

堀北即使面對我冷淡的抉擇，也稱讚這是恰當選擇。她只對極為虛弱的自己本身感到羞愧。

她抱緊顫抖的身軀，忍受寒冷。不依賴他人的性格也很難搞呢。

天氣狀況依然惡劣，風雨沒有要平息下來的跡象。

「妳明天早上真的回得來吧？」

「嗯……沒問題。」

「……堀北，妳認為在這情況下不棄權是正確解答嗎？」

我不小心說溜了多餘的話。

「這是當然的吧……我沒有棄權的選項。」

雖然要燃燒不屈的鬥志都隨便她，可是要是因為這樣而輸掉，就沒有任何意義了。

「欸。妳認為為什麼妳現在會被逼入絕境？」

「……這是因我怠惰而招致的失敗。僅只如此而已。」

「不對。完全不對呢。」

堀北鈴音按照自己的步調拚命奮戰過。然後，她試圖平安無事地結束考試。

「……走吧……就因為我認為你是我的夥伴，我才會做出這項請求……」

堀北說出如此發言，接著吃驚似的摀住嘴。

「我要修正……剛才的話就當我沒說過。」

「不，我認為這是最不能當作沒有發生過的部分呢。」

「夠了。我會……自己……唔……」

突然爬起身果然對堀北而言是個負擔。她痛苦地閉上雙眼。

「走吧，拜託……」

堀北最後留下這些話，又失去了意識。

我輕輕抱起堀北，為了盡量讓她保持輕鬆的姿勢，而替她移動了位置。

我站起來之後，便抬頭仰望絲毫沒平穩下來的漆黑天空，接著吐了口氣。

「雖然由她自己的意思來退出考試，事情會比較輕鬆呢。」

這位頑固的公主大人，到最後都不打算放棄考試。

真是優秀。沒錯，我認為妳很優秀。妳的想法與行動幾乎都是正確答案。

不過啊，很遺憾。堀北，妳弄錯一項決定性的事情。

僅限於現在這個瞬間，我就發自內心地說出來吧。

我從來不曾認為妳是我的夥伴，而且也不曾作為同學去擔心過妳。

這世界上「勝利」便是一切。無關乎過程。

要付出多少犧牲都無所謂。只要最後我「勝出」那就行了。

無論是妳還是平田，不，所有人都只是為了讓我取勝的道具。

堀北會被逼到這種地步不是她自己的責任。是我為了讓事情變成這樣而助長了發展。

所以別怪罪自己。因為妳對我派上用場了。

我一邊照著手電筒，一邊在泥濘的道路上前進。

我的鞋子已經滿是泥巴，鞋子裡也浸濕了。但我已經毫不介意。我要先把握自己的所在位置。

我們剛才下了懸崖，一定遠離了D班的基地營。

不過反過來說，我們應該無疑縮短了到海邊的距離。

我依賴腦中的地圖，在這幾天走著的森林之中向前邁進。

「果然很近啊。」

不久，我就抵達了海邊。海上漂著亮著燈光的船隻。

接著，我花了幾分鐘回到原本的地方，抱起無力倒在那裡的堀北。她漂亮的臉蛋被泥巴給弄髒了。

我抱起堀北，但她完全沒有恢復意識的跡象。

我抱著堀北，並非往基地營方向，而是朝著海邊邁出了步伐。

然後不斷走著。時間已經超過晚上七點，不過我總算是在目標時間內抵達了海邊。

教職員們設置的帳篷現在也已經被折了下去，以防被風吹走。我登上架設在碼頭的舷梯，抵達船上的甲板。

一名教職員察覺我們的存在，並跑了過來。

「這裡禁止進入。你會失去考試資格喔。」

「她是緊急病患。她發了燒，現在失去意識。請立刻讓她休息。」

我傳達情況後，老師便做出指示讓人拿了擔架來，然後讓堀北睡在上頭。

「這樣她就是棄權退出，沒關係吧？」

「這樣沒問題。不過請讓我確認一件事情。現在還是八點以前，所以她的點名是無效的對吧？」

現在時間是晚上七點五十八分。雖然相當極限，但應該是毫無疑問地趕上了。

我必須先在此獲得老師的諾言。

「……確實如此。勉強是這樣。不過你可就出局嘍。」

「我知道。還有另一件事情，我要返回這張鑰匙卡。」

我把口袋裡取出的鑰匙卡遞給老師。

「那麼我要回去考試了。」

我也不可能一直停留在這地方。於是我在這不停歇的雨勢當中，再次走下海邊。

這樣D班就會因為堀北的棄權扣除三十點，並因為我的點名缺席而追加失去五點。

高度育成高級中學學生基本資料　　時間7/1

姓名	伊吹澪	Ibuki Mio
班級	一年C班	
學號	S01T004714	
社團	無	
生日	7月27日	

評價

學力	C
智力	C
判斷力	B-
體育能力	B
團隊合作能力	E

面試官的評語

這名學生缺乏團隊合作能力而且沉默寡言。由於性格冷淡，面試時成績很低，不過在學力或體育方面則是個很傑出的學生，值得令人期待。我們很期待她會結交朋友，並逐漸提昇溝通能力。

導師紀錄

雖然僅限幾名學生，但她好像已經構築了人際關係。

開幕

八月七日。說起來漫長卻也很短暫的無人島生活，終於迎接結束的時刻。

最起碼的安慰，便是幸好這並非嚴酷的野外求生。我們可以恰如其分地一面享受過程，一面度過考試。

即使已經到考試結束時間的正中午，周圍也還沒出現真嶋老師他們的身影。

『現在正在合計考試結果，請各位稍候。由於考試已經結束，假如有需要喝飲料或者使用洗手間的學生，請各自前往休息處利用。』

附近播著這樣的廣播。學生們隨即一同集合至休息處。臨時帳篷下也準備了其他像是桌子和椅子之類的東西，好像可以得到充分的休息。

高圓寺和堀北等棄權學生好像正在遊輪上待命，沒有要下船的樣子。

總是和池他們一起行動的須藤一動也不動地仰望著遊輪。

「綾小路，你經常和堀北一起行動對吧……實際情形是怎麼樣啊？」

與其說須藤是在生氣或慌張，反而讓人覺得他是認真想要知道實情。

「我們之間什麼也沒有。只是單純的朋友，除此之外沒別的了。」
「……這也很令人羨慕呢。因為她就連把我當作朋友都沒有。」
須藤好像對於無法讓堀北理睬自己一事感到焦躁，看起來有點懊悔。
「在這次的事情中，堀北應該也有稍微認同你一些了吧？」
他沒引起麻煩，反倒還打算幫助堀北，而且率先去釣了魚，為了班上如此採取著行動。
「要是這樣就好了。到頭來我還是沒能用名字來稱呼她。」
「兩位都辛苦了。謝謝你們這一週期間的各種幫助。真的幫了我大忙。」
平田在出現的同時說出這番慰勞發言，然後將手上兩個紙杯中的一個遞給我。我用手收下來，冰涼觸感刺激著我的手掌。平田接著把另一個紙杯遞給須藤。
「要道謝的是我。你幫助遲遲無法融入班級的我，而且堀北棄權的事，還有我點名遲到時，你都坦護了我們，對吧？」
「聽完理由我也無法責怪你。再說，因為堀北同學也給了我很重要的答案。」
「你相信那傢伙所說的話嗎？」
「她不是會亂說話的人。所以你也才會跟她很要好吧？」
該說這男人始終都很純真嗎？他是個會去保護夥伴的傢伙。
「說沒有風險是騙人的，可是為了堀北同學，我也必須採取行動。」

「這就是所謂的朋友喲。」平田小聲答道。我昨天看見的那張側臉，彷彿就像是幻影。

須藤好像無法理解我們的對答內容，而歪了歪頭。

「什麼呀？答案？你們在說什麼？」

「我想你很快就會知道。話說回來C班還真是不尋常耶……簡直和我們天差地遠。」

C班學生在第二天的時間點就幾乎棄權，因此沒出現在這地方。好像就連伊吹都棄權了，不管看向沙灘任何一處都找不到她。因此，這裡便呈現出C班學生只有龍園在場的如此異樣光景。

「為什麼他……為什麼只有龍園同學沒有棄權呢？」

我和平田遠遠地窺視著龍園的模樣。他接著好像察覺了我們的視線，回頭過來。

然後像是想起什麼似的，慢慢與我們縮短距離。氣氛瞬間變得有些緊張。

「喂，跟屁蟲。鈴音怎麼了？」

龍園完全不看平田一眼，單手拿著紙杯靠過來如此說道。

他一說出「鈴音」這個字眼，我就看見須藤臉冒青筋地瞪著他。

「你就算問我，我也很傷腦筋。」

「我可是知道你都會四處追趕在鈴音屁股後頭呢。而且你們上次也待在一塊，對吧？」

龍園喝光紙杯裡的飲料，便輕輕把紙杯捏扁，扔來我們腳邊。

「幫我丟掉。」

須藤把快要埋進沙子裡的紙杯狠狠踩扁，然後踢了回去。

「你開什麼玩笑啊？啊？你的垃圾你自己去撿。」

「瑕疵品應該很適合撿垃圾吧？」

面對表露出壓迫感的須藤，龍園好像絲毫沒放在心上。

「冷靜點，須藤同學。我會處理垃圾。」

平田急忙撿起紙杯後，須藤便咂了嘴，踢了沙子一腳。

龍園彷彿覺得無趣似的移開了目光。他的上半身到處都是髒汗，就連運動褲上也沾滿許多泥土。他這狀態，還真讓人難以想像他曾說過自己最討厭努力。

「你沒有棄權呢，龍園同學。」

「你誰啊？比起這個，鈴音人在哪裡？我才在想要來摸摸她屁股之類的呢。」

由於龍園第二次使用「鈴音」這個字眼，甚至還混入汙辱般的言語，須藤因此用力踩踏沙灘地靠近龍園，揪起他的衣襟。

「你這手是什麼意思？」

龍園看起來毫無動搖，正面接受須藤強烈的視線。

「你下次要是再講出這種玩笑，我就殺了你！喂！」

「啊？這傢伙是怎麼回事，自己一個人是在激動些什麼啊？」

面對這眼看似乎就要開始互毆的狀況，平田也迅速介入其中，把須藤從龍園身上用力拉開。

「堀北同學昨天就退出考試了。她不在這裡。」

「……退出？鈴音？她應該不是那種會棄權的女人吧。」

「這——」

嘰——擴音器按鈕打開的聲響一傳來沙灘，真嶋老師便現出身影。

一年級學生急忙打算整隊，但真嶋老師用手制止了我們。

「你們就這樣放輕鬆沒關係。考試已經結束，現在已經算是暑假的一部分。雖然時間短暫，不過你們隨意一些也無妨。」

即使老師這麼說，學生們之間當然還是氣氛緊張，閒聊聲瞬間消失。

「這一星期，我們教職員確實見識到你們對於特別考試的用心。有人從正面挑戰考試，也有下了功夫挑戰考試的人。雖然形式多樣，但總體來說，我認為考試結果非常出色。你們辛苦了。」

接受到真嶋老師毫不猶豫的誇讚，學生們流露出安心之色。

一個星期的考試終於結束了——大家心中應該都湧出這種實感了吧。

「那麼接下來，我想直接宣布特別考試的結果。」

包含班級導師在內，恐怕沒有半個人看穿這場特別考試的結果吧。

「再者，我們不受理任何關於結果的疑問。我希望你們自己接受結果、進行分析，並將此活用於下次的考試。」

「老師這麼說耶。你們可別尿褲子了。要好好接受現實喔！」

「你們C班才是吧。你們所有點數都用光了對吧？別笑死人。」

須藤瞧不起C班這眾所皆知的缺乏智謀的行為。

「包含額外追加的點數，我們剩下一百二十五點。我認為這樣很了不起。」

平田對於龍園這不講理的挑釁或許也有點焦躁，他自豪地如此答道。對於平田這幼稚的發言，龍園作出像在嘔吐般的動作傻眼到不行。

「哈，這種程度的點數你們居然就能滿足，我還真是羨慕小嘍囉的神經呢。」

「你要說什麼我都不介意，不過C班零點的事情是不會變的。」

「呵、呵呵，別擅自斷言啊。我確實全花光了三百點。不過啊，你們應該不會忘記這場考試的追加規則吧？」

「……你是說猜測班級領導者的事情對吧。」

「對。我可是寫在紙上了喔！寫了你們D班領導者的名字。」

我和平田都努力不露聲色，不過須藤的表情卻表現出被猜中的衝擊。

「而且A班跟B班那夥人也同樣都寫了。你們明白這是什麼意思嗎？」

「等一下，這是怎麼回事啊？對吧！這、這如果是真的話……」

那麼D班就將承受被猜中的懲罰而失去一百點。

真嶋老師的聲音從擴音器中傳來。

「那麼接下來我要宣布特別考試的名次。最後一名是——零點的C班。」

「噗哈哈哈！喂，看吧！你們果然是零點！別笑死人啦！」

須藤得知結果而發自內心地瞧不起龍園似的捧腹大笑。

「……居然是零點？」

與其說龍園大受打擊，不如說他好像沒有理解情況。

真嶋老師冷淡地繼續進行宣布：

「接著第三名是一百二十點的A班。第二名是一百四十點的B班。」

學生們吵嚷起來。這是誰也沒想像到的名次以及分數。

大家面對自己計算出的數值與結果之間的誤差，都無法隱藏心中困惑。

「然後D班則是……」

真嶋老師剎那間僵住動作，但又立刻再次發言。

「……兩百二十五點，第一名。結果發表在此結束。」

除去平田，對這情勢比誰都還混亂的應該就是D班學生了吧。就連唯一知道內情的平田也只能用幾乎無法置信的表情露出有點興奮的笑容。

「這是怎麼回事啊！葛城！」

對面的休息處傳來這樣的聲音。A班學生圍繞著葛城。

「好像有什麼地方不對勁……這是怎麼回事……」

「唔喔喔喔喔喔！太棒啦！你們活該啦！」

D班學生隨著須藤的喊叫聲開始集合起來。

「欸欸欸，這是怎麼回事啊！說呀！喂！」

興奮且混亂不已的池像在依靠平田似的尋求說明。

「……我們到那裡進行說明吧。那麼龍園同學，我就先在此告辭了。」

平田留下耐人尋味的話語，就帶著池和須藤朝著船隻邁出步伐。須藤一面吐著舌頭，一面豎起中指。龍園也只能默默地目送他這副模樣。

結束考試的一年級學生們隨即解散。船隻似乎會在兩小時後出發。無論要在海裡玩還是上船慢慢休息都是自由。我也為了搭船而邁出腳步。

「哦，各位。一星期的無人島生活過得如何？」

高圓寺在船隻甲板上單手拿著飲料，迎接D班。

「高圓寺你這傢伙！因為你的關係，所以害我們失去了三十點！你明白嗎！」

「冷靜點，池Boy。我身體狀況不適一直臥床不起呢。這是沒辦法的吧？」

他的肌膚充滿滑潤光澤。明顯能看出他一週都在船上曬太陽。處於健康狀態之下，就算這麼對我們說，也一點說服力都沒有。

高圓寺被男生一起責難。之後晚了高圓寺一些，堀北也現出了身影。她的身體狀況好像還沒完全恢復，臉色蒼白。學生們察覺堀北的存在，自然而然集中目光。

「鈴、鈴音，妳身體已經沒事了嗎？」

雖然有點支支吾吾，不過須藤就如練習的那樣，以名字來稱呼堀北，同時靠近了她。

「還可以，不能說是完全恢復。比起這件事，最糟糕的是我退出考試的這個失誤。」

「這種事妳就別在意了。」

堀北好像很自然地接受須藤用名字來稱呼她。真意外。

「還有，須藤同學。你不要擅自以鈴音來稱呼我。可以吧？」

「唔……我、我知道了。」

看來她好像並沒有接受。須藤也無法違抗堀北意思，只能點頭答應。

「可是——這是怎麼回事？為什麼D班會變成第一名……」

堀北讓別班掌握自己身為領導者的證據，而且還經由我的手退出了考試。在她的計算之上，結局應該會是趨近於零點吧。

「對、對啊。這是怎麼回事啊，平田！我真是一頭霧水！」

須藤向平田尋求恰當的回答，但在這之前平田好像有必須解決的事情。

「這個嘛……輕井澤同學。首先，妳應該有話必須對堀北同學說吧？」

平田這麼說，接著就呼喚在篠原她們身後低著頭的輕井澤。

被呼喚的輕井澤靠近了堀北。

「……堀北同學，能耽誤一下嗎？」

「嗯，妳有話必須對我說，是嗎？」

堀北看見輕井澤輕輕點頭，接著就閉上雙眼。責難輕井澤擅自使用點數，自己卻被別班發現領導者的真正身分，還退出考試。

換句話說，就算她被反駁了什麼也只能夠接受——她就是擺出了這般表情。

「對不起。」

雖然語氣有些生硬，但輕井澤很抱歉似的道了歉。

「偷走內褲的人是伊吹同學對吧。我全都從綾小路同學那裡聽說了。」

「咦？」

做好覺悟要挨罵的堀北，對自己完全沒印象的賠罪感到很困惑。

「堀北同學妳察覺伊吹同學就是犯人，而在她打算逃走的時候逼問了她，對吧？結果才會搞壞身體……」

堀北對於輕井澤這番完全讓她料想不到的發言感到吃驚，並望向我這邊。

我總覺得有些尷尬而別開視線。

「而且，我剛才從平田同學那裡聽說了呢。聽說堀北同學妳看穿A班和C班領導者的事情。所以這次點數才會這麼高吧。所以……應該說……很多事情都抱歉了。」

輕井澤這麼說完，就馬上回到女生們身邊。

「等一下。妳說……我看穿領導者，但我可是棄權——」

「妳不必謙虛喲，堀北同學。因為這個結果無疑是妳猜對答案的關係。」

堀北腦中的疑問應該又萌生出了新的疑問。在這場盡是謎團的考試當中，除了她之外，全班應該都是如此深信的吧。

「欸，綾小路同學，你做了什麼——」

堀北在眾多學生沉浸在混亂與喜悅時試圖向我搭話。

然而，身為這場考試重要角色的堀北，一口氣被許多學生包圍。

「堀北同學，妳超厲害的耶！真是天才！」

「聽見妳退出考試時，我還在想會不會怎麼樣，但這根本就完全沒問題呢！」

「等、等等等！」

同學不分男女皆對堀北展開問題攻勢。我合起雙手，祈求她平安無事，一面撤退離開。

哎呀，太好了太好了。班上獲得第一名，堀北也成了紅人。

如果是那傢伙的話，應該可以好好地逃脫出來吧。

我如此心想，然而又再次撞見死神。

「能借一步說話嗎？」

「這還真像是不良分子的邀約用語呢，茶柱老師。請問我能拒絕嗎？」

「你要是不願意的話，我就要在這裡開始話題。引人注目也沒關係嗎？」

「……天氣很熱，請您長話短說。」

我就像被茶柱老師帶路似的往船隻的另一側走去。我們在完全沒有人跡且安靜之處開始說話。

「總之，我可以認為這樣子您就滿意了對吧？」

「是啊，我就先說你幹得很漂亮吧。我真心感到佩服。」

「那麼請您現在立刻告訴我。『那個男人』要求我退學的事情，是真的嗎？」

茶柱老師把背後靠在柵欄上，然後抬起臉，凝視著天空。

「……您有證據能夠斷言這件事情是真的嗎？」

「我很清楚你的事情。你不認為這就是最好的證據嗎？其他教職員們都不知道你真正的實力，就連懷疑也沒有。」

這確實讓人很疑惑。我在入學考試上引人注目雖然是事實，不過光憑這一件事，所有教職員應該都不會知道有關於我的內情。

不過這麼一來，這回奇怪的就是順序。茶柱老師說最近那個男人連繫了她。這個人果然還隱瞞著些什麼。

「你應該也有聽過這個有名的神話吧——伊卡洛斯之翼。」

「請問這怎麼了嗎？」

「伊卡洛斯為了獲得自由，而飛離幽禁他的那座塔。然而這非憑他一己之力，而是身為父親的代達羅斯指示他製作翅膀，並讓他飛行。他不是憑著自己的意志來飛行。你不認為這正好與你一模一樣嗎？」

「我無法理解呢。」

「那名男人……不，你的父親是這麼說的——清隆遲早會自己選擇退學這條路。也就是說，你會迎接如伊卡洛斯那般翅膀被太陽燒毀並且墜海而死的結局。」

所以她才會提起伊卡洛斯之翼嗎？

「你接下來打算怎麼做？」

「老師您也知道吧。伊卡洛斯是不會遵從代達羅斯的勸告與建議的。」

即使翅膀被燒燬，伊卡洛斯仍盡力持續飛翔——為了追求自由。

1

我回到船裡之後就馬上返回自己的房間。累癱了的平田在房間裡躺著睡覺，我不吵醒他並靜靜地更衣，接著走到走廊。我開啟手機電源後，就不斷響起電子鈴聲，螢幕塞滿來電紀錄。這全都來自於堀北。真可怕。

我就先以信件回覆，然後在休息室邊休息邊等她吧。

我早晚都必須做說明，否則她是不會接受的吧。

接著過了幾分鐘，滿腹怒火的堀北沉默地釋出壓迫感，一面與我會合。

「這考試結果是怎麼回事？究竟發生什麼事情？」

「妳一臉完全摸不著頭緒呢。」

「嗯，這不可能呀。這一切都不可能。我必須問的事情多得就像山一樣。」

堀北在我眼前坐下，並向店員點了飲料。她不等我這方做出回應就說起話來：

「你要對我說明一切。這就是要我不干涉這次事情的最低條件。我不會讓步。」

在堀北沒以自己的意思棄權的當下，我就已經預料到事情會變成這樣。

這也不是能徹底隱瞞的事情。話雖如此，但我也必須將消息止在堀北這裡。

「妳想從什麼事開始問起？」

「你在這場考試裡做了什麼？告訴我這點。」

這是比我想像中還要更好的問題。是個能夠問出一切事情的一句話。

「在校方宣布這場特別考試的階段，我除了追加規則以外其他都不在乎。要如何安排三百點，這種事大致上無論哪班都大同小異，而且因為這也不是個人就能操控的事情呢。」

「可是追加規則的內容非常困難。即使用正常方式應考也無法查清楚領導者身分，對吧？」

「嗯。所以我才會先舉手參加為了決定基地營的搜尋。我打算藉由自由行動，來搶在任何人前面抵達某個據點。」

「你說得簡單，但據點位置應該不會有任何人知道呢。」

「沒這回事。妳身體不舒服待在船裡所以應該不清楚，但校方在船上就已經給了我們有關據點的提示。」

葛城也發現了這件事。我說出船隻不自然地高速繞行島嶼一事，堀北便陷入沉默。它的速度比一般觀光船還快將近三倍。何況，假如目的只是觀光，一般不會在廣播裡說出「請觀賞富有意義的景色～」之類的奇怪措辭。

雖然不知道高圓寺是在哪裡看到的，不過他也察覺了這個提示。哎，關於高圓寺的事情，光是思考就是在浪費時間，所以目前應該暫時這樣就好。

「接著，我抵達了洞窟。因為我認為那裡就是最重要的據點。」

「洞窟是最重要的據點？河川或水井也讓人覺得很方便呢？」

「重要的不是據點本身，而是據點位於何處。」

河邊和水井的周邊都不存在任何其他據點。然而反過來，洞窟附近卻備有小屋以及塔這兩處據點。換句話說，這是個很適合管理的地方。堀北因為我的說明也表示出了相當程度上的理解。

「可是，你沒持有鑰匙卡片，搶先抵達洞窟的好處是什麼？」

「我只是打算進行各種調查，但結果卻知道了別班的領導者真面目。」

「所以是葛城同學大意而讓你發現了他是領導者？」

「不是這樣。」我如此否定。

「有個叫作彌彥的男生對吧？那個到處跟著葛城的男人。那傢伙就是領導者。我目擊到葛城和彌彥占領洞窟。雖然這麼說，但我並不是直接看見那個瞬間，而是在他們兩人離開洞窟後確認了有無占有。」

我重新說明當時情況。包括目擊瞬間、葛城站在入口拿著卡片，以及彌彥從裡頭出來跟他會合然後離去的事情。

「看見這種情況的話，不是會誤認葛城同學就是領導者嗎？」

「真的是這樣嗎？領導者會做出在別人面前拿出卡片的行為嗎？」

正因為堀北擔任領導者，所以她應該明白這是多麼愚蠢的事情吧。

「可是為什麼……？那麼，他為什麼要特地把卡片拿在手上？」

「因為他不得不這麼做。就我的調查，葛城這男人的性格相當冷靜沉著且極為謹慎。這種人不可能不懂發現據點便立刻占領的風險。換句話說，他們會占領據點是因為有人被眼前的欲望所誘惑。」

「這就代表著——另一人的存在呢。」

對。葛城發現洞窟時，當然應該不打算占領。儘管如此卻占領下來，想必原因就是彌彥粗心大意地去占領。雖然認為沒任何人在看，但還是採取了保險手段。他預計自己拿著卡片在周圍現身，就算萬一有目擊者，也能讓其他人認錯領導者。

「A班除了據點之外還占領了兩處據點，不過我並沒確認他們最後占領了多少地點。因為只要猜中領導者，就能讓那些點數全數無效。」

也就是說，在我將範圍縮小至彌彥的時候，花力氣在A班身上便是浪費時間。

「我有點無法接受。既然他在最早階段就有頭緒，那只要許多人一起行動的話，不就不會出這種麻煩了？即使光是有個誰看守洞窟，照理就很能夠成為占有的表示。為什麼他們要占有呢……」

「這應該就是A班的缺點吧。」

他們的綜合分數很高，也沒像D班這樣在課堂態度上接受負分審查。

然而，那些傢伙的班級裡卻是對立的。換句話說，他們有無法多數人移動的理由。

「也就是說，這乍看之下很完美的班級，目前狀態也有很大的漏洞。」

正因如此，這次我才會輕而易舉地刺穿A班。

但這單純也只是幸運。這點數就像是我抓住他們的失誤才獲得的。

A班對於來自頭上方的奇襲無計可施。

「所以我在這個階段就排除了A班，轉而警戒C班的動向。因為葛城的性格很容易了解，但關於龍園則完全是未知數。實際上，那傢伙蒐集了更勝於我之上的情報，他看穿了所有班級的領導者。」

「等、等等，你說他看穿所有班級……不僅是D班，他也知道B班和A班的領導者嗎？可是，若是如此就很奇怪了。我們別說是受到懲處，還以很大的差距取得第一名。你打算如何說明這點？」

「這事情有點難說明，但這就是我讓妳棄權的答案。」

「答案就是棄權……？你究竟做了什麼？」

「啊，話說回來，我好像還沒還給學校。」

我從口袋取出一張卡片，將它遞給堀北。

「這是鑰匙卡呢。為什麼你會……！」

堀北看見這張卡片上刻有的文字之後相當吃驚。

「為什麼會……」

卡片上刻著的文字是——「Ayanokouji Kiyotaka（綾小路清隆）」。

「考試必須是公平的。因此，規則基本上是公平地去制定。」

這是極為理所當然的事情。所以只要好好確認追加規則就能看出來。

領導者只能選擇一人。這無法改變。也就是說只有這名領導者擁有占領權利。

「妳認為領導者因為身體不適等原因棄權，狀況會變得如何？」

「這……領導者會缺席，所以占領權也會消失……」

「不對。指南手冊上是這麼寫的——『無正當理由無法更換領導者』。妳不認為棄權符合正當理由嗎？」

追加規則不可能是那種會在因為身體不適及受傷而缺考的時間點便崩壞的構成。我預測得到我們應該將會立出新的領導者。

這點看其他規則也能夠解開。例如，規則規定一旦決定基地營之後，無正當理由便無法進行變更，而這也確實有著理由。比如，假如占領河邊的我們大意讓其他班級奪走的話，就會符合那個「正當理由」了吧。因為無法逗留於據點，要是規則結構是不能讓我們尋找新基地營的話，那考試就會無法進行下去。

「所以你才會把我……？」

名為堀北鈴音的領導者棄權，然後由我來代為擔任。當然，考試結束時應該猜測的領導者就變成了我。因為領導者只能存在一人。

「這就是即使被C班得知，也能免除損失的理由。」

「可是，等等。這是因為我被伊吹同學偷走卡片才會變成這樣。要是我有徹底保護好卡片的話——」

堀北於是回想起事件當天發生時的事情。

「當時你是故意落下卡片的對吧？那麼，難不成山內同學的行為，以及準備機會讓伊吹同學偷走卡片，都是你的計畫……」

我讓堀北滿身是泥，設計了她不得不放手鑰匙卡情況。

「你要是不知道伊吹同學從最開始就盯著這點，是沒辦法辦到這件事情的……」

對。叫作伊吹的少女是不是偶然被D班撿到——首先我有必要知道這點。然而我在聽見B班幫助那名叫作金田的男生時，就幾乎確信了。確信這是龍園送來的間諜。兩個人偶然被不同的班級所救，我才沒有濫好人到去相信這種事情。

「再說，伊吹撒謊時習慣看著對方眼睛說話。」

應該也可以說是只要謊言越大，這個習慣就越明顯。

「撒謊時看對方的眼睛……？一般不是相反嗎？」

「一般情況下，我們內疚的時候不會跟人對上眼，不過那傢伙相反。她想讓人深信謊言就是真話，因此才會看著對方眼睛說話。她本人大概沒注意到吧。」

發生內褲賊事件的時候，那傢伙也直視我的雙眼說了話。

「她很可能是以尋找鑰匙卡為目的在物色包包吧，或許也有想順便搗亂D班的這個企圖呢。」

我們或許應該將受害者是輕井澤，以及放入的是池的包包這些事看成是單純的偶然吧。

「可是，為什麼伊吹同學要特地偷走鑰匙卡呢？明明只要確認我的名字，說不定我們什麼也不會知道。」

「伊吹應該一開始也是這麼打算的吧。不過卻發生了無預期的麻煩。」

而那便成為了我查明C班領導者的契機。

「伊吹在背包裡準備了數位相機。那恐怕是為了要拍鑰匙卡吧。」

「拍到……數位相機裡……？為什麼要這麼費功夫？」

「有照片的話，這樣領導者的存在就非常明確了吧？也就是說，他們要藉由得到確切把握，才能夠獲得利益。」

「我不太明白……這代表龍園同學不信任伊吹同學嗎？」

「不是這樣。假如這件事情只在C班內部，那她應該就沒有用數位相機拍攝及偷竊卡片的必要。」

換句話說，有個人物不信任伊吹一人的發言，期望著確鑿的證據。

「接下來的話，我並沒有任何證據。妳就把這些當成是我從考試結果導出的預想來聽聽吧。這場考試結束當下A班持有兩百七十點。」

這也就是說，他們在考試裡沒有花費到半點。

「A班和C班背地裡聯手，C班犧牲自己的點數，買齊必需品給A班。C班甚至讓渡所有使用過的道具，於是A班便得以不使用點數來度過一個星期。應該就是這樣了吧。」

而在這份關係的延續之上，伊吹得到了證據，並向A班的某人洩漏消息。

「附帶一提，我之所以能夠猜對C班領導者，是因為大部分學生都棄權。而留在島上的某個學生就必然會是領導者。對吧？」

「就算這樣，但在早上的那個時間點，我們應該不至於會知道是誰留下來。」

「不，我發現龍園幾乎百分之百留在島上。」

我發現伊吹埋藏在地底的無線電對講機時，我就理解了——理解到這是龍園為了與伊吹取得連繫而準備的東西。棄權的人不可能使用無線電對講機。換句話說，這便證明——為了互相取得連繫，他一定還待在島上。實際上，那傢伙在享受假期的時候，就將無線電對講機隨意地放置在桌上。他沒有讓其他人管理，而是由自己來。這是不信任任何人的男人所犯下的失誤。

「真是的……真是沒話說。」

堀北面對這些事實，如此答道。若以我自己的看法來為這場考試做總結——A班因為最初的失誤而影響到了最後結果，再加上內部分裂的影響，無法好好徹底發揮實力。B班則徹底採取無益且無害、重視防守的應考方式。這是正確的。然而唯一的失誤就是他們班上有太多濫好人，因此允許金田這個存在留在班級內部，還有徹底相信他的這件事。雖然我不知道情況如何發展，不過金田應該得到證據，並告訴龍園了吧。從A班沒獲得點數這點來看，似乎是因為金田沒獲得實物證據。

接著是C班。雖然班上最後因為我成為領導者而順利迴避了受害，不過他們辦到將間諜送入並猜中所有領導者的奇招，再加上他們應該和A班進行了某種交涉而獲取著利益。最需要戒備的人物說不定就是龍園。

「真是讓人不高興呢。你把我當作棋子來狠狠利用了對吧？」

「嗯，這我無法否定。即使妳要我別再接近妳，我也不會驚訝。」

我有自覺這件事她有資格這麼對我做。

「那就這樣，我要回房間了。我實在是累了。」

「等等，事情還沒說完呢。」

「什麼事啊。可以的話，我也很想在房間裡慢慢休息呢。」

「這要等你對我做完所有說明。你不是還有事情要說嗎？」

「那麼……妳有什麼問題嗎？」

「就是你挑戰這場特別考試的理由。獨自奮戰的事情，或者利用我的事情，這時候都無所謂了。我想知道身為避事主義者的你參加考試的理由。」

「……原來如此。」

剛才為止的說明，說不定對堀北而言並沒有那麼重要。

「在這次事情裡，我已經無庸置疑地理解到你很厲害。你要是願意助我一臂之力，以A班為目標，就將成為一件相當實際的事情。不過，你的行動理念是什麼？你為什麼要做這種事情？」

再怎麼說，我都不太想把我個人的問題告訴堀北。

因為這次不過只是我為了從茶柱老師身上問出諾言才做的事情。

「因為我被在身體不適的情況下卻打算獨力戰鬥的妳給打動了呢。」

「……這種淺顯易懂的謊言，一般我們是不會說的呢。」

「換句話說就是我不打算告訴妳。」

我拉開椅子站起，向她伸出了手。

「要我幫忙妳晉升A班也無妨。不過，我要附上一個條件。那就是不要去調查我的事情。妳要是答應我今後完全不會去接觸這些，那我就幫妳吧。」

「妳要怎麼做？」我像在確認般如此詢問。她毫不猶豫地握住我的手。

「假如你不想說那也沒辦法。既然你說別調查就願意幫助我，我也沒有理由拒絕呢。我對於避事主義者的避事般過去並沒有興趣。」

堀北牢牢地回握我的那隻手。

我為了我自己，妳則為了妳自己。

這場為了讓這處於谷底的班級往上升的戰鬥才正要開始。

後記

各位好，我是開始變得以健康生活作為取向的衣笠彰梧。

最近飲醋的風潮正在流行。我每天都會飲用一杯，注意著身體健康。

那麼，第三集是個以特別考試為中心，並且能夠了解到各班目的及方針的故事。我們可以從故事內容一點一點地看出主角與同學的想法等等。雖然因為男女價值觀的不同而發生了糾紛，但實際上即使出了社會，這類問題也很多呢。只要人類持續繁榮，我想就不會有完美的解決辦法。因為兩者的性別就是不一樣嘛。

那麼各位，請問你們還記得嗎？——我上次在第二集裡立下要讓トモセシュンサク氏請我吃生魚片的目標。當然，這件事我記得。

鮪～魚～！非常美味！感謝您！今後也要請您一直當我的好搭檔。下次呢，我想想……我們就去吃海參吧。

注意！我要向各位報告！

是的，《歡迎來到實力至上主義的教室》決定要漫畫化了！從出版社接到通知時，因為太高興而尿了褲子——這件事可是祕密。替我描繪漫畫的一乃ゆゆ老師，還請您多多指教。

我會努力試著活得久一點。我打從心底期待著一月的連載開始！

呼——那麼這次的後記就這樣了吧。

……不，我還有一件事必須報告。

其實在上次的後記裡，除生魚片之外我還寫了一件事。雖然我想大家一點也不在乎，但對我而言，這是件每次回想起都會使我垂頭喪氣的事情。

我就鼓起勇氣對過去的自己說出來吧！

「我可是在很早的階段就寫完原稿了喲！」——你是真心打算這麼說的嗎！笨蛋！呆瓜！蠢蛋！把你之前說出的這種話給我撤回！是的！這次我也完全辦不到！我根本已經像是出局了呢！對，我這次也給編輯大人添了非常多的麻煩。就連寫著後記的現在，我也能看見編輯大人拚命工作的灰暗背影。我真是淚流不止。衣笠，你真的是個笨蛋耶！給我反省！

……呼。這麼一來，那個不乖的衣笠於是就反省了自己並且消失不見。請大家放心吧。

因此，反省過後的衣笠也要鼓起勇氣說出：「下次我一定會早點交稿！」

然後我也要先寫下這段話：要是我又遲交，那就抱歉了！
那麼各位，下一集我會再次報告結果的——將會以好消息的形式！

Kadokawa Light Novels

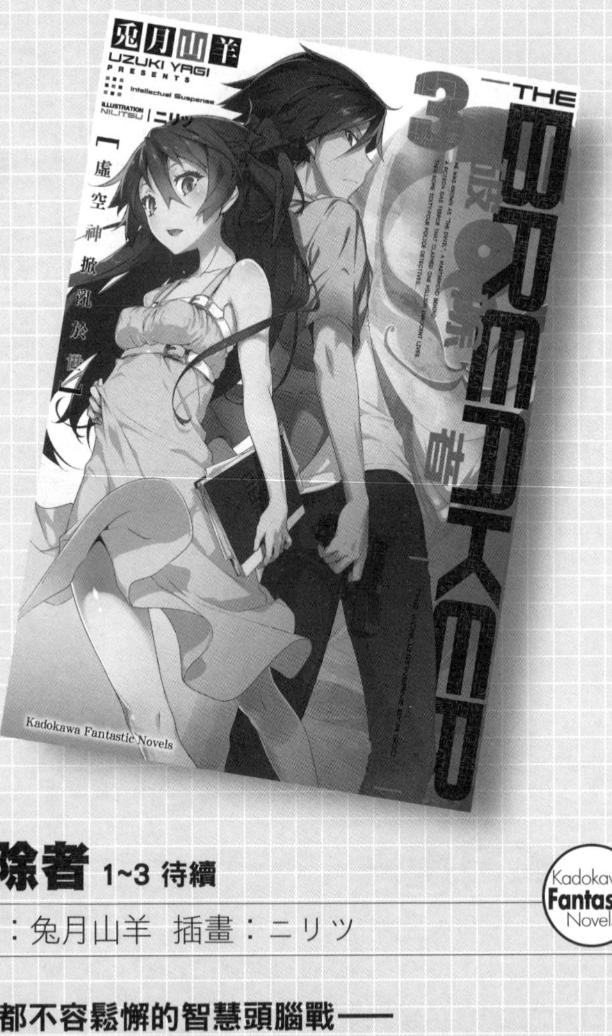

破除者 1~3 待續

作者：兔月山羊　插畫：ニリツ

Kadokawa Fantastic Novels

一刻都不容鬆懈的智慧頭腦戰——
劇情刺激又令人緊張不已的人氣懸疑小說第三彈！

超過一百五十名葉台高中學生開心參加森林夏令營之餘，竟全數遭到綁架！嫌犯是率領眾多武裝信徒，戴著狐狸面具的少女——她正是暗中計劃恐怖攻擊行動的神祕邪教「黑陽宗」教祖。包括彼方和理世，學生們只能在嫌犯脅迫下協助恐怖攻擊行動……

各 NT$220~240/HK$68~75

台灣角川

Kadokawa Light Novels

其實，原本只要那樣就好了

Kadokawa Fantastic Novels

作者：松村涼哉　插畫：竹岡美穗

被喚為惡魔的少年菅原拓娓娓道來，
揭露令眾人驚愕的真相——

某所國中的男學生K自殺身亡，留下一封遺書寫著「菅原拓是惡魔」。起因據說是包括K在內的四名學生受到菅原拓的霸凌。然而菅原拓在學校是最底層的不起眼學生，K則是深受愛戴的天才少年，加上霸凌事件沒有任何目擊者，使得整起案件疑點重重。

台灣角川

NT$180/HK55

國家圖書館出版品預行編目資料

歡迎來到實力至上主義的教室 / 衣笠彰梧
作 ; Arieru譯. -- 初版. -- 臺北市 : 臺灣角川,
2016.04-
冊 ; 公分
譯自 : ようこそ実力至上主義の教室へ
ISBN 978-986-473-040-7(第1冊 : 平裝). --
ISBN 978-986-473-227-2(第2冊 : 平裝). --
ISBN 978-986-473-478-8(第3冊 : 平裝)

861.57 105003092

Kadokawa
Fantastic
Novels

歡迎來到實力至上主義的教室 3

（原著名：ようこそ実力至上主義の教室へ 3）

2017年2月2日　初版第1刷發行
2024年3月22日　初版第18刷發行

作　者：衣笠彰梧
插　畫：トモセシュンサク
譯　者：Arieru

發行人：台灣角川股份有限公司
總　監：呂慧君
總編輯：蔡佩芬
主　編：林秀儒
編　輯：黃怡珮
設計指導：陳晞叡
美術設計：宋芳茹
印　務：李明修（主任）、張加恩（主任）、張凱棋

發行所：台灣角川股份有限公司
地　址：104台北市中山區松江路223號3樓
電　話：（02）2515-3000
傳　真：（02）2515-0033
網　址：www.kadokawa.com.tw
劃撥帳戶：台灣角川股份有限公司
劃撥帳號：19487412
法律顧問：有澤法律事務所
製　版：巨茂科技印刷有限公司
ＩＳＢＮ：978-986-473-478-8